La vida es otra cosa

Lorenzo Silva

La vida es otra cosa

Lorenzo Silva

Ediciones Destino
Colección Áncora y Delfín
Volumen 1629

Ediciones Destino, un sello editorial de Editorial Planeta, S. A.
Avda. Diagonal, 662-664, 08034 Barcelona (España)
www.planetadelibros.com
www.edestino.es

Primera edición: febrero de 2024
ISBN: 978-84-233-6456-5
Depósito legal: B. 319-2024
Composición: Realización Planeta
Impresión y encuadernación: Rodesa, S. L.
Printed in Spain - Impreso en España

Una palabra previa

Allá por la primavera de 2009 comencé un largo viaje. Fernando Baeta, por aquel entonces al frente de elmundo.es, aceptó el reto de permitirme publicar semanalmente en la web del periódico *El Mundo*, bajo el título genérico de *vidas.zip*, un texto que combinara, en torno a algún asunto o acontecimiento de actualidad, la mirada periodística y la expresión literaria. No un reportaje, ni un artículo de opinión, sino una pieza esencialmente narrativa —sin excluir alguna dimensión de carácter ensayístico—, que podía partir de los hechos conocidos y ceñirse a ellos pero también recrearlos recurriendo a la ficción. Con Sonia Aparicio, entonces a cargo de la web, terminamos de darle forma al experimento. Recuerdo que la primera entrega, *Tres mil metros en la noche*, imaginaba lo que debían de haber percibido las varias personas y el perro que aparecían en un vídeo grabado con cámara térmica desde la cabina de un avión A-10 Thunderbolt II situado a unos tres kilómetros de distancia, mientras los localizaba y luego los volatilizaba con una ráfaga de su cañón de 30 mm. Sólo se salvaba el perro, que era el único que, anticipando la llegada de los proyectiles, se apartaba corriendo de donde iban a impactar. También me detenía a imaginar las percepciones del piloto que apretaba el gatillo. Me parecía que en ese episodio breve, final de unas vidas, crucial para otras —la del perro y la del piloto—, quedaba condensada —como en un archivo .zip extremo en su compresión— la guerra que en aquellos días marcaba el devenir diario de Irak y Afganistán.

Después de esa primera pieza, vinieron más. Exactamente 652 más, sin fallar una sola semana. Se publicaban a veces el sábado y a veces el domingo, y las escribía siempre dentro del fin de semana, más de una vez en caliente, sobre el suceso recién acaecido. Hasta que en el otoño de 2021 tuve la sensación de que el proyecto ya había dado de sí todo lo que tenía que dar, por razones que se explican en el texto incluido al final de este libro, y antes de alargarlo hasta su agonía decidí interrumpirlo voluntariamente.

Los relatos —podemos llamarlos así— que escribí durante las primeras 520 semanas, esto es, la primera década de la serie, se fueron recopilando año a año en libro electrónico —en consonancia con el origen digital del proyecto— pero también acabaron llegando al papel. En 2016 di a la imprenta una selección de historias de temática criminal bajo el título *Todo por amor y otras historias criminales*, y en 2019 un grueso volumen con la totalidad de los 520 textos escritos en ese primer decenio, *Donde uno cae*.

Faltaban por llevar al papel los relatos de los últimos dos años y medio, los que van desde la primavera de 2019 hasta el otoño de 2021, y que aparecieron recogidos en dos libros digitales, *Hacernos adultos* (2019-2020) y *La mano de Esther* (2020-2021). Son esos 133 relatos restantes los que componen la presente edición.

El título se lo debo a uno de mis autores favoritos, Juan Carlos Onetti, y a uno de sus textos menos conocidos, *Tiempo de abrazar*, que me vino comprensiblemente a la memoria, por contraste, durante los días oscuros de 2020 y 2021 en los que los abrazos nos estuvieron prohibidos, y que por esa razón acabó inspirando una de las piezas aquí incluidas. También pensé, en algún momento, que el título podía tomárselo prestado a Joseph Roth. En resumidas cuentas, la colección de historias de esos dos años y pico reflejaba un periodo en el que como consecuencia de una pandemia, pero también por la contundencia con que el ataque del virus había dejado al aire las costuras de nuestro mundo, la humanidad, sumida en una crisis demoledora, había caído en ese estupor que tan bien describe el autor austriaco en aquel pasaje de *La marcha de Radetzky*.

> Die Welt war nicht mehr die alte Welt. Sie ging unter. Und es war in der Ordnung, daß eine Stunde vor ihrem Untergang die Täler recht behielten gegen die Berge, die Junge gegen die Alten, die Dummköpfe gegen die Vernünftigen.

O lo que es lo mismo:

> El mundo ya no era el viejo mundo. Se hundía. Y estaba en el orden de las cosas que una hora antes del hundimiento los valles miraran cara a cara a las cumbres, los jóvenes a los viejos, los imbéciles a los sensatos.

También este pasaje está aludido en otro de los textos de este libro, precisamente para constatar que el desconcierto provocado por la pandemia parecía igualarnos a todos a veces en el nivel más bajo de raciocinio, de decoro y de coherencia, al tiempo que nos arrojaba una y otra vez a las confrontaciones más absurdas y estériles, entre ellas la que oponía a las generaciones mayores —más vulnerables a la enfermedad— con las más jóvenes —a las que irritaba más la pérdida de su libertad de movimientos.

Sin embargo, ni *Los imbéciles y los sensatos* —variante áspera— ni *Los valles y las cumbres* —variante comedida y poética— me acabaron de convencer al final como títulos. Prefiero, con mucho, ese *La vida es otra cosa* del personaje onettiano. Creo que resume de una manera más conciliadora, también más elegante, el sentido del conjunto. Aquellos días de 2020 y 2021, rematados —en el periodo aquí narrado— por desastres como el causado por el volcán de La Palma y la retirada atropellada de Kabul, nos hicieron sentir que la vida no sólo no era lo que estábamos viviendo mientras teníamos encima aquella calamidad, sino tampoco lo que habíamos dejado que fuera antes de que un funesto microorganismo nos golpease. Nuestros errores previos, en suma, habían agravado el daño. Esa reflexión, que ya estaba en un diario del primer confinamiento, publicado a finales de 2020 bajo el título de *Diario de la alarma*, se despliega también —de otro modo, a través de más historias, más diversas, y que también se extienden más allá por lo que respecta al tiempo narrado— en las páginas de este libro.

Como en ocasiones anteriores en las que he recopilado textos de esta serie, me he planteado si merecía la pena suministrar al lector, a través de notas, detalles del contexto en el que escribí cada una de las piezas, con alusión a los personajes que las inspiran y que muchas veces no aparecen mencionados por sus nombres, entre otros motivos porque el lector atento a la actualidad podía identificarlos fácilmente. Sin embargo, y como ya hice en entregas precedentes, he preferido dejar los textos desnudos, salvo en algún caso excepcional o en el que acontecimientos posteriores a los narrados me aconsejaban dar cuenta de alguna circunstancia complementaria. Si alguien siente mucha curiosidad por algo que no se desprenda de modo evidente de lo escrito, siempre tiene a su disposición la hemeroteca de aquellos días para buscar las claves pertinentes. Por mi parte, aspiro a que los relatos funcionen de forma autónoma, y no me preocupa mucho si se pierde tal o cual referencia. Me importa más la esencia de lo que cuentan.

Para terminar, un agradecimiento. A los míos: a quienes aquí siguen y a quienes nos dejaron como consecuencia, mediata o inmediata, de la maldita peste. Me refiero con esto a aquellos a quienes estoy unido por lazos de sangre o familia o amistad —entre ellos, mis editores, mis agentes y los compañeros de elmundo.es—, pero también a quienes leyeron estos apuntes narrativos en su día o se avienen a leerlos ahora. Esa hermosa compañía de desconocidos es la parentela que, a la postre, sostiene a un escritor.

Illescas, 9 de octubre de 2023

Hacernos adultos

2019-2020

Para Judith, que hizo el viaje al mundo de los
adultos mientras se escribía este libro.
Que su camino sea largo, propicio y, sobre todo, suyo.

Los sentimientos de los jóvenes siempre flotan en el aire, mas si el anciano está con ellos, adelante y atrás mira a fin de que resulte lo netamente mejor para ambos.

Homero, *Ilíada*
(Traducción de Emilio Crespo Güemes)

Quitar la vida

Quitar la vida, al menos para un ser humano, es siempre una decisión moral, y lo es especialmente cuando la vida de la que se trata es la de otro ser humano. No es posible para uno de nosotros, como sí lo es para un ave de presa o un lobo, tomar en nuestras manos la vida de otro ser viviente y no hacernos una pregunta absoluta y decisiva antes de arrebatársela. La ligereza con que unos y otros la responden es la que marca la diferencia entre las diversas clases de seres humanos, desde los veganos hasta los no pocos asesinos en masa que conoció la Historia.

En principio, la respuesta a la pregunta, y de acuerdo con las formas de moral mayoritarias, no puede ser sino negativa, a menos que concurra una poderosa y bien fundada necesidad, que se interpreta de manera restrictiva. Sin embargo, la regla conoce no pocas excepciones, en cuya virtud cada día se ejecuta a miles de animales en los mataderos, se fumigan miríadas de insectos y se arrancan millones de plantas. Se trata de vidas no humanas y de necesidades más o menos perentorias: lo es el hambre y lo es la preservación de la salud de las personas y de otros seres vivos para ellas valiosos. Las curvas vienen cuando se trata de pasar a las escalas siguientes: la de las necesidades no tan perentorias y la que implica la muerte de humanos.

De nuevo, y en virtud de ciertos códigos morales existentes y aceptados por no pocas personas, se registran excepciones, cada vez, eso sí, más discutidas: la pesca, la caza, la tauromaquia, la pena de muerte, la autorización general del homicidio en las guerras, siempre que recaiga en la persona del enemigo, ya sea combatiente o no, según el odio que inspire a quien emite la autorización. O el aborto, que es la muerte de un ser todavía no autónomo, pero tampoco carente del aliento vital propio.

Hay, en fin, otra modalidad de quitar la vida que plantea el dilema moral de examinar si es necesaria y por tanto cabe su justificación: ayudar a morir a quien no desea seguir viviendo y no podría, por sí, acabar con su existencia. De la índole moral y compleja de la cuestión, para quienes gustan de simplificar las cosas, nos habla una de las últimas frases del que quizá fuera el mayor escritor del siglo xx, Franz Kafka. Incapaz ya de soportar por más tiempo el sufrimiento que le producía la tuberculosis de laringe incurable que padecía, le pidió al doctor Klopstock, su amigo, que lo atendía en el sanatorio Kierling de Klosterneuburg, cerca de Viena, que acabara con su dolor. Lo que le dijo viene a ser digno remate de su obra: «Máteme, o es un asesino».

Cuando un hombre ayuda a morir a la mujer a la que cuidó durante treinta años, está tomando una decisión moral, en cuya razón profunda no podemos no indagar para preguntarnos por qué la ley todavía vigente puede considerarlo reo de un delito de violencia de género. Cuando ese acto, íntimo y doloroso, decide este hombre que se registre por una cámara, para exponerlo y no aspirar siquiera a hacerlo pasar por otra cosa, cuesta eludir su calado moral evidente. Cuando al preguntarle qué va a hacer ahora, tras pasar por semejante trance, el hombre responde que ir al cine, que lleva tres décadas sin pisarlo, es frívolo, obtuso y probablemente inmoral despacharlo como un homicida.

Cuestión aparte es que el caso se aproveche para plantear una trivialización del hecho de matar o ayudar a morir, que lo despoje de su insoslayable carga de decisión moral. O que los que gestionan las imágenes las difundan un punto más allá de lo que el respeto a la dignidad de la mujer que muere por propio deseo, incluso si ella lo consintió, podría autorizar en términos de esa ética kantiana que impone que las personas no sean nunca el medio para otra cosa. Pero es más inmoral ese acto de un médico holandés, conocido en estos mismos días, de darles la vida a decenas de niños a cuyas madres inseminó de manera subrepticia con su propio esperma, y a los que condenó de esa forma a llevar sus genes sin saberlo, en el convencimiento de que con ello mejoraba la especie. Creía estar transmitiendo con esa acción su poderío y su inteligencia; tan sólo cabe esperar que no les transmitiera su demencia y su megalomanía.

Mi cadáver como desprecio

El hombre es sospechoso de haber participado en amaños de dinero público en beneficio de una compañía extranjera, en los días en que ostentaba la presidencia de su país. Fue elegido para ese cargo por dos veces, en periodos no consecutivos, que no es una hazaña desdeñable. No todos los que se van y dejan el poder son capaces de volver a conquistarlo. Los indicios que la investigación judicial ha reunido contra él, así como contra otros tres antiguos titulares de la más alta magistratura del país, son poderosos y dan la sensación de una prolongada colusión entre el poder político y los intereses empresariales foráneos. Una más de las muchas historias sórdidas de engaño y codicia con las que se amasan las fortunas —y luego alguna obra filantrópica, para lavar la mala conciencia o reírse de los incautos, nunca se sabe— y con las que los adalides de naciones van birlándoles el futuro y la merienda a los exaltados que dan en seguirlos.

Sin embargo, el hombre se las va a componer para que tales indicios, y su verdad o inexactitud, pasen a segundo plano. También para que nunca llegue a haber una sentencia que lo exculpe o condene, lo que dejará su eventual responsabilidad en ese limbo, a medio camino entre la execración de los adversarios y el panegírico de los adictos, que tan impenetrable resulta a los esfuerzos del historiador ponderado e imparcial. Para ello, echa mano de un expediente muy antiguo pero casi en desuso, en los tiempos del selfi y la satisfacción del cliente: el suicidio de honor. Todos tenemos hoy derechos: a la vida, la integridad, la salud y el confort; pero el honor es una posesión engorrosa, a la que no cuesta demasiado renunciar cuando vienen mal dadas.

Enfrentado a un proceso vejatorio, y a la indignidad de la prisión, el expresidente lo tiene claro y así lo deja por escrito: no va a prestar su persona al escarnio ni se va a dejar exponer a la burla de sus enemigos. Antes de eso prefiere desatar la tragedia en su propia carne. A la policía que acude a detenerlo le pide que espere un momento mientras recoge algo de su cuarto. El cuarto donde tiene ya preparada, y acaso montada, la pistola que sin dudar empuña y apunta contra su sien para esquivar la venganza y el oprobio, la vergüenza de ser un presidiario en el país cuya bandera nacional llevó cruzada sobre el chaqué.

En la meditada carta con que lo justifica afirma que deja su cadáver como gesto de desprecio a sus enemigos. Para hacer tal cosa antes hay que despreciar la propia vida, y en cierto modo el propio cuerpo y la propia efigie, que es lo excepcional e insólito en alguien que en otro tiempo cultivó su imagen pública, y en general en un colectivo, el de los próceres y tribunos de nuestro tiempo, que exhibe un afán maníaco por la propia conservación, a la que están dispuestos a supeditar casi cualquier principio y cualquier lealtad personal. «He visto a otros desfilar esposados, guardando su miserable existencia, pero Alan García no tiene por qué sufrir estas injusticias y circos», escribe, refiriéndose a sí mismo en tercera persona y apuntalando la paradoja de que a veces no hay como el desprendimiento de sí para probar el valor que uno se atribuye, ni mayor autodesprecio que empeñarse en continuar alentando cuando ya sólo queda sobrevivirse.

Serán ahora la Historia y la memoria de los suyos las que lo juzguen, para estipular lo mismo que suele quedar tras el paso de cualquier criatura humana: un amasijo de luces y sombras que tiemblan un instante en medio de la nada sideral. Pegarse un tiro no lo convierte en un héroe, como acaso no logren hacer de él un villano quienes lo odiaron y lo perseguían. Sin embargo, da que pensar el acto de un hombre que es capaz de responder con el despojo de su existencia a la acusación que lo deshonra. Pudo ser por simple orgullo, por no querer, sin más, padecer la ignominia del encierro. Pero tantos la aceptan. Y siguen.

Nadie te recuerda, Amanda

No han trascendido demasiados detalles de su vida, y quizá sea mejor así. A partir de cierto grado de detalle, aumenta el riesgo de que el relato degenere en chismorreo. Sabemos que era psicóloga, y dicen que mientras ejerció la profesión gozaba de prestigio entre sus pacientes. Sabemos también que vivía sola y que apenas tenía parentela, a excepción de una sobrina en Israel que ha sido, a la postre, la que ha llamado la atención sobre su ausencia y su silencio. Sabemos que era una mujer educada y discreta, que tenía buena relación con sus vecinos, aunque estos no contaban demasiado con ella porque viajaba con frecuencia y en tales ocasiones podía pasarse semanas fuera de casa.

Sabemos también que se llamaba Amanda, que andaba por los ochenta años, y que la acaban de encontrar, muerta, en la cocina de su casa. Por el estado del cuerpo, calculan los forenses que el fallecimiento se produjo cuatro años atrás. Ha permanecido todo ese tiempo ahí, sin que nadie se preguntara por ella, o por lo menos sin que nadie lo hiciera hasta el punto de preocuparse y movilizar a las autoridades para indagar el motivo por el que no daba señales de vida. Dice uno de sus vecinos que no saltó la alarma hasta que su banco empezó a devolver las facturas. Que si hubiera tenido seis mil euros más en la cuenta aún seguiría ahí, en la cocina donde cayó un día ya lejano del año 2015.

Es un resumen tan amargo como certero, que dibuja una metáfora escalofriante de lo que podemos llegar a ser y a lo que podemos llegar a quedar reducidos, en medio de esta multitud distraída e insensible que formamos entre todos: una cuenta bancaria, con saldo o sin él; la diferencia entre pasar del todo inadvertidos o existir, así sea como disfunción financiera que obligue al mundo a preguntarse qué ha podido sucedernos.

No deja de ser una paradoja, de la que nos cuidaremos de extraer conclusiones tópicas o superficiales, o de cualquier otro tipo, que una mujer que debió de dedicar muchas horas de su vida a escuchar los problemas de otros, y a tratar de ayudar a ponerles remedio, con aparente éxito, se acabara viendo tan sola como para morirse sin que nadie, lejos de prestarle algún apoyo con sus propias cuitas, la echara de menos siquiera. Sabemos quienes llevamos ya algún tiempo participando de ella que las paradojas son consustanciales a la naturaleza humana; pero las hay, como esta, que llevan a dudar de que la humanidad sea eso que solemos asociar al término, una solidaridad con lo que aflige o conforta a los semejantes. Cuesta reprimir la sospecha de que no nos mueve otra cosa que el interés, secreto turbio y ominoso al que prestamos toda clase de coberturas, desde los principios hasta los sentimientos, que aplicamos sólo cuando conviene.

A diferencia de la Amanda de la canción, a esta Amanda nadie quiso o pudo o supo recordarla cuando más falta le habría hecho. Nadie, tampoco, a tiempo de impedir que su muerte se revelara por la triste vía de la consunción del depósito bancario. Se fue y convivimos con su falta con menos piedad de la que nos despiertan tantas mascotas, con menos sentimiento de pérdida del que nos provoca extraviar el móvil, con menos tristeza de la que despierta la eliminación de nuestro equipo. Y sin embargo, Amanda, como toda persona, era un mundo entero, que habría merecido suscitar alguna pesadumbre, alguna añoranza, algún vacío por su repentino desalojo del lugar que ocupaba.

No fue así y ahora su cuerpo es una pregunta sobre cómo hemos organizado la vida, en estas ciudades de desconocidos, siempre apresurados y absortos en la carrera sin tregua en la que un día se embarcaron. Esa carrera a la que se reducen los días, ayunos del pensamiento de que un día caeremos, en una cocina o en cualquier otro sitio, y seremos algo distinto de una piedra o una planta sólo si alguien se duele y nos recuerda.

Haciendo pocilga

Las distinciones, ya sean premios, encomiendas, medallas, cruces o grandes cruces, no tienen más valor que el que viene dado por las personas que las lucen. Un galardón que de veras se precie no busca barnizar de nada a quien lo recibe, sino más bien impregnarse del aroma valioso que puedan proporcionarle aquellas personas excelentes que consientan en recogerlo.

Quien olvida esta regla de oro contribuye a que el supuesto tinte de gloria que dispensa se convierta en molestia, o incluso en ignominia, cuando a la nómina de los agraciados se añaden nombres sin valor ni merecimiento o que, peor aún, acarrean consigo el peso de mezquindades, desatinos y vilezas. Quien se empeña en realzar estos nombres, cuando sus carencias han quedado expuestas y se le requiere para que lo reconsidere, se revela como pésimo administrador de ese capital simbólico, si es que no se erige, dolosamente, en su eficaz sepulturero.

Considérese el logro o la aportación que supone, en el seno de una comunidad, señalar a aquellos de sus integrantes con cuyas ideas no se comulga como cerdos no sólo exportables, sino felizmente exportados. Considérese el enriquecimiento que trae a sus conciudadanos quien antes de descender a esa sima ya se ha señalado reiteradamente como azote furibundo de disidentes, o quien no encuentra otra manera de hacerle honor a su condición de antigua presidenta de un parlamento que denigrar una y otra vez a parlamentarios que llegan a la cámara con el respaldo de un amplio voto popular. Considérese el plus de reputación que trae a un país enaltecer a alguien cuyos despropósitos públicos le hicieron perder la ventajosa canonjía que se le había buscado en una entidad privada, incapaz de soportar el descrédito supino de que se asociara su nombre con el de semejante fichaje.

Quien no encuentra otra forma de expresar sus ideas que enfangar las ajenas revela con ello su íntima condición, y por el camino retrata a aquellos que se paran a aplaudir sus actos. La Historia muestra el itinerario que acaban recorriendo aquellas sociedades en las que la metáfora porcina, aplicada al distinto o al que molesta, hace fortuna y se convierte en criterio rector de la formación de la voluntad colectiva. Los señalados como cerdos acaban en efecto exportados, preventivamente y por voluntad propia o por deportación, y en casos extremos se disponen para ellos mataderos y patíbulos. El resultado tras la limpieza no es sin embargo la purificación de la sociedad en cuestión, sino su degradación durante décadas o incluso siglos. Quien se afana en delimitar una pocilga dentro de su pueblo, para vaciarla, lo que acaba consiguiendo es hacer una pocilga de lo que queda.

El siglo xxi ha traído consigo, felizmente, una disminución de las soluciones violentas, al menos a escala global y en ciertos escenarios donde antes se recurría a ellas con entusiasmo. A cambio, nos ha traído las redes sociales, donde el pasatiempo de segregar y linchar a los diversos, tan caro a ciertas naturalezas, se ejercita a todas horas, con anonimato y sin él, transitando con soltura pavorosa las avenidas de la torpeza, la imprudencia temeraria y el delirio. Es este espacio que invita al desmelene un territorio cargado de peligros para mentes ociosas, y en especial para quienes fueron y ya no son, y tienen en el espejismo virtual una promesa, falaz, de seguir siendo a fuerza de armar bronca. Luego dicen que no quisieron decir lo que dijeron, como si el meme requiriera hermenéutica de metafísico o teólogo. Un cerdo y unos nombres sólo pueden querer decir una cosa, y quien vea en ello un mensaje ingenioso o equívoco suma otro motivo para que no se le conceda medalla alguna; para que se le tenga, si acaso, la compasión que inspira quien no sabe lo que hace.

Todo esto colgará de esa cruz el día que se le imponga. Todo esto tendrá que sacudirse, antes de volver a significar algo.

Cabeza y corazón

Quien sólo tiene corazón está expuesto a cometer las más graves estupideces. Quien sólo tiene cabeza, también. Quien se ha ejercitado en el uso simultáneo de ambos recursos cuenta con todas las papeletas para exhibir una inteligencia superior.

Hay historias que uno ve desde lejos, otras que le rozan de cerca, y otras que tiene la suerte de contemplar desde la media distancia, donde no enturbian la imagen el excesivo afecto o la excesiva inquina, ni tampoco una ignorancia absoluta. Acaba de irse un hombre al que no conociste en profundidad y al que no desconociste por completo. Los atisbos que de su personalidad tuviste, fugaces pero escogidos, te permitieron percibir de modo suficiente lo extraordinaria que era su cabeza y lo excelente que era a la vez su corazón. No temes al formular estos dos juicios tan contundentes dejarte arrastrar por la vana subjetividad. Son muchos los testimonios que los corroboran, y no sólo al calor de la generosidad de obituario, en un país que, como el interesado dejó dicho, te vapulea mientras vives pero entierra muy bien. Y más allá del parecer de unos y otros están los hechos: cuando son muchos, no se dejan torcer para sostener lo que no fue.

Lo conociste una mañana de los primeros ochenta, cuando os llevaron a todos al salón de actos del instituto donde cursaste el bachillerato para un acto académico. Allí estaba él, a quien os presentaron como un alto cargo del Ministerio de Educación. Es decir, como uno de los personajes a quienes menos os sentíais inclinados a escuchar tú y tus compañeros. Rápidamente, una vez que tomasteis asiento, salieron a relucir los cuadernos en los que cada uno dibujaba su tablero para jugar a los barquitos. Y sin embargo, he aquí que cuando aquel hombre tomó la palabra todos aquellos quinceañeros, tú incluido, dejasteis los bártulos de jugar y os pusisteis a prestarle atención. No recuerdas con qué argumento concreto supo captarla, pero a la vuelta de los años has enfrentado más de una vez el desafío de dirigirte a un grupo de adolescentes, y sólo existe una manera de salir airoso de él: apelando, con tino, a sus cabezas y a sus corazones.

Aquel hombre puso en marcha una ley educativa que iba a ser muy criticada —quizá sin tener en cuenta su mayor logro, universalizar la educación, ni su mayor hándicap, ser aplicada por diecisiete administraciones educativas diferentes— y una política de becas que ya quisieras que existiera hoy y que te permitió acceder, sin pagar, a una magnífica instrucción en el sistema público. Tus mayores te enseñaron a ser agradecido y sabes bien que esa es una de las razones principales que tienes para la gratitud; no sólo a aquel hombre y su equipo, sino a quienes con sus impuestos, es decir, su trabajo, ayudaron a costearla.

No volviste a verle hasta muchos años después, cuando tus editores le hicieron llegar la petición de que, en su calidad de ministro del Interior, presentara un libro que habías escrito a propósito de la historia de un cuerpo entonces a sus órdenes, la Guardia Civil. Fue ahí cuando pudiste hablar por primera vez con él a solas, y comprobaste hasta qué punto anidaba en su cabeza una comprensión profunda del Estado y de la necesidad de defenderlo; no como una entelequia superior a los individuos, sino como la única garantía eficaz, dejando aparte alucinaciones y puerilidades varias, de sus derechos y sus libertades, y en especial de los derechos y las libertades de los más desfavorecidos. También pudiste conocer entonces la emoción verdadera que le inspiraban el esfuerzo y el sacrificio de los hombres y mujeres a los que a la sazón mandaba, de verde o de otro color, y a los que en alguna coyuntura amarga había tenido que enterrar. No era su recuerdo de ese darse por los demás impostado ni de ocasión, como han atestiguado numerosas víctimas de las que nunca iba a olvidarse en adelante, y cuyo dolor quiso y supo compartir.

Volviste a verle sólo dos veces más, también con motivo de presentaciones de libros, uno de ellos sobre la lucha contra ETA, la mayor amenaza que debió enfrentar la democracia española y el factor de envilecimiento más devastador de su convivencia, en especial entre los vascos. Ahí hizo memoria de su participación en esa historia, con alguna maniobra incomprendida pero que juzgó inevitable, sin perder nunca de vista la convicción de que con una serpiente no se termina con transacciones, sólo procede cortarle la cabeza cuantas veces haga falta. Mucho se le criticó, pero el hecho es que bajo su mandato —y con su apoyo político, permanente y decidido, te consta de la mejor tinta— aquellos a quienes correspondía redujeron a la nada a los matones y no les dejaron a sus palmeros, beneficiarios y jaleadores otra opción que convertirse a la vía democrática para defender sus ideas.

Como todos los hombres, cometió sus errores, se permitió sus malicias y alguna vez, tampoco lo ocultaba, sus maldades. Pero aquel hombre, Alfredo Pérez Rubalcaba, es uno de los pocos hombres de Estado de los pies a la cabeza que ha tenido España en este siglo. Y sólo quienes buscan abusar de los débiles o no se han enterado de qué va la vida lo censurarán por ello.

Auge y caída de un feminista

A estas alturas de su existencia, recién iniciada la tercera edad, son varias las vidas que se le ha concedido vivir a este hombre que responde al apodo de Josu Ternera. Vivió una, muy activa, como miembro destacado de una organización dedicada a la extorsión y el asesinato, aparte de otras industrias accesorias. Luego se las arregló para ser parlamentario, incluso para que personas con nombre y apellido que no lo deberían olvidar, ni debería olvidarse quiénes fueron, lo hicieran presidente de una comisión de derechos humanos, sin que fuera óbice para ello su actividad anterior. Ocurrió sin embargo que afloró de su pasado un asuntillo incómodo, un atentado indiscriminado que provocó, entre otras, la muerte de media docena de niños, y cuando lo convocaron para rendir cuentas al respecto prefirió escurrir el bulto e inició una tercera vida como prófugo, en la que anduvo década y media. Descontento con ella, probablemente, aún se permitió una cuarta reencarnación: como lector —no demasiado fluido ni competente— del comunicado con el que lo poco que quedaba del grupo de extorsionistas al que perteneció anunciaba el final de su lucha, arrogándose de paso el privilegio de poner, a su modo y a su conveniencia, el punto final de la historia.

El hecho, que habría sido cómico si no fuera trágico —por cómo se llegó a él, hace pensar en quien después de recibir una paliza y recoger del suelo todos los dientes se permite decir que no va a seguir mordiendo a su contrincante—, representaba un alarde de vanidad y una provocación. Vanidad por parte del huido que así conseguía volver a ser alguien, al menos ante los suyos, aunque su lectura fuera torpe y la notoriedad que le reportaba no pasara de lo simbólico. Provocación porque la reivindicación del derecho a la última palabra la protagonizaba alguien que había conseguido eludir la acción de la justicia, y porque en su mensaje final la organización antaño dedicada al crimen no se privaba de declararse feminista, entre otras perlas de difícil digestión. Lo que empezó con unos tiros por la espalda y siguió con cientos de muertes alevosas terminaba, con el más pasmoso de los oportunismos, apuntándose al *#MeToo*.

Ni la vanidad ni la provocación son buenas consejeras. El recién autoproclamado paladín feminista tuvo que hacer algún contacto para recibir el texto y enviar la grabación. Era esta una rendija propicia para que quienes lo buscaban, los compañeros del hombre que recibió las primeras balas de su banda —y de los más de doscientos como él a los que mataron luego, y de los que perdieron en aquel atentado indiscriminado y en algún otro a sus hijos e hijas menores de edad—, trataran de recobrar su rastro y acabaran por llegar hasta él. Se había escondido a conciencia, en un lugar recóndito de los Alpes franceses, bajo una identidad estrafalaria —para él, no porque de por sí lo sea—, la de un supuesto escritor venezolano. Pero la paciencia de quienes por su oficio saben cómo seguir rastros y están más que motivados para hacerlo es un arma poderosa, capaz de resolver ese y peores enigmas.

Ahora está encerrado en prisión,[1] donde se dispone a vivir una nueva vida, la menos amable de las que suma, pero menos desdichada, con todo, que las que truncó o las de quienes están condenados para siempre a llorar a sus víctimas. Puede que no le guste mucho, puede que la encuentre penosa y amarga, pero quizá debería probar a pensar en quienes por sus actos y los de los suyos no sólo no pudieron vivir varias vidas, como él, sino que ni siquiera se les otorgó vivir una de duración normal.

Puede pensar en Míriam y Esther, las dos gemelas de tres años que murieron en ese atentado del que no quiso responder. La justicia poética que a veces sucede ha querido que el cierre de esta historia no lo ponga aquel comunicado grotesco, sino este pseudofeminista rindiendo cuentas por un crimen que ninguna causa permite convalidar y que desacredita definitivamente la suya.

1. A la fecha de esta edición, el protagonista de esta historia está en libertad vigilada en Francia. Allí aguarda su posible extradición para responder de los delitos que se le imputan.

Para mayor humillación, quien lo identifica y detiene, a las puertas del hospital al que acude a una revisión médica, es una guardia civil de veintitrés años. Ningún fabulador habría podido imaginar un final más redondo para tan mala y triste novela.

Entre el muro y la red

Oído a finales del siglo pasado, de labios de un ingeniero que tenía a su cargo la extensión de la red de una compañía eléctrica, hablando de transformadores y otras máquinas de alta exigencia necesarias para su operación: «Los chinos empiezan ofreciendo equipos más baratos, pero de peor calidad; pocos años después son más económicos y de calidad equivalente; y si les dejas unos años más, lo que suministran te cuesta menos y es manifiestamente mejor». Desprovisto de democracia, opaco en aspectos más que sustanciales y con los derechos humanos bajo mínimos, el sistema chino se ha revelado como un competidor imbatible en la pugna que marca el siglo XXI: la de la innovación y el conocimiento aplicados a las soluciones tecnológicas.

Su aptitud en otros sectores se ha trasladado al campo de batalla central de esa guerra tan incruenta como implacable: los nuevos estándares de telecomunicaciones, y en particular el que ha de marcar los próximos años, el 5G. La china Huawei va por delante de todos los demás, dicen los expertos que cerca de dos años, un trecho inmenso en los tiempos que corren. Las compañías norteamericanas están muy a la zaga, y alguna europea, como Ericsson, está más cerca, pero con una tecnología mucho más cara y unas prestaciones que, dicen, no son superiores.

El problema es que este nuevo modo de vida que nos han fabricado en muy pocos años los gigantes tecnológicos de Silicon Valley, y que todos, atraídos por sus comodidades y deleites, hemos abrazado febril y acríticamente, depende de una manera tan desesperada de las telecomunicaciones, y de la velocidad de estas, que quien consiga dominar su modo y su conducto nos va a tener y va a tener el mundo a su merced. Porque, en el colmo de la inconsciencia, individuos, entidades de todo tipo y hasta Gobiernos hemos aceptado que la moneda con la que accedemos a esta nueva ambrosía digital sean nuestros datos más íntimos, preciados y aun críticos, que derrochamos y confiamos una y otra vez a no sabemos quién a cambio de chucherías, como los indígenas que entregaban a los conquistadores sus tesoros más exquisitos a cambio de abalorios de cristal sin ningún valor.

Y en esas, vienen los chinos a poner la red por la que va a pasar todo ese tráfico de oro fundido en bytes, y surge la nada irrazonable sospecha de que puedan aprovechar para hincarle el diente para sus propios e inconfesables propósitos. Exactamente igual que quienes desde Silicon Valley lo vienen haciendo desde hace años, porque la naturaleza humana es la que es, cambia con dificultad y quien deja su cartera a la vista atrae sin remedio a los descuideros, ya sean estos artesanales, industriales o cibernéticos.

No tardan en saltar las alarmas, y quien ha convivido sin mayores problemas con este gigantesco proceso de apropiación de la información personal, empresarial y estatal se rasga las vestiduras ante la eventualidad de que sea otro el beneficiario y lo que caiga en la red sea su propia información sensible. Ante tal emergencia, la solución inmediata, diríase que la única que concibe la mente al mando, es levantar un muro para atajar a quienes, dicho sea de paso, y no deja de ser una curiosa ironía, se acreditaron como campeones del ramo con esa Gran Muralla que extendieron a lo largo de cientos de kilómetros. La que no impidió, por cierto, que la invasión, cuando la lanzó quien tenía el músculo y los batallones suficientes, se produjera y arrasara el país.

Es llamativo el empeño de los humanos en tratar de evitar con muros lo que tiene más bien su solución, porque ahí es donde suelen nacer los problemas, en las redes que tejen para relacionarse entre ellos. Vale para los dos ahora en curso, con el mismo artífice: el muro de la frontera de México y el cibermuro contra el 5G chino. Mejor andaríamos si hubiéramos dedicado más esfuerzos y tiempo a pensar en lo que incita a las personas a emigrar y a drogarse, o en lo que lleva, a quienes saben y pueden, a sisarnos los datos.

Verónica y el monstruo

El monstruo somos nosotros. Somos nosotros quienes lo hemos engendrado. Luego toleramos que naciera, lo celebramos cuando empezó a dar sus primeros pasos y no hemos dejado de alimentarlo dándole todo lo que nos reclamaba. Y ahora, día tras día, somos nosotros quienes sostenemos su latido y bombeamos desde su corazón la sangre con la que irriga el brazo feroz que, cuando le place, descarga sobre sus víctimas indefensas.

A veces, incluso somos ese brazo.

Nunca como en estos tiempos estuvo tan claro que es del fondo de nuestra alma contradictoria de donde brotan, junto al amor y la piedad que más nos enternecen, las sombras que más nos espantan. Nunca como en estos días, después de que el monstruo haya despedazado a Verónica, quedó tan expuesta esa paradoja que sería grotesca si no fuera terrible: la mayoría de las veces que nos pronunciamos y despotricamos contra algo, somos nosotros mismos el objeto inadvertido de nuestra diatriba.

Uno se pregunta si estas cosas suceden por maldad. Si es que quien recibe en su teléfono móvil una imagen devastadora para una semejante aprieta el botón de reenviar y desata sobre esa semejante el holocausto atómico porque en su corazón hay una negrura carbonífera, porque la saña es una de nuestras más pertinaces señas de identidad, siempre que aquel que ha de padecerla, como fue el caso de Verónica, esté en una situación desde la que no podrá devolvernos el golpe. Cuesta asumir esa interpretación. Es mucho más probable que quien desencadena o contribuye con ese gesto a desencadenar el apocalipsis sobre otro lo haga más llevado por una suerte de distracción, por una suave y nada enfática indiferencia hacia el dolor ajeno. Por una mezcla de frivolidad, banalidad, inconsciencia e ignorancia.

Esa es la mezcla que ha permitido a unos desaprensivos aprendices de brujo apropiarse de una buena parte de lo más delicado de nuestras existencias para traficar con ella y sacarle partido mediante sus sortilegios compuestos de algoritmos y de flujos ingentes de bytes. Esa es la mezcla que permite, también, que a través de sus redes y herramientas transiten mercancías explosivas que estallan incontroladamente, desmembrando a aquellos de nuestros hermanos humanos más infortunados o menos precavidos o ambas cosas a la vez. Esa es la mezcla, en definitiva, que hace posible que nuestro sentido horror cuando vemos los trozos de otro esparcidos por el ciberpavimento dure tan sólo unos instantes y en seguida regresemos a la inopia que dará lugar a un nuevo incidente de caos y destrucción.

Esa distracción y esa indiferencia de fondo hacia lo que les hagan a otros es, a la postre, distracción e indiferencia hacia lo que nos pueden hacer —o nos podemos hacer— a nosotros mismos. Ello explica, seguramente, que estos episodios se sigan sucediendo sin que hagamos nada significativo —que nadie se engañe: no lo es posar en unas escaleras con una pancarta— y sin que nadie haya pensado nunca, seriamente, en pedirles más responsabilidad y precauciones a quienes han puesto a punto estas armas de destrucción masiva y fulminante de personas y se lucran con su administración, gestión y explotación.

Sabemos, porque se jactan de ello ante los inversionistas cuando de captar fondos se trata, que disponen de los recursos más sofisticados para identificar, descifrar y rentabilizar toda la información que se almacena en sus servidores. Nadie les está pidiendo que dediquen una parte de esos recursos, así sea una mínima, para impedir que con sus herramientas se desate y se culmine una cacería humana. Y cuando esta se produce, se les deja que se inhiban y sea cualquier insensato insolvente quien tenga el deber de indemnizar y reparar lo irreparable. Lo que nos devuelve, en fin, al principio: el monstruo somos nosotros.

Puente o dinamita

Hacer bien un puente es algo engorroso. Es una tarea que requiere largos y arduos cálculos previos, ajuste de esfuerzos y materiales y tesón para llevarla adelante. En ella nunca faltan los momentos de tensión, estrés y demás efectos colaterales de un empeño que por su naturaleza no se zanja en un pispás.

Dinamitar todos los puentes es algo catártico. Como sucede con toda acción orientada a un fin, no deja de requerir alguna premeditación, en particular aquella necesaria para acopiar la cantidad suficiente de explosivo, colocar las cargas en los puntos adecuados y conectar los detonadores. Pero la dinamita no falta nunca, los puntos suelen estar bastante claros y una vez que eso está hecho, no hay más que apretar un botón o bajar una palanca y el resultado apetecido se desata con fulgurante esplendor.

Ha habido unas elecciones muy disputadas y su resultado plantea a muchos candidatos, y a los líderes de sus respectivos partidos, la disyuntiva de tender puentes con los diferentes o terminar de volarlos. La cosa se complica porque hay quien ha hecho del discurso dinamitero la ola sobre la que ha surfeado para cosechar los votos de que dispone y, lo que resulta aún más trascendente en una escena política tan fragmentada como jamás antes, su posición relativa en la carrera, en la que cifra suculentas expectativas de poder futuro. Hay, también, quienes dicen estar dispuestos a tender puentes pero cruzan los dedos tras la espalda, con la voluntad irreductible de despeñar por el pretil al incauto que se atreva a fiarse de sus ofertas de diálogo. Venimos de donde venimos, de un tiempo turbulento y aturdido en el que no pocos han hecho su ganancia agrandando hasta la náusea diferencias nimias o imaginarias, exagerando agravios, difamando, calumniando y utilizando a bulto el improperio.

Llegados a esta encrucijada, quizá la clave sea distinguir entre tácticos y estrategas. Los primeros optarán con facilidad por la dinamita, que permite movimientos a corto plazo y que se ofrece como la manera más expeditiva de erosionar al enemigo. Tiene además la ventaja de que los grandes espectáculos de caos y destrucción agradan y reconfortan a amplios sectores de las masas, en especial a aquellos que se manifiestan más ruidosa y perentoriamente. Sin embargo, no faltarán entre los tácticos quienes simulen convertirse en pontoneros, para vadear no las diferencias con otros, sino el corto plazo de incertidumbre a fin de reagrupar fuerzas y regresar con más vigor al conflicto.

Existen al efecto mecanismos como la moción de censura, dentro de la legalidad, y ahora que algunos han explorado ya las tierras salvajes de la ilegalidad flagrante, les queda, al menos en un plano teórico —o romántico—, la opción de volver por sus desafueros y a las andadas, a nada que la ley se descuide.

A los estrategas, a quienes conserven la costumbre de mirar por el largo plazo y de intentar concebir arreglos que sirvan para recorrerlo con provecho, no les queda otra que empezar a hacer cálculos de vanos, pilares y resistencias, y debatir sus planos con otros, aunque seguramente no les apetezca. Son ya muchos años subsistiendo con todo mal apuntalado, sin proyecto común y ahogados en pendencias nacidas de la deslealtad, la rigidez, la intransigencia, la deshonestidad y al final el delirio anacrónico, utópico o distópico, según se mire y quién lo patrocine. Quien aspire a un futuro compartido y viable sólo puede querer salir de esa espiral, y no hay otro camino que la costosa transacción con quien no es, precisamente, la pareja de baile soñada.

En un mundo ideal, el pontonero estratega que se echa a la espalda ese engorroso quehacer contaría con el reconocimiento de aquellos a los que sirve. En este mundo en el que vivimos, muchos se niegan a contemplar que esa actitud tenga premio. Las urnas futuras sentenciarán si estaban en lo cierto o no.

El alma de Madrid

Nací en una ciudad donde el nombre de las calles no estaba en las placas. Al menos, el de sus dos calles principales. Los que en ella vivían las llamaban Gran Vía y Castellana, y por tanto, porque una ciudad es lo que de ella dicen y quieren sus vecinos, esos eran sus nombres legítimos y verdaderos. En las placas que el ayuntamiento había fijado a las esquinas, en cambio, se leían las palabras «José Antonio» y «Generalísimo». Dos imposturas, dos aparatosas mentiras oficiales que los madrileños ignoraban con su natural desparpajo y que el tiempo acabó desclavando, para devolver su sitio a las denominaciones auténticas. Como es bien sabido, en los nombres están de algún modo las cosas, y esta lección onomástica no conviene olvidarla. Por cierto que no fue la primera: a la Gran Vía alguien quiso rebautizarla antes de otro modo, como avenida de la Unión Soviética, y tampoco tuvo en su afán la complicidad de quienes por ella caminaban.

Tiene Madrid, mal que pese a los que desde dentro y desde fuera gustan de reducirlo a un trazo de caricatura, a una sola nota que halague sus filias y sus fobias, un alma compleja y más díscola que pastueña. No es ese inerte agujero funcionarial que sueñan perezosamente sus enemigos, pero tampoco una falange de filas apretadas ni un tumulto libertario, como lo pretenden los que desde una y otra esquina buscan agasajarle el oído para arrimarlo a sus particulares intereses y agendas. Y es que tiene Madrid otra cosa que lo pone en el disparadero del deseo y de la invectiva: en él se ha cifrado siempre, en los últimos siglos, la llave del poder en el conjunto del país. Quien toma Madrid se hace antes o después con el mando entero. Quien lo pierde se arriesga al desalojo completo, más tarde o más temprano. Puede no ser ya así en la práctica, pero permanece como símbolo.

Por eso, dividido el voto por mitades entre los viejos bloques de la derecha y la izquierda, esos que según los politólogos de moda ya habían dejado de existir, se ha forzado al máximo la máquina para soldar las piezas del bloque que sumaba algo más, enterrando a toda prisa ambiciones, descalificaciones y hasta menosprecios exhibidos durante la campaña. Le ha tocado a la derecha ganar porque a través de sus tres marcas ha sabido movilizar a los suyos, sin dejarse uno solo, desde los liberales hasta los nostálgicos de quien impuso su rango superlativo a la avenida por la que las tropas desfilaban ante él. También porque la izquierda madrileña es la campeona mundial de esa disciplina olímpica conocida como suicidio electoral. En todas sus marcas, nuevas y antiguas, nadie la iguala a la hora de exponer ante el electorado la oferta más pobre y las disensiones más absurdas. Y junto a sus aciertos en la gestión, cuando los tiene, nunca deja de deslizar los errores más contraproducentes. La gente vota por algo, y también por algo en algunos barrios deja de votar.

Ahora la derecha tiene un flamante alcalde, con pocos votos propios y muchos prestados. Todos son válidos y el bastón está en sus manos con todas las de la ley. Pero en el día a día se verá el pago de intereses, y los madrileños, como ya hicieron con su predecesora, mirarán a dónde acaba yendo el trigo, al margen de las prédicas y los malabarismos verbales de los pactos. Quien se deje llevar por la tentación de hacer de Madrid lo que no es y, en especial, lo que dejó de ser hace ya cuarenta años, recibirá un día el mismo pago que aquellas placas que arrojaron lejos de sí para siempre las fachadas de la Gran Vía y la Castellana. Quien se avenga a colaborar en ese ejercicio, por acción, omisión o simple connivencia, perderá, que no lo dude, la oportunidad de engañar otra vez a los madrileños con promesas liberales.

A la izquierda batida le queda un tiempo en la oposición, que siempre enseña, y una reflexión sobre por qué fracasa, una y otra vez, a la hora de encarnar su parte del alma de Madrid.

El mal en la Edad Idiota

Denali no ha conocido otro siglo que el XXI. Vino al mundo casi coincidiendo con ese momento en el que cada vez parece más claro que cambiamos de era histórica: el 11 de septiembre de 2001, cuando cayeron en medio de una nube de escombros las dos torres que simbolizaban el poderío de la gran potencia de la Edad Contemporánea, sumiendo a esta y al conjunto de la humanidad en una perplejidad que aún dura y que se traduce en el regreso a la guerra como forma principal de relación entre los pueblos y las culturas. Algunas de esas guerras se combaten al estilo tradicional, incluso retrocediendo al arma blanca y a la Edad Media. Otras se libran por la vía de la desinformación, la infiltración y manipulación digital o el centrifugado de mentes. Ninguna acaba de ganarla nadie, mientras crecen las bajas.

Denali vivía apaciblemente al margen de ese despliegue de horror, en Alaska, un lugar donde la naturaleza y la lejanía a los epicentros de los diversos conflictos le habría permitido llevar una existencia razonablemente pacífica y provechosa. Quiso sin embargo su mala fortuna que contactara por internet con Darin, de veintiún años, un adicto a la pornografía infantil de Indiana que le dijo que se llamaba Tyler y que era un millonario de Kansas. Por lo que se ve, nadie le había enseñado a Denali a desconfiar de lo que la gente a la que no conoces te dice que es en la red.

Tampoco debían de haberle enseñado otras muchas cosas. Por eso, cuando Darin, para ella Tyler, le propuso que abusara de menores de edad y lo grabara, no parece que se le activaran los frenos que cualquiera dotado de una conciencia normalmente constituida habría tenido que vencer. Al menos, la policía les ha intervenido unos vídeos que invitan a cuestionárselo. Y por eso, también, cuando el supuesto millonario de Kansas le ofreció nueve millones de dólares por asesinar a alguien y grabarlo, a Denali no se le ocurrió nada mejor que aprovecharse vilmente de la confianza que en ella tenía Cynthia, su mejor amiga, para conducirla a una emboscada mortal en la que, con ayuda de otros dos jóvenes desprovistos como ella de cualquier escrúpulo, le despachó, según se desprende de la investigación policial y de su propia confesión, un tiro en la nuca. Luego la arrojó a un río. En lugar del dinero, que nunca llegó, ahora se enfrenta, junto al falso millonario y sus cómplices, a treinta años de cárcel.

Sucesos como este, que cabe temer que vayan a más en el futuro, así como otras señales de nuestro tiempo, invitan a preguntarse sobre cuál es el verdadero carácter distintivo de esta nueva Edad cuyos albores nos ha tocado en suerte presenciar. Una Edad en la que, además de homicidios necios y gratuitos y guerras absurdas que nadie gana nunca y sólo consumen vidas y recursos, toca convivir con la transformación masiva de las personas y su patrimonio más íntimo en mercancía, el destrozo irreversible y consciente de un planeta para el que no tenemos recambio y la redistribución inversa de la riqueza de manera que los pocos ricos tengan cada vez más a costa de los cada vez más pobres y desesperados. Todo ello rematado con la guinda de ir colocando en las más altas magistraturas a los más estrafalarios e inestables personajes, que una y otra vez se erigen en insólitos flautistas de Hamelin seguidos por millones de incautos.

Denali es un excelente botón de muestra. Una cabeza que se le adivina perfectamente desamueblada. Un corazón inerte y vacío. Un alma sin conexión con ninguna clase de principios. Y en la mano un arma de fuego, que el país en el que vive le pone a su alcance con una facilidad extrema, después de vedarle, o eso parece, el acceso al conocimiento de ninguna índole. Una expresión acabada de la más absoluta idiotez moral y cognitiva. Una bala perdida que a alguien tenía que acabar dándole.

Bienvenidos a la Edad Idiota. Y sálvese quien pueda.

(Nota: Denali —que significa «el Grande» en las lenguas indígenas locales— es el nombre del monte más alto de Alaska y de toda América del Norte, el antes conocido como McKinley, de 6.190 metros de altitud. Ahora pasa a nombrar también una de sus más bajas cotas, en términos de geografía humana.)

La frontera

La vida en la frontera no espera, ya lo cantaba hace años Radio Futura, y tampoco la muerte tiene allí la deferencia de darle margen a quien le place llevarse. La frontera es un lugar lleno de peligros, en el que más vale saber que de cualquier lado puede venirte el golpe fatídico que mande todo al traste. Por eso los hombres de frontera, según canta el poeta chino Li Po, tienen siempre a mano el látigo y la espada, el arco tenso, y se han deshecho del hábito de dormir. Los hombres de frontera no son la regla, sin embargo, ni siquiera entre quienes la habitan. De hecho, de un tiempo a esta parte, en la frontera hay demasiados niños y niñas, y están demasiado a merced de sus riesgos.

La frontera está lejos, lejos de los ojos y del corazón, como dicen los italianos, o no. La frontera es el Río Grande, el estrecho de Gibraltar, el canal de Sicilia, las vallas de Ceuta y Melilla, y ya calculará quien esto lea a cuánto le queda cada cosa en el mapa. Pero no sólo. La frontera es también cualquiera de esos trozos dejados de la mano de Dios de tu propia ciudad, amable lector, donde malviven los desheredados que lograron cruzar los ríos, los estrechos o las alambradas, expurgando los desechos de los tuyos, recogiendo las migajas o prostituyéndose —o siendo prostituidos— a cambio de sumas indeciblemente pequeñas. La frontera son también esos autobuses o trenes de muy primera hora de la mañana, donde viajan somnolientos los que asumen las labores penosas y mal pagadas que aquí nadie quiere.

La frontera lleva camino de ser todo, incluso cuando uno se cree a salvo o alejado de ella. Está posiblemente en las zapatillas que calzas, el teléfono móvil con el que muy bien puedes estar leyendo estas líneas, las redes de telecomunicaciones a las que se conecta y que alguien ha tenido que desplegar sobre la tierra, en invierno y en verano, al sol y bajo la lluvia, en azoteas a las que se llega sin dificultad o peñascos más inaccesibles. En este ordenador con el que ahora escribo, en la mesa sobre la que me apoyo, en el uranio y el gas natural y hasta el agua, el sol o el viento con los que se generan los vatios de luz que me alumbran. La frontera es ese desierto de Mali que lleva décadas avanzando a una velocidad de vértigo y que hemos necesitado que llegara hasta Zaragoza o Vitoria para darnos cuenta de lo que se cocía, que no era otra cosa que nuestro futuro, a fuego rápido.

La frontera es la realidad ineludible e inaplazable de ser una sola especie que habita un único planeta en el que ya no es posible dibujar fronteras para separar a los afortunados de los parias; a quienes tienen libertades y derechos, hasta el punto de poder exigir que se les aplaque como sea el mal humor, de los que se ven condenados a hacer cola durante horas no importa por qué ni bajo qué circunstancias sin opción a rechistar. Que entre las personas hubo, hay y habrá siempre desigualdades es un axioma que cuesta imaginar que encontremos la manera de invalidar en un porvenir próximo o remoto. Que el equilibrio al que debemos aspirar exige reducirlas —poniendo la inteligencia y la generosidad que se pueda— a un nivel tolerable, ofrece poca duda a cualquier mente observadora y apegada al raciocinio.

Un buen comienzo sería dejar de aceptar que la frontera sea una realidad tan continuamente escandalosa. Que quienes se pueden ocupar de ello atiendan a que los niños no se mueran hacinados en campos de concentración, las mujeres no tengan que ofrecerse en las calles por cinco euros o cada noche haya gentes a las que la desesperación arroja al agua sin saber nadar. No todas esas desgracias son igualmente evitables: alguna exige complejas políticas transfronterizas; para atajar alguna otra no haría falta más que cambiar un reglamento o una ordenanza municipal. Llegado el momento del próximo desastre, será una pobre excusa, en todo caso, la pereza que nos daba la tarea.

La sillita debajo de Aristóteles

Corre la primavera del año 55 antes de Cristo. Son días convulsos en la república romana, que se encamina hacia una guerra civil entre los dos bandos que acabarán encabezando César y Pompeyo. Cicerón, retirado en una finca de Cumas, en la Campania, escribe a su amigo Ático que tanto por edad como por la desastrosa situación política prefiere sentarse en la sillita que el destinatario tiene en su biblioteca bajo el retrato de Aristóteles «a hacerlo en la silla curul de esa gente». O dicho de otro modo, que prefiere el placer y el estímulo de la lectura provechosa a mezclarse en las intrigas de quienes luchan por una poltrona desde la que poder dictar los destinos de los demás. Cicerón ha sido cónsul y, aunque no carece de enemigos, su prestigio como orador, jurista y hombre de letras apenas tiene parangón entre sus contemporáneos. Sin embargo, al apreciar la catadura y las maniobras de quienes aspiran al poder, elige apartarse.

Eso no le ahorrará verse implicado en la guerra que ha exhortado a todos a evitar, al final en el bando de Pompeyo, un hombre cuyas torpezas e imprudencias no deja de señalar una y otra vez en la correspondencia con su amigo, al que justifica así su toma de postura: «Yo he preferido que se decida con negociaciones y ellos con las armas; puesto que venció este sistema, conseguiré desde luego que ni la república eche de menos mi apoyo de ciudadano ni tú el de amigo». Su tentación de quedar al margen sucumbe frente a su concepción del deber cívico.

El dilema de Cicerón es el de tantos hombres y mujeres de valía en tiempos en los que los asuntos públicos caen en manos de personas que atienden más a sus ambiciones personales y a sus rencillas con otros que a aquello que, según Escipión, citado por el propio Cicerón en otra carta a Ático, debería ser el objetivo de quienes se postulan para desempeñar la labor de Gobierno: «La felicidad de los ciudadanos, que sea sólida en recursos, abundante en riquezas, espléndida en gloria, honorable en su buen nombre». No es esto lo que pretende César, al que califica de monstruo cuya avidez no conoce descanso, ni tampoco aquel al que finalmente apoya, Pompeyo, que se propone, dice, «poner en movimiento todas las tierras y todos los mares, soliviantar a los reyes bárbaros, traer a Italia pueblos feroces armados».

Ha pasado mucha agua bajo los puentes del Tíber, el río de la Urbe tantas veces citada por Cicerón como fundamento de sus desvelos, y de los demás ríos, de Italia y otras latitudes. Y sin embargo siguen enzarzándose quienes ocupan la primera línea política en reyertas inútiles e interminables, dando la espalda a los problemas que entorpecen la felicidad de los ciudadanos y poniendo todo su empeño en consolidar sus propias posiciones y erosionar las de los contrarios. Sabemos, además, o lo saben al menos quienes conservan el hábito de leer algo más que los memes de Twitter, lo que le acabó ocurriendo a Cicerón, y cada vez resulta por tanto más difícil resolver su dilema como él al fin lo hizo.

Son muchos quienes piensan que implicarse en la lucha por el poder, con el ánimo de orientar su ejercicio lo más posible a la felicidad ciudadana, sustrayéndolo a la riña personalista y partidaria, conduce a un sacrificio inútil de quien tal persigue. Así las cosas, las sillas curules, léase las poltronas desde las que se gobierna, acaban una y otra vez ocupadas por las posaderas de aquel que no tiene mejor cabeza ni mejores razones para la toma de decisiones, sino mayor apetito por ser quien decide.

Y desde la sillita debajo de Aristóteles, muchos miran cómo las cosas de todos se pudren y se despeñan, sin preguntarse ya siquiera si la partida no podría ir de otro modo, resignados a que prevalezcan los tahúres ansiosos y destructivos, durante meses que luego son años y amenazan ya con ser décadas. El fantasma de Cicerón los mira y los interpela, cada día más apremiante.

Esperando a la araña

Imagina que un inoportuno ataque de amnesia te borra de la memoria reciente, ese almacén cada vez más precario, el lugar donde has aparcado el coche. No es necesario para ello tener una enfermedad degenerativa. Hay a quien le pasa más o menos a menudo, simplemente porque tenía otras cosas en la cabeza cuando se bajó del vehículo y pulsó el botón del cierre remoto. Si tienes un iPhone y llevabas activada la localización en la *app* de mapas de Apple mientras conducías, no hay ningún problema. Basta con que la abras y te aparecerá, como el primer destino sugerido para la búsqueda, el sitio exacto donde aparcaste.

Es sólo uno de los casos en los que la máquina que porta la mayoría de la gente en el bolsillo sabe más del usuario que él mismo, y está en condiciones de tomar gracias a ello decisiones más fundadas y precisas sobre sus asuntos (los del usuario). No se trata ya del futuro, sino del presente y aun del pasado. Hay quien ha descubierto que, si tienes la mala costumbre de darle órdenes verbales a tu Smart TV y para ello has activado el micrófono que trae de serie, pueden usarla para saber qué se habla en el salón de tu casa, he aquí lo interesante, incluso cuando tú no estás. En estos días se presenta otro estudio que revela que muchas compañías tecnológicas nos venden sus gadgets, indispensables para muchos desde que amanecen hasta que se quedan fritos con ellos entre las sábanas, con *apps* preinstaladas que sirven para monitorizar nuestra actividad bajando a sus más ínfimos detalles, incluidos aquellos que a nosotros mismos nos pasan inadvertidos —y que cada día son más—, para poder reportarlos a terceros de opacas o cuando menos ignotas intenciones.

Por no hablar de esos asistentes de voz que graban todo lo que se pía a su alrededor, ya les esté destinado o no como orden, o de ese robot de cocina preparado, a través de su conexión a la red de redes, para cumplir funciones que nada tienen que ver con la elaboración de alimentos. Todo ello se basa en lo que los técnicos del asunto llaman vulnerabilidades: ya sea de la propia máquina —conectada a una red wifi sin máscara alguna, con lo que se vuelve accesible a terceros maliciosos— o de quienes la usamos, seres humanos despistados, inconscientes e ignorantes de muchas de las cosas que se pueden hacer, y se hacen, con el software y el hardware que nos ponen en las manos para que les entreguemos nuestros días y con ellos nuestros afanes y secretos.

La telaraña está dispuesta, gracias a este ejército ingente de chismes y programas al que cada vez nos sometemos más ciega y acríticamente. Somos el bichito que se pasea confiado por sus hilitos brillantes, creyendo que hace un hermoso día y que el sol que les arranca destellos lo han puesto para nosotros. Sólo falta la araña que nos espere en el rincón fatídico para darle a la tela su uso posible, tentador, apetecible y por ello natural. O eso es lo que preferimos creer: que nos movemos por un tejido que no tiene dueño depredador y que ha sido extendido por una amable y bella mariposa para nuestro deleite y comodidad exclusivos, inagotables y en ocasiones —no siempre— hasta gratuitos.

Pero eso no es, cualquier adulto lo sabe, del mundo real. La araña siempre está ahí, detrás de la tela, dispuesta a ejercer la soberanía que su obra de ingeniería textil le otorga. Ya hay, en lugares donde se hacen menos ilusiones, evidencias crudas de cómo la araña controla férrea e implacablemente a los insectos que se mueven por su territorio. Disponemos, en otros lugares, de datos para suponer que ya hay quien teje con premeditación nuestro menoscabo para procurar su medro y su lucro. Van muy deprisa, tan deprisa que quienes deberían ponerles límites, allí donde hay algo medio parecido a una democracia o una ley, se ven impotentes para alcanzarlos, cuando no les ríen las gracias.

Ojo con la araña, que siempre pica, y nunca es benévola.

Pensamiento kamikaze

La historia trasciende en su esquema básico, apenas unos pocos elementos: un coche recorre a doscientos kilómetros por hora y en sentido contrario cincuenta kilómetros de una autovía del Norte, cruzándose en su carrera letal con varias decenas de vehículos que logran esquivarlo, hasta que uno no lo consigue y ambos colisionan. Contra ellos impacta acto seguido un tercer coche. En el choque, que cuesta calificar de accidente, muere el conductor suicida y resultan heridas otras cinco personas. El muerto era un varón en la cincuentena, divorciado, padre de dos hijos y que, según se dice, atravesaba por una depresión.

Estos son los hechos, demasiado escuetos para enjuiciar aún, jurídica o siquiera moralmente, lo acontecido. No es fácil imaginarlo, pero para empezar ni siquiera está descartado que el conductor infractor condujera desorientado, o bajo el efecto de algún cóctel de sustancias, incluidos fármacos, que lo privara del control de sus actos. En ese caso no sería estrictamente un kamikaze, que es de lo que al instante se le tilda. Tampoco se dispone, con estas primeras informaciones, de una imagen lo bastante precisa de su situación psicológica o familiar, más allá de lo que alguien dice de él, que tampoco es demasiado. Es por ello prematuro y arriesgado aventurarse a adjudicarle alguna responsabilidad a nadie más que a quien estaba al volante.

Sin embargo, la noticia, sin ningún otro aditamento, desata inmediatamente una catarata de juicios categóricos. Sucede así algo parecido a lo que en otras ocasiones, cada vez más, se da a renglón seguido de un hecho luctuoso: que la reacción frente a la tragedia se convierte en un acontecimiento en sí misma, un fenómeno de tintes sobrecogedores que acaba desvelando una tragedia suplementaria. No se ciñe la respuesta a la solidaridad hacia las víctimas y la exigencia a las autoridades para que se esclarezcan los hechos y se atribuyan con racionalidad y justicia las responsabilidades pertinentes. Al revés: muchos aprovechan la ocasión de la desgracia ajena para entregarse a un ajuste de cuentas con aquello que les irrita o les disgusta. Para embestir contra todas las ideas que circulan en sentido contrario al suyo con la furia kamikaze que se imputa al conductor muerto.

El yacimiento donde se acumulan estos residuos tóxicos del pensamiento es, una vez más, la lista de comentarios a la noticia en cuestión. Hay quien califica al conductor, sin despeinarse, de «narcisista psicópata». Hay quien lo considera una víctima de la «violencia feminista fascista». Hay quien celebra su muerte. Hay quien achaca la tragedia al «empoderamiento feministoide» o a las «leyes antihombre impulsadas por el hembrismo». Hay quien propugna, tal cual, que el diagnóstico de depresión acarree la pérdida del permiso de conducir y la confiscación del coche.

Y así varias decenas de despropósitos más, sin que haya en total más de media docena de llamadas a la ponderación en el análisis, la prudencia en el juicio o el recurso a la razón frente a la visceralidad desatada. Queda el consuelo de saber que en la investigación del siniestro trabajan unos profesionales serenos y competentes, los agentes de la Agrupación de Tráfico de la Guardia Civil, y que sobre él dictaminará un juez profesional, que también puede tener sus ideas, y hasta sus derrapes, pero ha sido seleccionado y formado para no dejarse aturdir. Queda, también, el consuelo de interpretar que esos comentarios no son representativos de la población ni de la conciencia social: que en esa sección cada vez más ominosa de los periódicos interactúa con especial intensidad su fracción más airada y atrabiliaria.

De algo, no obstante, es síntoma esta proliferación entre nosotros del pensamiento kamikaze, hasta el extremo de verlo expresado con tanta soltura y profusión. Algún efecto, de uno u otro modo, tiene que acabar causando. Da para temblar.

Devolvedme a la cantera

El viajero con algunas lecturas que entra en la catedral de Siracusa no se sorprende al ver las recias columnas dóricas que flanquean su nave central. Sabe que está en el templo de Atenea levantado por el tirano Gelón a principios del siglo v a. C. para celebrar su victoria sobre los cartagineses. En el mismo templo que su hermano y sucesor Hierón debió de mostrar orgulloso a los ilustres poetas a los que invitó a ser sus huéspedes, entre los que se contaron el mismísimo Esquilo, que estrenó en el teatro de Siracusa una de sus obras, *Las Etneas*, y el gran Píndaro, que dedicó a una victoria de Hierón en las carreras de carros una de sus odas más celebradas, la que dice aquello de «hazte el que eres». Uno entre tantos casos en los que el hombre poderoso se procura el privilegio de ser loado por un artista que acepta poner el arte a su servicio para poder beneficiarse de sus favores.

Es Sicilia tierra de tiranos, y no iba a ser Hierón el último. Tiempo después vino otro, Dionisio, que también atrajo hombres de letras a su corte, como el filósofo Platón y otro poeta, Filóxeno de Citera, de quien por lo visto esperaba recibir la misma coba que Píndaro diera a Hierón. Dionisio no tenía como afán primero las carreras de carros, sino la propia poesía, y lo que contaba con cosechar de Filóxeno, diestro ditirámbico, eran elogios a sus versos. Pero el poeta resultó profesar más amor a la literatura que a los manjares de la mesa del tirano, y según dice Diodoro de Sicilia en su *Biblioteca histórica*, le hizo ver al gran hombre que sus poemas eran un bodrio, lo que le llevó sin más trámites a las latomías, las canteras de caliza a las afueras de la ciudad, a donde Dionisio enviaba a quien discrepaba de él. Intercedieron por Filóxeno sus amigos, y el tirano consintió en acogerle de nuevo en su palacio y su mesa. Justo a tiempo para una nueva lectura de su poesía, que perpetró pendiente de la reacción de Filóxeno, a quien terminó preguntando por lo que opinaba ahora —tras pasar por los trabajos forzados— de sus versos.

—Devolvedme a la cantera —cuenta Diodoro que contestó Filóxeno, acatando estoicamente su infortunio, ya que no podía mostrar indulgencia alguna hacia la lírica del autócrata.

Al final, según el cronista, el poeta encontró la manera de darle al tirano su opinión sin traicionar su creencia y sin que Dionisio entendiera sino lo que deseaba oír. Concluyó que los versos del amo de Siracusa eran patéticos, lo que el autor creyó que quería decir que a Filóxeno le conmovían, cuando lo que en realidad significaba era que le movían a piedad de lo malos que eran. Obtenido ese veredicto, Dionisio le dejó marchar.

Igual que uno puede evocar a Píndaro o Esquilo

pasando la mano por las columnas del templo de Atenea incrustadas en la catedral de Siracusa, puede recordarse a Filóxeno acariciando la roca caliza de las canteras de las que esas mismas columnas provienen y que tuvo que trabajar con sus manos aquel poeta de onerosa sinceridad. Se cuenta que en las oscuras cavidades de las latomías —la más impresionante de ellas se llama, justamente, la Oreja de Dionisio—, Filóxeno ingenió su poema sobre Polifemo y Galatea, en el que el cíclope vendría a ser trasunto del tirano y Galatea de una dama de su corte, pretendida por ambos.

Hacerlo en estos días en que perpetran su recitación —o como ellos y sus cronistas dicen, su relato— los varios hombres poderosos del país de uno —ninguno de ellos, eso sí, un tirano, porque con el voto ciudadano suben a la tribuna— mueve a la sonrisa, más bien amarga. Y aunque quizá podría encontrarse, no tiene mayor utilidad buscar un adjetivo para sus peroratas, como el que el sutil Filóxeno encontró para Dionisio. Sólo dan ganas, como a él, de volverse a la cantera de cada uno a seguir picando, mientras ellos, pagados por todos, siguen alumbrando tristes maneras de perder y hacernos perder el tiempo.

Hay una guerra

Hay una guerra y está cerca, más cerca de lo que nos gusta normalmente pensar. Cada día registra alguna batalla, y a veces la batalla es cruenta más allá de toda medida. Basta con repasar la última semana para encontrarse con sus escaramuzas.

En una infravivienda de Los Arroyos, El Escorial, operaban hasta hace poco unos jóvenes camellos de origen magrebí que se las habían arreglado para extorsionar y explotar sexualmente a varios menores españoles de la zona —de familias con un razonable pasar, integradas y estructuradas— a cambio de la droga a la que los engancharon, al parecer ofreciéndosela incluso en los centros escolares a los que acudían. La actividad, cuyos detalles de violencia y sordidez no es preciso explicitar al lector formado e inteligente, se mantuvo hasta que uno de los niños presentó síntomas que, advertidos por la familia, condujeron a la acción de la Guardia Civil, por cuya diligencia los agresores sexuales en cuestión han acabado yendo a parar entre rejas. La historia es susceptible de generar interpretaciones variadas, aunque cabe temer que predomine una, habida cuenta del origen geográfico de los delincuentes. Ese mismo origen, y su situación en el país al que emigraron, proporciona sin embargo otros matices, que no disculpan su conducta; tan sólo la vuelven más pavorosa.

En un parque de Bilbao, Vizcaya, una chica de dieciocho años acude a una cita con un joven al que ha conocido a través de una red social. Una conducta ingenua, imprudente y todo lo que se quiera, pero cuyo resultado final va a desbordar cualquier previsión. Lo que se encuentra es a media docena de varones, también magrebíes, comprendidos entre su misma edad y los treinta y seis años, que la agreden sexualmente en manada. Trasciende luego el detalle de que tras hacerlo le arrojan la suma de diecisiete euros. La chica lo denuncia y, gracias a la poca cabeza de los agresores, y el ostensible e inconfundible tatuaje de uno de ellos —deficiencia grave de cognición criminal que ya ha conducido a algún otro a la cárcel—, la policía los identifica, detiene y pone a disposición judicial. Dos acaban en prisión incondicional y los otros cuatro con fuertes medidas de control. De nuevo está servida la usual atribución del mal al forastero, y de nuevo, sin que sea excusa para el abusador alevoso y cobarde, aparece otra connotación: la poca reverencia al orden del lugar al que no se siente pertenecer, el deseo turbio de apoderarse de lo que no se le da a uno.

En Hernani, Guipúzcoa, un asesino vuelve a casa después de haber cumplido condena por sus muchos y crueles crímenes. Se le recibe con júbilo, y en el comité de bienvenida, tan altivo como ufano, está en lugar bien visible otro asesino como él, que se complace en enorgullecerse de sus varios homicidios. Tanto uno como otro, y el rasgo es común a quienes los vitorean, se benefician de la idea de que aquellos a quienes mataron no eran como ellos: eran otros, los otros indeseables que sobraban en su tierra. No han dejado de matar porque hayan dejado de creer en la bondad de hacerlo, sino por el miedo que les inspira, si lo hicieran, la certeza de pudrirse los pocos años de vida que les quedan donde pasaron las últimas dos décadas largas.

En El Paso, Texas, un joven de poco más de veinte años dispara hasta casi fundirlo un AK-47 en un centro comercial atestado de gente. Su objetivo, según confiesa, es matar cuantos mexicanos le sea posible, a fin de atajar la invasión que estos representan en su estado, y que según él va a desnaturalizarlo. La marca que consigue debe de dejarle satisfecho, tanto como le horrorizará a cualquier ser humano con corazón: una veintena de inocentes muertos, más un buen número de heridos.

Hay una guerra, contra ese al que se considera el otro, y a la que quien como tal se siente se suma con furia. Está aquí y allá, por todas partes. En todas las cabezas que la acogen.

El mal cantar

Todos los inquisidores creen tener motivos nobles o cuando menos sólidos para sus inquisiciones y sus autos de fe. Todos, sea cual sea el dogma que los inspira, acaban siendo nefastos. Pueden preguntarnos a los españoles, y eso que los que pusieron en marcha el invento entre nosotros, sus muy católicas majestades Isabel y Fernando, creían estar dando con la panacea para mantener la cohesión religiosa —léase: política— de sus muy dispares reinos.

Los inquisidores del momento escrutan letras de canciones y queman en efigie —esto es, en ausencia, la derivada del veto a sus actuaciones— a quienes las escriben y las cantan. Los hay que persiguen rojos, y si no fachas, o separatistas, o machistas. Nunca le ha faltado al ser humano un argumento, fundado o gratuito, para despachar al ostracismo a sus adversarios o a quienes por lo que sea irritan o molestan. El deporte del verano es la cancelación de conciertos indeseados, para la que no hay consistorio que no encuentre un fundamento inapelable.

Hay en esto de los conciertos bajo auspicio municipal una arista incómoda: hasta qué punto tiene tal o cual trovador un derecho fundamental a que las arcas públicas sean el sostén de sus finanzas. En el límite, todos los conciertos subvencionados son discutibles y sospechosos: tanto puede quejarse aquel a quien le resuelven el contrato apalabrado meses atrás como cualquier contribuyente al que se le obliga a costear los trinos gratos a otro que él percibe como graznidos insufribles.

Sin embargo, parece haberse instalado la noción de que los conciertos veraniegos son un acontecimiento público susceptible de recibir, con carácter general, apoyo financiero o logístico de los ayuntamientos en cuyo término municipal se celebran, por el esparcimiento que procuran a la población y el realce que les dan a las fiestas patronales. Bajo esas premisas, resulta exigible a los munícipes una cierta neutralidad, o cuando menos que no procedan de manera que la diversidad artística existente quede cercenada y reducida a gratificar sólo el gusto de su parroquia. Para ese viaje, que pasen la gorra entre afiliados y simpatizantes y que sean ellos los que apoquinen la música conveniente. Con los euros de todos, están bajo escrutinio: si deciden que alguien no toque, tendrán que explicar por qué otro sí puede tocar.

Si se aparta a un cantante por el sesgo machista de sus composiciones, verbigracia, será lícito preguntarse por qué no se ve objeción a que canten en las fiestas quienes echan de menos a los que apostaban por el tiro en la nuca como herramienta de acción política y proclaman su deseo de venganza hacia quienes impidieron que los pistoleros continuaran pasaportando gente. O por qué no hay problema en que dos tipos creciditos canten su amor, cuando menos embarazoso, por una niña de quince años. Puestos a pensar mal, se puede pensar mal de cualquiera, y no es tanto cuestión de quién lo pone más fácil o más difícil, sino de quién agarra la vara de medir para anatematizar a quién.

Desde que el hombre es hombre, siente el legítimo impulso de cantar a lo que le da la gana y como le da la gana. También desde que la mujer es mujer: ahí está Safo de Lesbos para que no haya dudas. Desde que el hombre y la mujer se civilizaron y se reconocieron derechos y libertades, ese impulso sólo puede coartarse cuando persigue causarle a alguien un daño concreto, ya sea en forma de amenaza, calumnia o injuria. Todo lo demás es sobreactuación que, desde el poder, equivale a desviarlo.

(Hay, eso sí, canciones que no pueden censurarse: las que nadie escribe. Esta semana un hombre murió vomitando sangre en Bagdad, la ciudad a donde lo deportaron, enfermo, por su origen iraquí, aunque jamás había pisado Irak. Se llamaba Jimmy Aldaoud. Su tragedia atroz no tiene quien la cante. Nadie necesita silenciarla, porque se consuma bajo la indiferencia.)

De Salomé a Salvini

El portento en cuestión se encuentra en el oratorio de la concatedral de San Juan Evangelista, en La Valeta, Malta. Ocupa toda la pared del fondo y se llama *La decapitación de San Juan Bautista*. Es el cuadro más grande pintado por Caravaggio, a principios del siglo XVII, cuando acogido a la hospitalidad de los caballeros de la Orden de Malta intentaba hacer méritos para ingresar en ella. Sólo cuando uno supera la fascinación que le producen sus siete figuras, cinco hombres y dos mujeres, la composición que las reúne y el tratamiento extraordinario de la luz, puede reparar en algunas presencias invisibles. Una es la del artista que pintó los dos cuadros que flanquean la obra maestra y en cuyo trabajo casi nadie repara, por la dificultad del ángulo, la poca luz y el deslumbramiento que Caravaggio sabe producir al observador. La otra es la de la responsable última de la atrocidad que se desarrolla en la escena representada.

San Juan ha sido abatido por un golpe de espada, y ahora el verdugo se dispone a seccionar con un cuchillo los últimos tendones que unen su cabeza al tronco, porque así lo ha querido Salomé, la propiciadora de este sacrificio de un inocente. Es la suya una ausencia clamorosa e intensa, que pone la escena en manos de este heterogéneo grupo de seis: el ejecutor, el hombre que parece haber transmitido la orden, dos mujeres —una que acerca la bandeja a requerimiento de este, otra que llora— y dos prisioneros que observan, con indiferencia, desde una ventana enrejada. No dejó Caravaggio de pintar a Salomé —lo hizo en un óleo que gracias a Carlos III, rey en su día de Nápoles y Sicilia, que lo tenía entre los favoritos de su colección particular, se guarda en el Palacio Real de Madrid—; pero en esta ocasión elige bajar a la sala de operaciones del matarife, donde ella no está.

Hay dos detalles que resultan sobrecogedores: el verdugo tiene las facciones del pintor y Caravaggio traza su firma con la sangre del charco que se extiende junto al cuerpo. Es el único del medio centenar de cuadros conservados en el que lo hizo. Es posible que con ello tratara de expiar el homicidio que le obligó a huir de Roma y errar por el sur de Italia, Sicilia y Malta, hasta su muerte en Porto Ercole. Es posible que quiera decir algo más; algo sobre lo que pasa cuando se sacrifica a un inocente.

Mirar este cuadro y pensar sobre él durante estos días y en Malta, tan cerca de la costa africana y de donde navega el *Open Arms* con su carga de desdichados, invita a las analogías. En el cuadro que vemos de este drama contemporáneo, las imágenes del barco, los náufragos hacinados, la tripulación o el armador y responsable de la ONG, nos falta ruidosamente quien instiga y sostiene el sacrificio de decenas de personas para mejor lograr su particular agenda: en apariencia, presionar a la UE para que le quite el problema migratorio; en el fondo, se intuye fácilmente, inflar su popularidad de cara a unas elecciones anticipadas.

Salomé y Salvini, separados por milenios, persiguen en el fondo lo mismo: fortalecer su vanidad. Y para ambos el dolor de los inocentes es un expediente legítimo. Dejando al margen si la UE está gestionando bien su frontera sur —que parece que no—, o si el armador del barco es un oportunista que se salta las leyes —que tribunales hay para establecerlo—, decenas de infelices están padeciendo un tormento innecesario para que alguien se dé a sí mismo el gusto de quedar como el amo del cotarro y de alcanzar la presidencia del consejo de ministros de Italia.

Falta en la analogía, para seguir el ejemplo de Caravaggio, la nota más incómoda. En este cuadro deplorable que nos ofrece agosto de 2019 salimos también todos nosotros, los europeos que estamos de vacaciones y podemos viajar a mirar obras de arte. Tenemos un continente ahogándose a nuestras puertas, y mal podremos desentendernos del sacrificio de los inocentes.

La selecta manada

Nunca sabremos los nombres de todos. Es posible que no lleguemos a saber más que una mínima parte, y que sólo se los mencione como posibilidad o conjetura, sin prueba suficiente para enfrentarlos a las consecuencias de sus actos. Emergerán entre los contactos del monstruo, serán señalados por alguna de las víctimas, en el caso de que los reconozcan o los recuerden, pero quedará el margen de duda necesario para que no se los pueda considerar culpables de los atropellos. Ya se ocuparán de ello los abogados que podrán pagarse y las influencias de todo tipo —gubernamentales, económicas y mediáticas— que no dejarán de movilizarse para mantenerlos debidamente indemnes.

La principal amenaza para su seguridad y su reputación desapareció el día de San Lorenzo de 2019, cuando quien los conocía a todos ellos, y podría haber proporcionado información precisa y determinante para inculparlos, dejó de maquinar y de vivir en la soledad de una celda del centro de detención federal de máxima seguridad de Manhattan: ahorcado por mano propia o ajena, después de que lo sacaran del programa de prevención de suicidios y lo pusieran bajo la vigilancia de funcionarios que se caían de sueño por haber trabajado más horas de las que les correspondían. Todo extrañamente conveniente y propicio, y a la vez no lo bastante concluyente para descartar que se tratara de un suicidio que se produjo por un cúmulo de circunstancias desafortunadas al margen de cualquier oscura voluntad.

A fin de cuentas, entra dentro de lo lógico y comprensible que un millonario de sesenta y seis años que ha llevado una vida de lujo y disipación, y que se enfrenta al descrédito vitalicio y a la miseria del confinamiento en centros penitenciarios para el resto de sus días, aproveche el primer resquicio que le dejen para quitarse de en medio y poner fin al suplicio. Lo anterior se compadece mal con la celeridad con que el psicólogo del centro de detención lo consideró a salvo de tan inteligible riesgo, pero esa es otra cuestión, que puede desactivarse de manera satisfactoria a través de una investigación interna que acabe encontrando indicios de una mala praxis excusable por algún factor circunstancial.

Desaparecido así el millonario y organizador de la trama de explotación sexual de menores de la que se benefició esta selecta manada de depredadores, son pocas las probabilidades de que sus miembros se vean expuestos y escarnecidos como lo son, con merecimiento, los que forman las otras muchas manadas que casi cada día, para vergüenza de la especie, salen a la luz. Y hay razones para que sea difícil su exposición: no puede darse como prueba de un delito grave la simple relación con el cerebro de la trama delictiva, ni siquiera una fotografía inquietante del sospechoso mirando con arrobo a una menor de edad que entra o sale de una casa o teniendo una familiaridad impropia con ella. Por algo se han inventado la presunción de inocencia y el Estado de derecho: la sospecha no puede hacerse condena y, nos guste o no, quien está mejor colocado en la vida dispone de los medios más poderosos y eficaces para impedirlo.

La manada debió de pasar horas de pánico, mientras el que sabía de todos ellos, y a lo peor guardaba alguna prueba como seguro o garantía, estaba encerrado y preguntándose cómo salir mejor parado del atolladero. Los mal pensados atribuirán a ese pánico, aposentado en algún corazón especialmente selecto, la rápida desaparición del villano mayor y principal testigo de cargo potencial contra los villanos beneficiarios de sus manejos. Ahora han cambiado el pánico por la inquietud, porque aun teniendo las mejores manijas, este del siglo XXI, con la globalización y las malhadadas redes sociales, es un mundo algo más incierto para los privilegiados. Cuentan a su favor con una de sus debilidades: lo poco que quienes lo habitamos mantenemos la atención.

Horas extras

La noticia es una de esas que cuentan mucho más de lo que parece: las horas extras descienden un 19 por ciento desde que se implantó el registro horario de la jornada laboral. El dato, eso sí, se refiere a las horas remuneradas. Las otras, las no pagadas, las que ni pueden ni deben hacerse, pero se hacen, tan sólo se han reducido un 2,5 por ciento. Son cifras del Instituto Nacional de Estadística, un organismo oficial, con profesionales capaces a los que en principio cabe conceder un razonable crédito.

La primera idea que le viene a uno a la mente —inevitable, quizá prematura, la muestra podría no ser lo bastante amplia, y otro tanto el periodo analizado— es que la medida, con toda su buena intención, ha servido más para menoscabar la retribución del tiempo excesivo de trabajo que para impedir la disfunción que este representa, por múltiples razones. Si un trabajador hace sistemáticamente más horas de las que la ley contempla, ello es indicador notorio de una plantilla infradimensionada y de una empresa que ejerce demasiada presión sobre sus asalariados, con todas las consecuencias negativas que eso acarrea:

desde el incremento de los riesgos laborales hasta el impedimento para la conciliación familiar de los empleados, sin olvidar la pérdida de ingresos para la Seguridad Social, que se ve así privada de las cotizaciones que corresponderían por los trabajadores a los que se deja de contratar y obligada a hacer frente al sobrecoste de dar prestaciones a un volumen de desempleados superior.

Implantar un registro verificable de la jornada de trabajo parece en teoría una buena medida para dificultar esa práctica perniciosa; pero si el resultado es que sólo se atajan aquellas por las que el trabajador recibe compensación, y esta tendencia se mantiene, va a costar celebrarla como un éxito regulatorio.

Quizá no sea tan extraño que así suceda, ni era tan difícil de prever. Recuerda uno los tiempos, hace treinta años, en que trabajaba por cuenta ajena y hacía horas extras a destajo; todas ellas, eso sí, remuneradas. En el ámbito en que eso ocurría, el de las firmas de servicios profesionales, este mecanismo era una forma encubierta de fomentar la productividad del empleado, al premiar con una especie de bonus mensual a aquellos que se acreditaban como más rentables para la empresa. Las horas se le facturaban a un cliente y todas llevaban un margen: cuantas más aguantara el trabajador, más ganancia para la firma. Por eso, si era factible facturarlas, tampoco faltaba quien se anotaba más de las que en efecto hacía, y no era una prioridad impedirlo. Cada tanto, la inspección de trabajo miraba las nóminas y ponía una multa, que a la firma le salía a cuenta pagar: había ganado más con el rendimiento sobrehumano de su plantilla.

En aquella época, en el mercado de trabajo, como casi siempre entre nosotros, había más oferta que demanda. Era un arreglo que el trabajador aceptaba, porque le permitía una mejor retribución, en un contexto donde lo que ofrecía, su trabajo, era barato por la sobreoferta. Como sucede ahora, pero en peor. Tal es el desvalimiento del asalariado que tan pronto como aparece una dificultad para el empresario —por ejemplo, que ese registro que tiene que mantener delate excesos en las horas extras—, lo que se cercena es el sobresueldo percibido por el trabajador. Que aceptará trabajar por menos, dado el frío que hace ahí fuera. Sobrecoge ver que hay recién titulados que ganan hoy, pasando los euros a pesetas, lo que se ganaba por el mismo trabajo hace treinta años; menos, si encima dejan de cobrar las horas extras que se seguirán haciendo y que entonces sí tenían premio.

Aunque fijarse en este asunto puede ser mirar sólo la punta del iceberg. El verdadero y más eficaz mecanismo de extensión de las horas extras no pagadas es otro: el timo de hacerle creer al currante que es un emprendedor y que trabaja para sí mismo.

Busco una calma inalcanzable

Nosotros ya no sabemos quiénes somos. Entre el déficit de atención, el autoengaño, el *wishful thinking*, la publicidad, la propaganda, los populismos, los *influencers* y otras distorsiones de la autopercepción, aumenta cada día la probabilidad de que creamos ser, como individuos y como sociedades, algo distinto de lo que realmente somos. El problema tiene remedio, porque hay alguien que sabe muy bien lo que buscamos y que tiene la deferencia de compartir con nosotros una parte, así sea mínima, del preciso conocimiento que ha acumulado sobre nosotros.

Este alguien es Google, y el camino para tener acceso a la ciencia que posee se halla en el uso de alguna de las numerosas herramientas que pone a disposición del usuario. Empezando por la más sencilla de todas, la que se activa cuando hacemos una búsqueda cualquiera, para tratar de predecir y anticipar, por simple frecuencia estadística, qué es lo que nos interesa. Pongamos por ejemplo la muy reveladora búsqueda «busco un...». Lo que el buscador sugiere depende del día, pero la búsqueda hecha desde España nos conduce, en varios días consecutivos, en la misma dirección: «busco un chollo». El chollo en cuestión va cambiando: en fechas veraniegas suele remitir a sitios con playa, sobre todo de Levante. Más reveladora, por más variada, es la búsqueda planteada como «busco una...». También son más estables los resultados, aun probando en días distintos.

A la hora de redactar estas líneas, lo que más buscan los españoles, por asombroso que pueda parecer, es «una furgoneta barata». Interprétenlo los exegetas —¿deseos de huir?, ¿carestía en el precio de la vivienda convencional, esto es, inmueble?—. A continuación, y por orden de frecuencia, se busca «una canción», «una novia», «una casa» o «una pareja», y justo después vienen el misterio y la poesía: la gente que accede a Google España busca mucho «una habitación en Cuenca» —¿tanto han subido en la capital de provincia castellanomanchega los alquileres?— y, aquí es donde viene el toque lírico, «una calma inalcanzable».

Nadie habría imaginado que una búsqueda de Google podía deparar tan sugerente y filosófico concepto. Tal vez nos hemos habituado a subestimar a nuestros congéneres. Tal vez sucede que uno de los secretos de este mundo lleno de narcisistas y de mendigos de atención ajena es la necesidad de librarse del estrés y la angustia que produce esa demanda continua de ser vistos y reconocidos. Muchos desean sustituir la actividad permanente, a fin de ser mirado, envidiado y valorado por el prójimo, por una conformidad con uno mismo que se ve ya como inasequible.

Si uno escarba un poco más, descubre que la frase forma parte de la letra de una canción de hip-hop publicada hace once años. Eso puede explicar en parte la frecuencia de la búsqueda, pero no la priva de su carácter sintomático. ¿Por qué se sigue buscando tanto esa frase, tantos años después de que se lanzara la canción de marras, y cuando cada vez es más frágil y menos duradero el éxito de una creación, sea del género que sea?

Son estos los mismos días en los que, con las reservas que impone el resultado de una autopsia que no es concluyente ni se ha hecho pública en detalle, alguien que conoció la aparatosa gloria aparejada a los triunfos deportivos planetarios se ha ido a perder y a morir, sola, en la montaña de su infancia. Quienes hacen caja con estas cosas han especulado hasta la náusea, con el impudor y la inhumanidad que acostumbran, sobre si fue o no un suicidio, y sobre los problemas de toda índole que arrastraba la difunta, cuya biografía se ha presentado de forma precipitada e inmisericorde como un sumario antecedente de su final.

Poco importa el detalle morboso de cómo llega una muerte, cuando en la vida así concluida se intuye esa búsqueda de una calma inalcanzable. La calma que quizá no encontró, entre otras razones, por verse bajo los focos desde demasiado pronto.

El escalón

La seguridad es un bien al que el común de la gente sólo puede acceder de forma limitada. En ocasiones, de forma muy limitada: piénsese en quien tiene que salir a cuerpo a una calle de Alepo, o de alguna aldea de esas de Nigeria por las que de vez en cuando pasa una partida de milicianos de Boko Haram, o de uno de esos pueblos de Colombia a merced de paramilitares o guerrillas reconstituidas o no disueltas. Tampoco hay que irse tan lejos, en todo caso, para dar con personas cuya seguridad se ve seriamente comprometida. Puede preguntarse a alguna de las mujeres a las que, pese a todo, las leyes que penalizan la violencia de género o los delitos contra la libertad sexual no consiguen proteger de sus asesinos o agresores. A las que se ven expuestas a las feas consecuencias de la delincuencia violenta contra la propiedad que gracias a un Gobierno distraído con otros asuntos prospera en Barcelona o en su área de influencia. Víctimas que pueden ser, y la enumeración no es arbitraria, sino documentada y fidedigna, ancianas, jóvenes, incluso altas funcionarias surcoreanas.

Siendo este el contexto, cualquier persona a quien se le concede la insólita fortuna de tener su seguridad garantizada siempre y en todo lugar debe en justicia experimentar gratitud por el privilegio que se le otorga. La gratitud procede si ese plus de indemnidad respecto del común de las gentes se lo puede costear con su propio caudal, que es en sí mismo un bien que conviene ponderar a la luz de tanta miseria como queda aún en el mundo. Pero quizá la gratitud deba extremarse cuando sucede que la seguridad de la que se disfruta la sufraga el contribuyente con el esfuerzo, entre grande e ímprobo, que su contribución a las arcas públicas le supone. Recuérdese, si se olvidó, que en la sociedad en la que vivimos los más pudientes apenas si pagan impuestos —sale a la luz en estos mismos días el dato de que los gigantes de internet, todos juntos, apenas abonan treinta milloncejos al año, ganando cientos de miles—, por lo que para cubrir las cuentas del Estado hay que sangrar a conciencia a los pobres, metiendo mano a sus magras nóminas, friéndolos a tasas por los servicios y a IVA cada vez que pagan el teléfono o el gas o una malla de patatas.

Siendo este el contexto, se comprende entre poco o nada que quien disfruta de la seguridad completa y extrema que le brinda la disponibilidad permanente de numerosos escoltas bien instruidos, y seleccionados entre la élite de los miembros de las fuerzas de seguridad del Estado, se queje con malos modos de que uno de ellos haya dejado de advertirle de la presencia de un escalón que podía oponerse a su camino. Es cierto que el escolta tiene entre otras muchas cuestiones a las que debe estar atento esa responsabilidad, para descargar a la persona protegida del esfuerzo de vigilar su propia pisada mientras saluda al pueblo; pero en medio de una multitud, y mientras tiene que mirar para no tropezar él mismo y no dejar de percibir cualquier amenaza, es humano que se le pase el detalle. Y no es menos cierto que a todos los dotados de capacidad ambulatoria, que a menudo nos tenemos que ocupar mientras deambulamos de otros quehaceres simultáneos, se nos exige atender a dónde ponemos el pie.

Nunca es juicioso señalar de más el escalón que existe entre uno mismo y los demás, porque invita sin remedio a todo aquel que escucha a cuestionarse el fundamento de la disparidad de altura y de suerte. Lo es todavía menos cuando se disfruta de las ventajas de una institución sometida a objeción por una buena parte de la ciudadanía que la sufraga, no sólo en el desembolso que su seguridad reforzada acarrea, sino en todo lo demás.

Un mal día lo tiene cualquiera, y una palabra destemplada a cualquiera se le desliza en un mal momento entre los labios. Pero los reyes y reinas del siglo XXI ya no lo son por la gracia de Dios, sino por otra gracia, por la que les conviene esmerarse.

Las piezas del monstruo

Todos somos la suma de una serie de factores. En cada uno de nosotros se combinan unos condicionantes previos, biológicos y sociales, con un conjunto de experiencias, fruto del empeño propio o del accidente provocado por algún agente exterior. A lo que de eso resulta hay que añadir la colección de decisiones más o menos meditadas o impulsivas que vamos tomando y que, lo queramos o no, forjan nuestro carácter, estipulan el lugar que ocupamos en el mundo y nos apuntan a nuestro destino.

Cada ser humano es el resultado de ensamblar todas esas piezas, heterogéneas en su naturaleza y procedencia. Salvo en casos muy extremos, lo que con ellas se haga admite un margen de maniobra. Lo que acabamos siendo no sólo es consecuencia —al menos en parte— de lo que quisimos ser, sino que permite querer y hacer cosas diversas. Cuando menos, no es inexorable que usemos nuestras capacidades, sean las que sean, para serle de ayuda a otro ser humano o para causarle un daño. Quien ayuda y quien daña, por lo común, podría igualmente no hacerlo y por eso cabe recompensar el servicio y castigar el crimen.

También son la suma de un conjunto de piezas los seres humanos con tendencias o rasgos monstruosos. También ellos, salvo incapacidad o perturbación extrema, conservan la opción de abstenerse de ejercitar la crueldad que anida en su interior. Hacer el inventario de las piezas de un monstruo que no padezca una alienación incapacitante no conduce por tanto a exonerarle de responsabilidad por sus crímenes, pero es un ejercicio útil de cara a impedir la proliferación innecesaria de monstruos.

Un jurado ha examinado los hechos y ha determinado por unanimidad —con una prudencia y una claridad que prueban que fue bien instruido— que una mujer mató con alevosía a un niño de corta edad que estaba a su cuidado. Exhortados a no afirmar en su veredicto lo que a la vista de la prueba pudiera dudarse, no han considerado acreditados ni el ensañamiento ni la premeditación. En todo caso, el crimen es horrendo y cae en los dominios de la infamia el posterior ejercicio de esconder el cadáver, someter a los padres del niño a la incertidumbre y a la angustia durante días y acabar intentando desembarazarse del cuerpo del delito, que era también el de una criatura inocente.

A la vista de este monstruo, con su presunción de inocencia ya destruida en primera instancia, sin perjuicio de lo que de un recurso pueda resultar, nos cabe examinar algunas de las piezas que lo componen, las que han ido saliendo a la luz en el juicio. De otras no sabemos ni sabremos nunca: quizá sólo las conozca la propia criminal, algunas ni siquiera ella. Y aun sobre las que están a la vista no siempre podemos pasar de la conjetura.

Tiene esta mujer mimbres de carácter que pueden estar en ella desde siempre: la frialdad, el cálculo, la estima desmedida por sí misma. Otros cabe rastrearlos en su condición de mujer de origen humilde desplazada a una sociedad extraña, en la que no suele ser fácil encontrar un lugar, lo que invita a endurecerse para conseguirlo. Y hay un detalle que cuesta mucho obviar: que con apenas dieciocho años, poco más que una niña, hiciera el viaje cruzando el mar para prostituirse en un club de Burgos. Con lo que eso implica: quien se ve comprada como mercancía no es extraño que desarrolle una pulsión enfermiza por el dinero y la seguridad que proporciona, amén de una limitada capacidad para la empatía con quien pueda estar a su merced. La misma que advierte la mujer que se vende en quien paga por ella.

No puede alegarlo como excusa para su acción. Decenas de miles de mujeres se prostituyen, muchas a la fuerza, y no van a matar nunca a un niño. Pero esa pieza está ahí, en el engranaje de este monstruo. Hay algún que otro hombre en Burgos en cuya piel no apetece demasiado estar, si alguna vez se mira en el espejo y recuerda.

Polvo de aluminio

Esta historia está construida en torno a una conjetura. Es todo lo que por ahora tenemos y todo lo que tendremos hasta que unos jueces examinen las pruebas y decidan, tras escuchar a los interesados y a sus defensores, si lo que a los acusados se les imputa es de veras lo que hicieron o planeaban. La conjetura, no obstante, dista de estar construida en el aire o de haberse improvisado. Quince meses de investigaciones y un cúmulo de indicios suficientes para que un juez que no es un atolondrado ni un impulsivo, y lo ha demostrado más de una vez, se haya creído en la necesidad de enviar a siete personas a prisión.

De esos indicios sólo conocemos una parte, pero entre ellos los hay de refutación difícil. Pruebas con sustancias explosivas, planos de infraestructuras y cuarteles de fuerzas de seguridad, conversaciones telefónicas que sugieren relaciones de jerarquía y coordinación orientadas al objetivo de imponer por vía coactiva el advenimiento de una república independiente. Alegan los imputados que todo tiene una explicación inocente y ajena a lo que se les quiere achacar. Incluso para el fuego declarado en la vivienda de uno de ellos —suponen quienes los han detenido que por experimentar con mezclas peligrosas— se ofrece razón tan banal como haberse olvidado de un guiso al baño maría.

Hay sin embargo un detalle que no puede dejar de llamar la atención del observador medianamente avisado: que entre los diversos materiales y mejunjes que almacenaban los detenidos hubiera polvo de aluminio. Hay dos razones para la alarma: la primera, que es algo que nadie suele tener en casa, porque para casi nada sirve, y pregúntese el lector de estas líneas si alguna vez almacenó tal cosa o conoció a quien lo hiciera; la segunda, que ese polvo, mezclado con algún otro ingrediente, se ha usado para producir un explosivo al que en nuestro pasado reciente se debe la eliminación física y definitiva de muchas personas.

Dicen quienes de los detenidos han declarado ante el juez que sus experimentos y acopios estaban movidos solamente por la curiosidad intelectual, y como mucho se trataba de hacer algo de ruido y montar un poco de barullo, sin intención de dañar a nadie. El problema es que cuando se juega con artefactos que pueden matar a alguien, con la solvencia y la seguridad que se les intuye a estos aprendices de brujo, hay una gran probabilidad de que acaben haciéndolo, al margen de cuál sea la intención exacta de quienes desatan los estragos. Un explosivo nunca le hace bien a nada ni a nadie; mal manejado —porque no sean buenos los propósitos de quien lo utiliza o no lo sea su cualificación, igual da— cabe esperar que termine provocando daños extensos.

Sorprende, por utilizar un verbo neutro, que quienes tienen el deber moral de velar por la seguridad de sus conciudadanos, tras haber sido elegidos por ellos para gobernarlos o legislar, salgan en tromba a defender a quienes así los han puesto en el mayor de los peligros, si es que no han llegado a contemplar conscientemente la muerte de alguno, como advertencia y como escarmiento a quienes no comparten su hoja de ruta o como pulso al Estado que desean a toda costa desbaratar. Y no resulta menos sorprendente que la reacción subsiguiente sea exigir que despejen el territorio quienes trabajaron cientos de horas para conjurar esa amenaza con sujeción al Estado de derecho.

Hay otra consideración que, si se confirmase la conjetura, adquiriría rango de paradoja sensacional. Si es verdad que los detenidos ya tenían decidido el paso de poner en la calle una cantidad X del producto de sus juegos de química, estaban a un pelo de cometer, por dolo directo o eventual, algunos de los más graves delitos del Código Penal vigente: de esos que te reportan décadas de cárcel. Por la preparación, en su caso, les caerá bastante menos. Pueden agradecer esos años de vida libre a la Guardia Civil.

Amores lobos

Tiene el italiano Paolo Sorrentino una película titulada *Las consecuencias del amor*. Es quizá la primera en la que se le ve en plena posesión de sus recursos, y también la primera en la que le saca a su actor fetiche, el inconmensurable Toni Servillo, todo lo que tiene dentro. Encarna Servillo a un individuo extraño y taciturno que vive desde hace años en un hotel, abonando cada primero de mes religiosamente la cuenta del mes anterior y sin que nadie sepa muy bien en qué consiste su oficio ni su arreglo vital. La película cuenta cómo este hombre deshace por completo ese arreglo y le toca pagar la factura, aunque para no estropear la sorpresa al espectador que aún no la conozca no vamos a dar más detalles. El motivo que le empuja a desbaratar su existencia no es otro que su inoportuno enamoramiento de una atractiva y joven camarera con la que suele coincidir en el bar del hotel.

Hay amores perros, como nos enseñó la película mexicana de ese mismo título, y amores que van todavía un poco más allá en la crueldad con que arrollan a los incautos que caen en sus fauces. Amores lobos, podríamos llamarlos, y de ellos tenemos en estos días un par de ejemplos. En ambos coincide además que la víctima, como sucede en la película de Sorrentino, es un hombre ya maduro, alguien que quizá ya no contaba con que el amor lo sacara a bailar, y que toma la mano que se le tiende en un instante de vulnerabilidad que también lo es de inconsciencia y que a la postre resulta fatídico más allá de lo imaginable.

La primera historia nos habla de un hombre que vive en la verde Cantabria y que en el otoño de la vida se empareja con una mujer nacida en el sur, con la que inicia una convivencia zanjada abruptamente cuando el hombre en cuestión desaparece. Algo más que anómala, y tan espeluznante como macabra, es su reaparición: en una caja que la mujer entrega a una vecina con el cráneo del desdichado, alegando que contiene unos juguetes eróticos que no desea que la Guardia Civil encuentre cuando se persone en su casa en busca de pistas que puedan servir para aclarar la misteriosa y repentina ausencia. La curiosidad lleva a la vecina a abrir la caja, y el hallazgo subsiguiente a alertar a las autoridades. Después de meses de investigación infructuosa, y no parece que en exceso diligente, la desaparición se resuelve de la manera más inesperada. Las explicaciones de la mujer no bastan para disipar las sospechas que levanta tan inusual modo de disponer de los restos de un ser humano, y cunde el espanto cuando trasciende que tenía la costumbre de repartir croquetas entre las vecinas, con más frecuencia tras la desaparición del hombre. A todos nos va a costar aceptar croquetas en adelante, y al jurado al que le caiga el caso, salir indemne del juicio.

La segunda historia se lleva por delante a un varón de Vizcaya en la cincuentena. El hombre cree seducir a través de una red social de contactos a una atractiva treintañera venezolana, con la que acude a encontrarse en Zaragoza para consumar la pasión que los engañosos bytes le mueven a experimentar. La venezolana existe, y es atractiva y treintañera, pero junto a ella le aguarda un sujeto con las peores intenciones que le da una paliza, le vacía la cuenta, vende su coche por internet y a él lo entierra cuando aún respira, según dirá luego la autopsia. No es el primero que cae en la trampa; ya hubo otros que acudieron en busca de ternura y salieron apaleados, aunque a ellos se les concedió la fortuna de poder vivir para contarlo. O callarlo.

Las dos historias nos transmiten un par de enseñanzas. La primera, que el mal tiene más formas, adopta más rostros y está más repartido entre los humanos y las humanas de lo que, por una u otra razón, preferimos discurrir. La segunda, que hay amores cuyas consecuencias invitan a preguntarse si, después de todo, la opción de la soledad resultaba tan insoportable.

Fallarle a un niño

Una mujer denuncia a su exmarido acusándolo, entre otros excesos, de haber intentado atropellarla con el coche. Ya lo ha denunciado otras veces, siempre sin conseguir que los actos que le imputaba se demostrasen. Las denuncias archivadas no son sin embargo óbice para que el hombre sea detenido y, una vez así asegurada su persona, y de paso la de la denunciante, se proceda a llevarlo ante la autoridad judicial que una vez más no encuentra motivos para decretar su privación de libertad.

Hay quien cree que este es un funcionamiento aberrante del Estado de derecho, pero no tiene por qué serlo necesariamente: si al final del procedimiento se comprueba que se trata de una falsa imputación, dependerá de si al así agraviado se le resarce de la que en tal caso sería una injusta privación de un derecho fundamental haciendo responder por ello a quien la provoca. Y entre tanto, se ha conjurado el riesgo, por desgracia demasiado frecuente en nuestra sociedad, de que una mujer pierda la vida o vea menoscabada su integridad a manos de su expareja.

Un hombre denuncia repetidamente que su hijo, bajo la guarda y custodia de su exesposa, corre grave peligro, por causa del carácter agresivo y trastornado de la mujer, que no lo cuida como es su deber hacerlo e incluso ha amenazado con hacerle daño. Nadie toma en consideración sus denuncias, a los efectos de adoptar una medida urgente de aseguramiento; todo lo que consigue es que al cabo de un farragoso proceso civil, y previa cumplida demostración del maltrato que padece su hijo, le sea retirada la custodia a su excónyuge. En cualquier caso, sigue sin adoptarse respecto de esta ninguna medida de aseguramiento, lo que le permite cumplir su amenaza y, valiéndose de su superior fuerza física frente a un niño de siete años, quitarle la vida.

Puede aducirse que la percepción de riesgo, por las razones estadísticas antedichas, era mayor en el primer caso. Sucede más a menudo el conyugicidio que el filicidio; pero este último no tiene frecuencia cero, y la probabilidad, según nos acredita la crónica de sucesos de los últimos años, se incrementa bastante cuando un niño de corta edad está a cargo de una mujer de psicología problemática, a la que aquí se le disputa lo que cree su derecho preferente y casi de propiedad sobre la criatura. En todo caso, los resultados son incontrovertibles y harto engorrosos: la mujer protegida con todas las de la ley en el primer caso sigue entera y salva al cabo de todas sus denuncias, y aun después de que el hombre por ella señalado haya salido libre, mientras que el niño desamparado del segundo reposa en el cementerio.

Hay quien cree que la mejor manera de vestir a

un santo es desvestir a otro; vale para quienes creen que debe protegerse a la mujer antes que al niño o al niño antes que a la mujer. Existe, sin embargo, la posibilidad de no dejar a nadie desnudo, y de dar a todos una misma presunción de inocencia compatible con las medidas preventivas que permitan anticiparse a los daños que resultan tristemente recurrentes. Cuando la ley se prueba eficaz sólo con algunos, se abre funesto paso a la percepción de la injusticia, que a su vez invita a esparcirla todavía más, por la vía de discutir derechos reconocidos en burda compensación. No contribuye a la protección de los miles de mujeres en peligro por culpa de la ceguera y la violencia de tantos hombres que quepa alegar que para favorecerlas quedan niños indefensos.

En todo caso, estas no son sino abstracciones de políticos y de legisladores, en las que los acompañamos quienes tenemos el tiempo y el ocio necesarios para comentarlas. Lo trascendente y concreto es que la sociedad en la que vivimos le ha fallado a un niño —y también a su padre, y al resto de su familia—. Y ese es un lujo que un Estado de derecho no puede permitirse. Un error escandaloso por el que convendría mostrar alguna vergüenza.

Apocalipsis zombi

Una masa humana pugna por irrumpir por la fuerza en un supermercado, abierto en la jornada de «paro de país» que se ha convocado desde el poder —incluidos no pocos empresarios—. Media docena de *mossos d'esquadra* trata de contenerlos, con la palabra y la persuasión. Cuando eso falla, y la masa amenaza con pasarles por encima, sacan sus defensas, que para eso las llevan, y hacen retroceder a golpes al gentío que trata de acogotarlos. Lo empujan así hasta más allá de los cierres metálicos de la tienda, que bajan para protegerse. Mientras los cierres aún no están del todo abatidos, la masa comienza a aporrearlos, y tan pronto como pueden la emprenden también a puntapiés, con un rugido de fiera enfurecida. La secuencia nos suena, ya la hemos visto antes: estamos asistiendo a una película de zombis.

La película sigue por la noche, en las calles del centro de Barcelona. Grupos compactos de adolescentes y posadolescentes capitaneados por individuos un poco mayores que ellos, y que se comunican a través de una plataforma tecnológica que ya se ve que ninguno de ellos ha programado ni opera, se abalanzan en manada contra las fuerzas del orden, les arrojan centenares de adoquines, arrancan mobiliario urbano y levantan barricadas que incendian sin cuidarse de si cerca hay árboles, o edificios o coches, o personas. De vez en cuando la policía se las arregla para embolsar a uno, que cae al suelo entre alaridos desaforados, mientras sus compañeros se retiran a la carrera sin hacer el menor gesto para socorrerlo. Sin pensar que en la próxima puede tocarles a ellos o que apedrear a la autoridad puede llevarlos seis años a la cárcel. Simplemente, esa operación mental los sobrepasa. Por eso, entre otras cosas, no se preguntan quién urdió la *app* que los dirige ni qué es lo que persigue. Como buenos zombis.

En la misma jornada, cientos de miles de manifestantes se pronuncian de forma pretendidamente pacífica contra la misma sentencia que sirve de pretexto a las incendiarias algaradas de los adolescentes furiosos. Son gente mayor que ellos, con edad para ser sus padres y abuelos, acompañada de niños, a los que no dudan en utilizar y exhibir gritando sus consignas ante las cámaras de televisión. No cuesta mucho al observador ver en esos niños a los zombis violentos de mañana o pasado mañana; le cuesta en cambio aceptar que esa alegre multitud envuelta en la bandera con la estrella, y que no duda en usar a sus hijos como medio para sus fines, sea tan inocente como se cree.

Cuando un periodista le acerca el micro a uno de los que andan prendiendo fuego a las calles de Barcelona se confirman las peores intuiciones. Dice que protesta contra una sentencia de cien años de cárcel, que notoriamente no ha leído ni entiende; que está ahí porque sus padres y sus abuelos no tienen la fuerza para estar y que ellos lo saben y lo ven bien. Se acredita así el efecto de una propaganda que ha logrado infantilizar y enardecer a una generación, con el infame propósito de usarla como ariete y exponerla al riesgo que sus adocenados mayores no tienen el valor de correr. Que ninguno de los condenados por la sentencia vaya a estar efectivamente privado de libertad por más de tres años, que la condena no sea por poner urnas, sino por hacerlo vulnerando todas las leyes y los derechos de las minorías y por arrojar a una sociedad a la fractura civil, es algo que el chaval ni sabe ni le importa, porque ya se han ocupado de que así sea.

No todo es desastre, empero, en esta hora del apocalipsis zombi. Frente a la incomparecencia grosera de quien ensucia la presidencia de la Generalitat y de la peor alcaldesa que la ciudad recuerda —tanta acumulación de catástrofes en una ciudad en tan poco tiempo algo debe a quien dirige su consistorio—, ahí se plantan y se fajan unos policías que defienden los derechos de todos los no embargados por la ira secesionista y demuestran la consistencia de una sociedad que tiene ley y quien la defienda frente al abuso y el avasallamiento de pocos o de muchos. Son policías que representan a las dos identidades de esa sociedad, la catalana y la española, desvelando a quienes se empeñan en disociar una de otra la radicalidad obtusa de su error. Y podrían ser más, si no se retuviera a los guardias civiles que mal que pese a algunos son también policías de España y de Cataluña. Si es por mantenerlos como reserva o por vergüenza de recurrir a ellos, alguien tendrá que explicarlo. En todo caso, el Estado, la Generalitat, la ciudad y los ciudadanos honrados tienen a quien sostenga su causa.

Eso es lo que ahora importa, frente a los zombis, frente a sus cobardes ideólogos y frente a sus oscuros manipuladores. Luego vendrá el tiempo de explorar las razones de este fracaso, que lo es a la vez de la sociedad catalana y la española. Razones que pueden hallarse en las políticas de educación que nunca se abordaron con la dimensión estratégica que tienen, la gestión a menudo burda e irresponsable de la complejidad territorial, el desgaste constitucional tan largamente desatendido, la creciente desigualdad y su impacto en los más jóvenes, la ausencia de una visión a largo plazo y la opción suicida por el cortoplacismo, cuando no el pillaje en beneficio de las clases dirigentes.

Todo eso, cuando cese el fuego. Ahora, la ley y sólo la ley.

Una magnífica ruina

Cuentan que cuando el sultán marroquí Ahmed al-Mansur, vencedor en Alcazarquivir y conquistador de Tombuctú, juzgó terminado el fastuoso palacio que se había ordenado construir en Marrakech, para dar testimonio de su poder y de las victorias que le habían valido su sobrenombre, se lo mostró a su bufón y le preguntó qué opinaba del resultado. Este, según se recuerda, contempló el complejo palaciego, revestido por entero de mármol para que no quedara ninguna duda de que el sultán era además un hombre rico, gracias al monopolio del comercio de esclavos y de azúcar. Concluido aquel examen, y acogido a la impunidad de su oficio, que les permite a los bufones decir lo que el resto calla, se limitó a pronosticar: «Hará unas magníficas ruinas».

Quien visita hoy Marrakech puede comprobar la exactitud del vaticinio del bufón. El palacio Badi, que así se llama, es hoy una ruina descomunal que pone difícil hacerse una idea de su pretérita magnificencia. Y el sultán victorioso que lo hizo alzar, un nombre más en la nómina ingente de gobernantes y tiranos que registra la Historia. Como musulmán, quizá podría haber tomado ejemplo del Profeta, de quien se dice que un día, cuando el islam comenzaba a adquirir vigor y a acreditarse como una potencia emergente, desechó la propuesta que le hizo uno de sus fieles de construir una gran fortaleza que lo proclamase. Nada tenía menos sentido para los creyentes, argumentó, que molestarse en erigir un edificio que siempre alguien podría echar abajo. La más sabia manera de demostrar el poder del islam era construir algo que nadie podría derribar nunca. «No levantaremos una muralla ni un palacio: escribiremos un libro.» De ahí salió el Corán.

Pese a la enseñanza de Mahoma y la lección que ofrece el palacio de Al-Mansur, a los hombres que alcanzan el poder los acaba embargando casi fatalmente el ensueño arquitectónico. No fue una excepción el general que durante casi cuatro décadas del siglo XX gobernó de manera autoritaria a los españoles, y que tan pronto como hubo reducido a la nada a sus enemigos empezó a proyectar un monumento colosal que lo recordara a las generaciones venideras. Un alarde que proclamaba su triunfo y dejaba a la vez huella indeleble de su paso por la tierra, por más que pretextara un homenaje a unos caídos que ni cuando contribuyó a causarlos —con una frialdad de la que ha quedado abundante testimonio— ni cuando inauguró al fin el mamotreto —puede repasarse su discurso, lleno de encono y desdén hacia el enemigo vencido— le inspiraban conmiseración alguna.

A él no le ha derribado la construcción el tiempo, como hizo con el palacio de Al-Mansur. Ha hecho algo quizá peor: negarle el derecho a permanecer en el centro de lo que fue la gran obra de su vida, esa cicatriz tallada en la montaña que el país sobre el que gobernó se pregunta hoy cómo mantener de forma que no esté de ningún modo al servicio de su recuerdo. Vacío al fin de su artífice e inspirador, y aun con todas las piedras en su sitio, el monumento testimonia la magnífica ruina moral en la que se ha convertido el franquismo, que tantas pretensiones tuvo de encarnar esencias eternas y al que la Historia ha acabado situando donde le corresponde: junto al resto de los verdugos y diligentes salteadores del caudal común disfrazados de salvapatrias.

Por decirlo todo, también al dictador que soñó clavar esa cruz gigantesca en el lomo de un peñasco, y que forzó a miles de prisioneros a levantarla, le dio una vez por escribir un libro. Se titula *Diario de una bandera*, y narra con prosa más bien pobre sus experiencias de combate en Marruecos, donde se preocupó más por hacer carrera que por conocer el país y a sus gentes, en una guerra que resolvieron otros, y que también otros —Sender, Barea, Goded, ninguno muy amigo suyo— contaron mejor. Ni en esa faceta escapa a la ruina que, inexorable, corroe su legado.

Desamor de madre

La niña, cuando ya no lo sea, se preguntará una y otra vez por ese momento y por lo que pasó por la cabeza de su madre antes de tomar la decisión que iba a cambiar tan drásticamente las vidas de ambas. Ese instante en el que la madre se olvidó de que lo era, o dejó de pensar en lo que cualquiera esperaría de una madre corriente. Simplemente calculó que la hija le daba la posibilidad de obtener una ganancia suplementaria y se aplicó a procurársela, utilizando y exponiendo a tal efecto a una menor de edad a la que tenía el deber legal de cuidar y proteger.

La investigación policial acreditó que la madre había estado exponiéndose ella misma durante un tiempo, y que como fruto de esa exposición había conseguido un beneficio económico con el que se ahorraba mayores fatigas, aunque se obligara a una actividad que no era necesariamente apetecible y que alguno hasta podía juzgar degradante. Nada de esto habría sido asunto de la policía, ni habría alterado la existencia de madre e hija, en tanto que la actividad la realizaba una persona mayor de edad por su propia decisión y movida por un interés consciente.

Todo cambió el día que la madre se percató de que poner a su hija en medio, ofrecerla a ella en su lugar, le daba un rédito sensiblemente superior, y no se detuvo a sopesar la diferencia. Y es que la niña no era mayor de edad, ni decidía por sí misma, ni servía a su propio interés ni era, en definitiva, consciente de lo que hacía ni de lo que con ello se agenciaban otras personas: su madre y aquellos con los que cerraba la lucrativa transacción. Cualquiera de estas razones habría sido un obstáculo definitivo para una madre a la que alguien hubiera acertado a inculcarle alguna noción del amor y de la responsabilidad hacia los hijos. Ella pudo ignorarlas con desenvoltura y empezar a recaudar.

Es inevitable preguntarse por la cadena de deficiencias de índole no sólo moral que conducen a alguien a tomar semejante camino. Cabe sospecharle a la mujer alguna dosis de un mal que parece haberse extendido entre los habitantes del siglo XXI, con especial arraigo en las generaciones más jóvenes: esa suerte de hipertrofia del yo que lleva a creer que tener bien atendidas las propias necesidades, legítimas o ilegítimas, es el imperativo categórico que rige la existencia, a despecho de los daños que satisfacerlas pueda provocar alrededor de uno. También asoma en su comportamiento el olvido conveniente del imperativo de aquel viejo maniático de Königsberg, hoy Kaliningrado, para quien los seres humanos nunca podían ser medios para un fin, sino que eran siempre un fin en sí mismos. Y se intuye, amén de todo lo anterior, algún desperfecto de orden cognitivo: no cabe descartar que la mujer pensara que como se limitaba a poner a su hija delante de una cámara, sin propiciar ningún contacto, la conducta no era especialmente grave ni demasiado lesiva.

Lo que pasa es que uno hace las cosas, pensándolas poco o mucho, bien o mal, y los actos empiezan luego a desencadenar consecuencias. Las imágenes quedan registradas, circulan por ahí y acaban llegando a los policías que se dedican a perseguir, entre otras modalidades de ciberdelincuencia, la producción y el tráfico de material pedófilo. Esos policías están en contacto con sus homólogos del país al que la madre ha huido para explotar más ventajosamente a su hija, y uno de ellos, vaya mala pata, resulta que veranea en la urbanización donde se ha escondido y mirando con atención las imágenes reconoce lo que se ve por una ventana. De eso al momento en que la policía llama a la puerta sólo media el tiempo necesario para atar todos los cabos y conseguir los mandatos judiciales de rigor. Y a partir de ahí la ley conduce a la madre a la cárcel, y a la hija lejos de ella.

Ojalá fuera un caso aislado: más de una niña tendrá que crecer así, bajo el frío del recuerdo de ese desamor de madre.

Preservar Mitilene

Corría el año 427 a. C. La asamblea ciudadana de Atenas se reunió para tratar un grave asunto: qué había de hacerse con los habitantes de Mitilene, una ciudad que se había rebelado contra la autoridad ateniense y que había sido reducida por la fuerza. Tomó primero la palabra Cleón, orador sin pelos en la lengua y estratego inclinado a la contundencia, para defender que Atenas tenía que hacerse respetar no sólo por Mitilene, sino por todas las ciudades que aún se encontraban bajo su dominio, dando un escarmiento ejemplar a los mitileneos. O dicho de otro modo: masacrándolos sin piedad. Sólo la fuerza, aplicada de manera inflexible sobre los rebeldes vencidos, serviría para solucionar el problema y evitar que otros siguieran por el camino de aquella ciudad con cuya insolencia se había transigido en exceso.

Las palabras de Cleón parecieron sellar en el peor sentido posible la suerte de Mitilene; máxime cuando el debate se había convocado para examinar si debía confirmarse la resolución ya tomada previamente de castigar a la ciudad insumisa. Tomó sin embargo la palabra Diódoto, orador hábil y ponderado, quien sin dejarse apabullar por el alegato de Cleón osó plantear ante los miembros de la asamblea una manera más sutil de enfrentar la cuestión, aun a riesgo de cosechar el reproche de los irascibles. Sus palabras, o lo que de ellas nos ha llegado a través del relato de Tucídides —por lo que bien pueden considerarse de este en buena medida—, resuenan a través de los siglos e invitan a la reflexión a los habitantes de cualquier comunidad que haya de afrontar discordia con una de las partes que la componen.

«No debemos perjudicarnos a nosotros mismos por erigirnos en jueces severos de quienes han cometido una falta —exhortó Diódoto a sus conciudadanos—. No debemos hacer depender nuestra seguridad del rigor de las leyes, sino de la previsión de nuestras actuaciones.» Razonó a continuación que puesto que Mitilene era un pueblo libre, de nada servía el escarmiento. «Lo que hay que hacer —dijo— no es castigar a los pueblos libres cuando se rebelan, sino establecer una severa vigilancia antes de que estalle la rebelión y tomar todas las precauciones para que la idea no se les venga a las mientes; y cuando se ha sofocado una rebelión, imputarle la culpa al menor número posible de personas.» Y aún osó afirmar: «Aunque sean culpables, debemos fingir que no lo son». Al final, concluyó: «Es mucho más útil que nosotros suframos de buen grado una injusticia que aniquilar con justicia a aquellos cuya destrucción no nos conviene».

Había en la asamblea de Atenas muchos que creían que los argumentos de Diódoto venían dictados por la debilidad y que simpatizaban con el rigor que propugnaba Cleón. El orador lo sabía, y también era consciente de que para desacreditarlo se le acusaría de obrar en connivencia con oscuras fuerzas y movido por no menos turbios intereses. Pese a todo, se arriesgó a decir lo que sentía, y su discurso convenció a los más de quienes le escuchaban. Resolvió la asamblea preservar Mitilene y mandar aviso urgente a los barcos que ya navegaban hacia Lesbos, con la orden de castigar a la ciudad, de que Atenas había decidido finalmente tratarla con clemencia a pesar de su rebelión.

La decisión no debilitó la causa ateniense. Al contrario: después de medir su correctivo a los mitileneos, la suerte de las armas sonrió todavía un tiempo a Atenas en la contienda que la enfrentaba a Esparta. Fue más adelante, cuando Cleón logró persuadir a sus conciudadanos de secundarlo en sus punitivos afanes, cuando la causa de Atenas sufrió un giro que condujo a su derrota final, no sin llevarse antes por delante al propio Cleón, abatido según Tucídides por un peltasta tracio mientras huía tras fracasar su ataque contra Anfípolis. Como advierte el propio cronista: es más fácil incitar a la guerra que hacerla.

Loco por un sueldo

El borrador de este cuento, sujeto a todos los interrogantes que son propios del caso y del momento procesal, lo ha escrito un juez en el auto donde recoge el resultado que hasta la fecha arroja la instrucción que dirige. No es, todavía, la verdad que se podrá sostener a todos los efectos cuando la causa concluya, el asunto se sentencie y el material resultante se acumule a otros, para escribir la historia de unos días y unos hechos que serán quienes vengan detrás de nosotros los que los sitúen, a la luz de lo que aún no ha sucedido, en su justa y cabal dimensión.

Y, sin embargo, cuesta decir que no es nada.

Cuesta decirlo, por ejemplo, del hecho de que subvenciones que con anterioridad solían destinarse a ONG con probada dedicación a la cooperación al desarrollo pasaran a asignarse de pronto a un oscuro entramado vinculado a un partido político de tinte soberanista, y administrado con opacidad por un personaje sin mucho más crédito ni mérito que su militancia. No es fácil pasar por alto, tampoco, que el personaje en cuestión, sin otro oficio ni beneficio probados, se dedicara a viajar por el mundo y a mover el dinero en efectivo, sin justificar jamás en qué se iban todos aquellos euros del contribuyente, por un importe que se cuenta en millones y que tan bien habría venido para aminorar las zozobras y penurias que se vivían en escuelas u hospitales.

Si a ello se le une que el discurso elaborado en el marco de la entidad tan generosamente regada de dinero público venía a sugerir la conveniencia de tender puentes con Israel, EE. UU., China y Rusia, bajo el argumento principal de que todos ellos, por tener intereses contrapuestos con la UE, estarían abiertos a favorecer cualquier proyecto que la debilitara, empiezan a saltar algunas alarmas y se desatan por doquier las perplejidades.

Porque sucede que quienes decidieron desviar al tinglado en cuestión los recursos del erario, mientras pilotaban un proceso secesionista, no dejaban de blasonar de su europeísmo ni de apelar a la protección de las leyes y los tribunales europeos. Y lo que resulta aún más lacerante: una vez que resolvieron liarse la manta a la cabeza y desafiar abiertamente al Estado miembro bajo cuya ley operaban, recibieron en efecto, una y otra vez, el amparo de jueces de esa Europa en cuyos enemigos vieron y buscaron el apoyo ideal para sacar adelante su aventura.

Necesitamos extraer sin embargo de esta historia, aún en esbozo, alguna conclusión que vaya más allá de la constatación del rostro pétreo y la falta de escrúpulos de algunos y la notoria estupidez de una Europa tan mal organizada que permite que sus saboteadores se beneficien de sus ventajas y mercedes; algo que ni la China de Xi Jinping ni la Rusia de Putin, pero tampoco los EE. UU. de Trump o el Israel de Netanyahu, tolerarían jamás. Y el material necesario se encuentra en los detalles que figuran ya en la causa, gracias a las conversaciones telefónicas grabadas con autorización judicial, y que exponen a la luz la naturaleza profunda de este proceso tan pretendidamente patriótico.

Hablan los sospechosos, sobre todo, de dinero, y más en particular del dinero que hace falta para sostener el nivel de vida al que cada uno se ha ido acostumbrando con cargo al contribuyente. Comentan que el ilustre exiliado que gira como líder y pseudomártir del movimiento se está quedando sin pasta y que necesita con urgencia cien mil euros, pero que el procedimiento oblicuo utilizado para proveerle resulta demasiado lento. Dice uno de ellos que el caudillo está loco por que le den un sueldo, se deduce que no precisamente escuálido, y en esa declaración entre chusca y despectiva sobre el propio jefe está todo.

Al final, va a resultar que han arrimado al precipicio a su país y a varios millones de conciudadanos para evitarse lo que cualquiera hace para que le paguen una nómina: trabajar.

Fiona, inmigrante

Se llama Fiona Hill y es una de las mayores especialistas en Rusia y los países de la antigua Unión Soviética. En tal calidad ha servido como asesora en tres administraciones: las de Bush hijo, Barack Obama y Donald Trump. Por ser parte de la última se ve ahora ante un comité de la Cámara de Representantes, con la incómoda obligación de decir la verdad sobre lo que vio, oyó, hizo, supo y sabe como consecuencia del ejercicio de un cargo que ya no ocupa. Se presenta ante los congresistas dispuesta a hacer lo que le toca, pero antes pronuncia una breve declaración inicial, que resulta difícil no escuchar conteniendo el aliento.

Entre otras cosas, dice que nació en un pueblo minero del nordeste de Inglaterra, pero que es estadounidense por elección y que su único afán es servir al que ha convertido en su país. De corazón, sostiene, porque nació en una familia pobre y habla con el acento de la clase trabajadora británica, que en su tierra de origen le habría vedado cualquier posible ascenso profesional y que en Estados Unidos, en cambio, no le ha supuesto ningún impedimento para llegar a los más altos niveles administrativos. De hecho, aunque no desciende a ese detalle, no logró entrar en Oxford porque durante la entrevista no dejaron de reírse de su habla y de su indumentaria, que no supusieron un obstáculo para ser admitida en Harvard y obtener allí su doctorado.

Dice, también, que comparece ante los congresistas para salir al paso de un relato de ficción, que trata de hacer creer que fue Ucrania la que interfirió en la campaña presidencial de 2016, cuando está sobradamente acreditado, gracias a investigaciones solventes, que el ataque a la democracia estadounidense, mal que le pese a quien ahora desempeña su primera magistratura, fue orquestado y ejecutado por los servicios secretos rusos.

Añade que la amenaza no ha cesado, antes al contrario; que quienes ya sabotearon las elecciones de 2016, con el ánimo de deteriorar la percepción de Estados Unidos en el mundo y sobre todo de minar la fe de los estadounidenses en su democracia, se aprestan a hacer lo propio con las de 2020. Y se lamenta de que por razones de política doméstica, intereses partidistas y, lo que es peor, puramente personales, se esté dejando de hacer lo que debería hacerse para conjurar el peligro que desde el exterior se cierne sobre los intereses del conjunto de la ciudadanía. Suena el alegato de esta inmigrante, condición que reivindica, y por la que alguno de los que la interrogan se permite objetarla, como una llamada cargada de pasión y convencimiento a defender los valores del país que eligió como suyo, frente a especuladores en beneficio propio que los traicionan envueltos en su bandera.

Y es inevitable, al escucharla, pensar en algunos que en otras latitudes también blasonan de patriotas y extienden la sospecha o la refutación de sus conciudadanos venidos de otro país o de otra región, a quienes deniegan el derecho elemental a participar de la conformación de la sociedad en la que trabajan, a la que contribuyen e incluso sirven. Agitadores fatigosos de banderas que a la hora de la verdad no vacilan en recabar el auxilio nunca desinteresado de oscuros agentes foráneos, cuando no ponen el cazo para recaudar sin escrúpulo alguno su estipendio. O esos otros que se llenaron la boca durante décadas con el nombre de una comunidad mientras la desvalijaban para ganancia de sí mismos o de los suyos, que nada cambia este ínfimo matiz, cuando los dineros son de todos y los agraciados quienes no debían.

El ejemplo de todos estos oportunistas y el contraejemplo de Fiona invitan a cuestionarse el concepto heredado según el cual es el derecho de nacimiento vinculado a la sangre lo que le acredita a uno como miembro de una colectividad humana. No parece que tengan mejores perspectivas aquellas que niegan a los inmigrantes la posibilidad de defender sus intereses, incluso en posiciones tan sensibles como las que ocupó esta mujer, para depositar la responsabilidad correspondiente en manos de algún patoso o desaprensivo con denominación de origen. Quizá nos haya llegado el tiempo de aprender a distinguir entre quien sirve y quien sólo busca servirse, y prescindir de todo lo demás.

Facturando trapis

Imaginemos que alguien recibe el encargo de dirigir una institución cultural que se ocupa del fomento y la reivindicación de las letras de una determinada lengua. Imaginemos que una de las tareas que con buen criterio se identifican, para potenciar la acción de la institución que nos ocupa, es elaborar una nueva web que dé cuenta de sus iniciativas y actividades. Una web más moderna, ágil y mejor diseñada que la que hasta ese momento está disponible en línea. Hasta aquí, todo sigue el curso de una acción encomiable en pro del servicio público de que se trata.

Detengámonos un instante en este punto.

De la idea a su realización media una serie de operaciones. Hay que diseñar, proyectar y ejecutar materialmente la web, con arreglo a los requerimientos que como es legítimo fija quien ha recibido el encargo de administrar la institución por parte del Gobierno elegido por la ciudadanía. Antes de que el diseño y la puesta en marcha se lleven a cabo hay que decidir si quienes se ocupan de realizar los trabajos son los funcionarios de los que ya dispone la institución, en caso de que los tenga cualificados para esa labor, o resulta por el contrario que hay que acudir al mercado de servicios profesionales en busca del proveedor que pueda desarrollar de la manera más satisfactoria, para el fin perseguido y el interés público, el proyecto planteado. En este segundo caso, y tratándose de una institución pública, existe un corpus legislativo de obligada observancia, sujeto a directivas europeas de aplicación en todos los Estados miembros de la UE, que determina en qué condiciones pueden recabarse las ofertas y adjudicarse luego los contratos públicos correspondientes.

Resumiendo mucho, lo que ese corpus pretende garantizar es que la licitación se desarrolla con la transparencia debida y la suficiente concurrencia, de modo que el contratista elegido sea el que presenta una oferta más favorable para el desarrollo de la tarea encomendada y los intereses de la institución. En casos excepcionales, de urgencia o escasa cuantía, pueden reducirse los trámites, pero siempre con esos principios bien presentes.

Reanudemos nuestro relato. Imaginemos que la persona que encabeza la institución tiene un buen amigo, y colaborador desde hace años, al que considera muy cualificado para poner en pie la web. Es comprensible que piense primero en él, pero a muchos de los que lean este cuento, por razones que tienen que ver con la moral, tanto pública como privada, se les ocurrirá en seguida que conviene que descarte la posibilidad de darle un contrato cuyo coste va a recaer sobre el contribuyente cuando hay otros muchos profesionales cualificados para desarrollarlo.

Sin embargo, nuestra protagonista no sólo no desecha la idea de contratar a su amigo, sino que en connivencia con él, a tenor de los múltiples correos que obran en una causa judicial, idea la manera de, previa escenificación de una concurrencia inexistente, acabar encargándole el trabajo y transfiriéndole más de doscientos mil euros de dinero público. No queda ahí la cosa. Como el asunto acaba siendo objeto de una investigación, y los que la llevan a cabo conocen su oficio y actúan con minuciosidad, se acaba incorporando a la causa un mensaje del agraciado a un amigo suyo en el que presume de que gracias a su amiga con cargo público factura al erario «unos trapis» que en el futuro —dada la proyección de su favorecedora, que le permite aspirar a responsabilidades de mayor envergadura— podrían ir a más.

Nos regala así la metáfora que condensa y redondea esta aleccionadora fábula moral. Así es como se desbaratan y se empobrecen las sociedades: gracias a amigos que consiguen que pagar la factura de sus trapis sea la prioridad del gasto público, en burla de todos los ciudadanos que ven sus necesidades mal atendidas, desatendidas o incluso ignoradas por el poder.

Yo sólo la descuarticé

Vives en un tiempo y un lugar donde un individuo que se citó con una mujer a la que nadie ha vuelto a ver alega, con afán de exculparse, que la descuartizó y la arrojó a contenedores de basura de tres pueblos distintos. Que lo hizo después de que la mujer se le muriera, porque no sabía cómo salir del apuro. Lo más atroz del caso no es que lo alegue y pretenda que sirva para librarle de la cárcel, sino que lo hace porque le consta —no es desconocedor de las leyes penales y está bien asesorado— que si el cadáver no aparece tiene bastantes probabilidades de que un jurado lo absuelva de la muerte de la mujer por falta de pruebas. Sucede además que trocear y tirar a la basura a un ser humano tiene una sanción mínima, si al autor del hecho no se le acredita nada más.

A estas alturas, no podemos saber si en efecto hizo lo que dice o si se buscó otra manera de hacer desaparecer el cuerpo y se ha inventado la historia de los contenedores y los tres pueblos para despistar y hacerles perder el tiempo a los guardias civiles que investigan el caso. Si fuera cierto, no sería ni mucho menos el primero que decide que el mejor destino que se les puede dar a los restos mortales de una mujer es destazarlos, embolsarlos y arrojarlos a un contenedor. De un tiempo a esta parte, esa idea se les ha ocurrido a no pocos sujetos, que no han vacilado en ponerla en práctica con lo que quedaba de mujeres a las que acababan de conocer o con las que habían convivido durante años. La noción de que sin cuerpo del delito no hay delito —o, para ser más exactos, es mucho más difícil que te condenen por él—, y la probabilidad de que entre la masa de residuos urbanos y la inmensidad de un vertedero se pierda para siempre, invitan a quienes no quieren responder de un feminicidio a transitar una y otra vez ese camino tan macabro y tan poco caballeroso.

Aunque sólo fuera por salir al paso de una conducta que se ha convertido en ominosa tendencia, tendría que plantearse, en el supuesto de que algún año de estos vuelva a constituirse un parlamento con capacidad de legislar algo, la reforma urgente de un Código Penal que tal y como está ahora anima a los asesinos de mujeres a despreciar de esa forma su dignidad y a exponer de paso a sus familias a la tortura añadida de no saber a dónde fueron a parar y no poder siquiera despedirlas. No parece justo, ni aun racional, que profanar y hacer desaparecer un cadáver pueda servir para ahorrarle a quien lo hizo la necesidad de dar explicaciones sobre cómo se produjo la muerte. Y choca con las más elementales leyes de la condición humana, que desde los tiempos más primitivos se distingue por el respeto y las honras que reciben los muertos por parte de quienes los sobreviven.

No deja de ser llamativo, tampoco, que el descuartizador confeso se entregue y lo haga relativamente rápido. También en esta celeridad hay una estrategia evidente: reducirles al mínimo el tiempo de investigación a quienes tratan de reunir las pruebas para imputarlo, de manera que tengan que presentarlo al juez con la menor cantidad posible de elementos incriminatorios y tengan mucho más difícil buscarle a su historia, falsa o cierta, objeciones o contradicciones que pudieran desmontarla.

Contrasta esta finura para ponérselo cuesta arriba a los servidores de la ley, que hace falta mucha voluntad para creer casual, con el atolondramiento al que se quiere achacar el acto de deshacerse de los restos de un ser humano como si fueran los de una res. Por el momento, la paradoja hace mella en la juez que ha de resolver sobre la situación personal del detenido, al que no duda en despachar a prisión incondicional. Sin embargo, eso no pasa de ser una medida cautelar: importa la sentencia que en su día se dicte. El tiempo dirá si el duelo que acaba de entablarse lo ganarán quienes le imputan un homicidio o valdrá tan siniestra y escalofriante excusa: «Yo sólo la descuarticé».

Boris para rato

Que su victoria y la mayoría parlamentaria consiguiente se hayan visto magnificadas por el sistema electoral británico no es óbice para constatar sus dimensiones arrolladoras. Ese Boris Johnson al que tantos consideraban un *clown* de la política, un cínico sin arte o un manipulador grosero ha barrido en feudos laboristas del norte de Inglaterra donde hacía décadas que no se anotaba la victoria un candidato conservador. Que un elitista educado en Eton y Oxford se convierta en la opción preferida de quienes pertenecen a un mundo muy diferente y hasta hablan otra lengua, aunque nominalmente sea la misma, es una proeza de campeonato, que no hay más remedio que reconocerle. Lo que este hombre excesivo y despeinado ha conseguido es mucho más de lo que soñaron todos sus predecesores en el liderazgo de las filas conservadoras y la peor pesadilla de sus adversarios, cuyo candidato ha quedado calcinado de modo inapelable.

Su perfil, mal mirado, espanta. Un periodista despedido de varios medios por inventarse las noticias, un político conocido por faltar reiteradamente a sus promesas de hacer o no hacer, un populista sin complejos que no ha vacilado en alimentar la insolidaridad y la xenofobia de sus compatriotas para alzarse con el poder y barrer del mapa a sus oponentes, tanto de otros partidos como en el seno del suyo propio. Unas siglas de las que, dicho sea de paso, y según cuentan sus compañeros de Oxford, se declaró seguidor en su juventud, pero sólo tras imponerse en las elecciones a presidir un club de prestigio de esa universidad haciéndose pasar por un simpatizante socialdemócrata.

Y sin embargo, con todas sus contradicciones, astucias y tretas —a las que podría sumarse, para los más escrupulosos en cuestión de costumbres privadas, una vida personal plagada de infidelidades que le ha hecho padre de un número desconocido de hijos—, Johnson, que ya consiguió ser alcalde de Londres y traerle a la ciudad unos Juegos Olímpicos birlándoselos a París y a Madrid, se ve ahora investido como primer ministro con el voto conjunto de las élites más rancias y de buena parte de las clases populares, a las que ha seducido con la promesa de más gasto social y de salud y menos recortes impositivos a los ricos que los que proponía su antecesora, la amortizada Theresa May.

Dicen quienes lo conocen bien que hará con los británicos lo mismo que ha hecho con todas las personas que confiaron en él en el pasado, desde los directores de los periódicos para los que escribió hasta sus mentores políticos, sin olvidar a quienes no se resistieron a sus requiebros: defraudarlos miserablemente. Es posible, no obstante, que este Boris Johnson triunfal, aupado al puesto con el que siempre soñó sin disimulo alguno, y que a fuerza de una determinación indiscutible ha alcanzado al fin, se sienta interpelado por la Historia y, movido por el afán que tampoco oculta de codearse con los más grandes —y sobre todo con Winston Churchill, el primer ministro que hace ochenta años preservó el orgullo y la independencia del Reino Unido—, eche el resto en hacer del Brexit una empresa que los británicos sientan como un ejercicio de auténtica redención nacional.

Tiene no pocos escollos que salvar: la frontera irlandesa, Escocia y su renovada apuesta independentista o la negociación final con una UE que ya le ha dicho, por boca de Merkel, que el Reino Unido pasa a ser un competidor. Pero no son los primeros que supera, frente al escepticismo de sus detractores. Tras sus torpezas esconde una inteligencia afilada, que ya detectaron sus preceptores en Eton, aunque le reprochaban que prefiriera ir al trote en el aprendizaje y apostarlo todo a la galopada final. Tal vez la intuición del joven Boris superaba a la de sus profesores. Ha demostrado entender bien su tiempo y a quienes tenía que recaudarles el voto, y capaz parece de seguir haciéndolo.[1]

1. Como es bien sabido, Boris Johnson se carbonizó políticamente en 2022 a raíz de unas fiestas celebradas en mitad del confinamiento. Todo Aquiles tiene su talón.

Cumplir las leyes

El fervor con que se abraza a este triunfo que no es suyo da la medida exacta de su desesperación. La arrogancia con que les recuerda a otros que se han de cumplir las leyes deja al aire la inconsistencia de quien hizo caso omiso de cuantas le incumbía, por su posición y el deber contraído ante sus conciudadanos, guardar y hacer guardar. Hay quienes anuncian su derrota final por la manera en que sacan pecho en las victorias parciales.

Que el triunfo que celebra no es suyo es obvio y no exige demasiada explicación. Si finalmente ha podido acudir a recoger su acreditación de parlamentario, sin cumplir con los trámites que para ello requiere la ley nacional, no es por cómo ha hecho valer él mismo el derecho a ejercer la representación ciudadana, sino por cómo ha sabido reivindicarlo quien aceptó quedarse a arrostrar las consecuencias de sus actos, en lugar de esconderse en un maletero para huir y eludirlas. Ya lo dejó dicho un general alemán, Henning von Tresckow, antes de jugarse la vida y perder la apuesta en una sublevación contra Adolf Hitler: el valor moral de un hombre se mide por la capacidad de sacrificarse por sus convicciones. El sacrificio de quien se queda a defender lo que hizo y lo que cree en un juicio en el que arriesga y se procura la cárcel tiene el peso que jamás tendrá el correteo de un prófugo. Y es ese peso el que ha inclinado la balanza judicial del Tribunal de Justicia de la Unión Europea para cambiar su jurisprudencia y reconocer como parlamentario a quien no pudo cumplimentar todos los trámites por estar sujeto a privación de libertad.

Que la presteza con la que nuestro personaje insta a acatar el mandato legal pone al descubierto su inconsistencia se hace más evidente cuando se compara, de nuevo, con la actitud que mantuvo quien le ha abierto la puerta de la cámara europea. Los dos estaban advertidos hasta la saciedad de que lo que hacían y se disponían a hacer iba contra las leyes que, entre otras cosas, garantizaban y protegían los derechos de aquellos ciudadanos que no pensaban como ellos. Pero quien después de consumarlo se quedó a responder de ello puede sostener, así sea en términos morales, que obraba conforme a una creencia de legitimidad. A quien optó por poner tierra de por medio no le queda mucho más recurso que escudarse en que no deseaba sufrir la sanción que podían acarrearle sus actos. Por más que se empeñe en invocar supremos intereses colectivos, cualquiera interpreta que lo que le empujó a hacerse un ovillo en aquel maletero fue su propio interés.

Lo que ahora empieza es otro capítulo de este cuento en el que se entremezclan inextricablemente, desde sus más oscuros principios, ardorosos sentimientos patrióticos y un gélido cálculo de ganancias particulares. Si se afronta sin miedos ni complejos, a quien hay indicios de que consintió en buscarse complicidades entre los enemigos de Europa puede serle más difícil de lo que cree encontrar simpatías entre los europarlamentarios llamados a debatir el levantamiento de su inmunidad para procesarlo.[1]

Pero siendo esa escaramuza interesante y digna de verse, no es sin embargo la principal. No es el Estado cuya ley trata de burlar, echando mano de la europea, el rival que puede acabar con su espejismo de liderazgo. El que lo amenaza de veras es ese hombre coherente con sus actos que se dispone a pasar su tercera Navidad en la cárcel y que —mientras el fugitivo alardea y se jacta y poco menos que exige la rendición inmediata del Estado al que aún desafía— da a los suyos instrucciones para negociar y facilitar un Gobierno que permita al país del que no se sienten parte dar pasos para salir de la parálisis que lo atenaza desde hace un lustro. Falta ver la lealtad con la que ofrece ese pacto y el margen que tienen sus destinatarios para asumirlo. Si unos y otros se las arreglan para conformar y sostener un compromiso estable, el que hoy se ríe tanto tendrá un pie, si no los dos, fuera de la Historia.

1. Finalmente, al protagonista de esta historia se le retiró la inmunidad como parlamentario por decisión de sus compañeros eurodiputados, luego confirmada por los tribunales, aunque aún pendiente de ejecutarse a la fecha de esta edición. Y el partido de quien eligió el camino de afrontar la cárcel acabó superando al suyo en votos.

Tortura perpetua

Esta Nochevieja, mientras los demás estemos pendientes de las uvas y de los festejos de cambio de año, habrá entre nosotros personas sometidas a tortura. Para algunas será la primera vez; otras ya llevan varias Nocheviejas de tormento. Lo peor del caso es que existen muchas probabilidades de que en el paso del 2020 al 2021 el número de torturados no sólo no descienda, sino todo lo contrario. Y lo peor de lo peor es que eso será así porque las leyes actualmente vigentes lo fomentan y estimulan.

Ha corrido la voz entre los desalmados —y desalmadas—: lo más recomendable, si has matado a alguien, es deshacerte del cuerpo de manera que jamás vuelva a aparecer. Lo ideal es que el cuerpo se esfume y que nadie relacione contigo al difunto o la difunta. El caso se sumará a los cientos de desapariciones que la policía tiene pendientes de resolver y a lo mejor nadie llega a pensar siquiera en un crimen. Pero incluso si existe constancia fehaciente de que tenías algo que ver con la víctima, y queda acreditado que fuiste la última persona que la vio, y ante esa evidencia te ves forzado a reconocer que se te quedó muerta entre las manos, basta con decir que la arrojaste a algún lugar donde sea difícil dar con ella —hay muchos: la basura, un río, el mar— y aguardar tranquilamente a que por falta de pruebas tu castigo se quede en una módica sanción; la que corresponde por no disponer de forma adecuada de unos residuos orgánicos.

Los malos están atentos y aprenden a usar los resquicios legales. Tampoco les falta inventiva —y si no, tienen internet— para buscarse maneras de impedir que la policía encuentre esos restos que no les interesa que salgan jamás a la luz. El resultado es que cada vez hay más gente que desaparece y a la que nadie vuelve nunca a ver, ni viva ni muerta. Tampoco los suyos.

Son ellos, los que quedan privados no sólo del ser querido, sino de la certidumbre sobre su destino y de que se haga justicia por el crimen que se lo arrebató, víctimas a las que la ley, amén de no proteger, favorece que se vean sometidas a una tortura perpetua y continua que hoy por hoy goza de impunidad. Los días de fin de año y todos los días que les resten por delante, sin saber qué pasó exactamente y sabiendo que quien los tortura y acabó con la vida de su hijo o hija se burla de su desgracia.

Hay entre nosotros quienes cobran una nómina cada mes por desarrollar las labores legislativas. Desde hace algunos años no desarrollan prácticamente nada: están enredados en oscuros ajustes de cuentas sobre rapiñas pasadas y traiciones futuras, discusiones insolubles sobre naciones amenazadas o irredentas y debates agotadores sobre si España es una o varias y estos o aquellos un pueblo fraguado en la noche de los tiempos. Ahora, para remate, han encontrado otra cuestión perentoria y crucial: dilucidar si León refulge con luz propia en mitad del cosmos.

Quizá no estaría de más que esta Nochevieja, mientras se comen las uvas con los suyos, se acordaran de los que no van a poder hacerlo, y pensaran en cómo ponérselo un poco más difícil a quienes no tendrán escrúpulos en aumentar el censo de los así torturados. En sentarse a discutir y aprobar leyes que salgan al paso de los problemas, en definitiva, y contribuyan a reducirlos: los problemas lacerantes, como este, que pasarían a serlo algo menos si el acto de deshacerse de un cuerpo humano de manera indigna y gravemente lesiva para sus amigos y familiares dejara de considerarse una simple travesura para recibir la calificación y la respuesta penal ajustadas al atropello que supone; y todos esos otros que, sin ser tan dolorosos, acumulan ya demasiada mugre y demasiada frustración de tanto desatenderlos.

Aunque siempre les queda otra salida: continuar a lo suyo y pasarles la patata caliente a los jueces. Quizá alguno, con los límites que impone el derecho penal, acierte a ingeniar algún remedio.

Recomenzar

Cuando se amontonan durante años los escombros, de una casa, de una ciudad, de las ilusiones que las sostenían, acaba llegando siempre este momento. El momento en el que alguien se sube a lo alto de la escombrera, mira alrededor y dice que así no se puede seguir: que ha llegado el momento de recomenzar y que tiene el propósito y la capacidad de hacerlo. No siempre el que proclama poseer esa voluntad y esa competencia consigue llevar a término su proyecto; no siempre resulta tener de su lado las fuerzas, la disposición o la inspiración necesarias para lograr inaugurar una nueva era; pero el solo hecho de que se postule, y encuentre de entrada una mínima acogida, es ya relevante.

El hombre que acaba de subir a la tribuna no tarda mucho en emplear el verbo, y lo hace con énfasis y después de una pausa que refuerza su sonido y su sentido —*the sound and the sense*, que diría Lewis Carroll—: recomenzar. Trata luego, en un discurso de dos horas, de desarrollarlo y plasmarlo en medidas concretas y también en un tono, una especial atención a cada uno de sus sustantivos y adjetivos: se percibe que el trabajo lo es de un equipo y que este lo forman personas solventes, aunque en algún momento se desliza un error que denota, para mal, que el texto lleva semanas elaborándose. Como cuando se refiere a que las mujeres muertas a manos de sus parejas o exparejas son más de cincuenta en lo que va de año, ignorando que de año acabamos de cambiar y que ya puede por tanto darse, que siempre tiene más peso, la cifra exacta y cerrada del anterior: cincuenta y cinco.

Deslices aparte, el discurso, que es la expresión solemne de un programa, está bien trabado y no desatiende los asuntos de calado, las formas ni los símbolos. Transcurre todo el tiempo por una senda constructiva, o reconstructiva, ofreciendo alivio a los golpeados por una década destartalada y ominosa —que son muchos, alguno más de los que hay en las arcas públicas dinero para confortar—, prometiendo escuchar y levantar puentes allí donde imperó la vociferación y el conflicto, tendiendo incluso la mano a quienes el orador sabe que sólo esperan a que consuma su tiempo para cargar contra él a la bayoneta. Quizá por esto no se cuida de esconder que la mayoría de sus propuestas responde a una forma de ver el mundo, sin detenerse a tantear consensos con quienes profesan la opuesta: en su acción de gobierno, esa que ya sabe que tiene los votos necesarios para iniciar, pesará lo público más que lo privado, la redistribución de renta más que el fomento de la prosperidad de los más pudientes, la gestión de la diversidad más que la defensa de las esencias. No puede ignorar que por ahí empezarán a disputarle el talante regenerador para presentarlo como un loco peligroso que pilota el desquite.

Sabe, o debe saber, que le acusarán también de ser un fraude, de entregarse a los enemigos de la nación, y de hacerlo desdiciéndose de lo que dijo y por el afán de habitar el palacio presidencial y volar en el reactor de la fuerza aérea. Quizá por esto, de perdidos al río, desenfunda el revólver y suelta dos tiros de grueso calibre: un día oficial de recuerdo a las víctimas del franquismo, ese régimen cuya iniquidad de origen y de ejercicio a algunos les cuesta una enormidad asumir; y la recuperación de todos los bienes inscritos por la vía rápida en el Registro de la Propiedad a nombre de la Iglesia. En el terreno simbólico, son dos gestos que suenan, como pocos, a borrón y cuenta nueva. Dos cargas de profundidad de consecuencias impredecibles.

El discurso recibe la respuesta que cabía prever. Un par de horas después, de todos esos buenos deseos de reconstrucción y de esa propuesta de mano tendida no hay ni rastro: el hemiciclo es un humeante paisaje de trincheras. En el banco azul hay rostros melancólicos, los de quienes ya saben que no van a ser ministros. Los demás, no se sabe, pero ellos sí que van a recomenzar.

El aterrizaje

La cosa echó a volar un mes de mayo, no hace todavía ni diez años. Lo recuerdas bien: en esos días estabas en Nueva York, y una mañana, al ir al quiosco a comprar el periódico, la viste ahí, en portada: la Puerta del Sol llena de gente. La Puerta del Sol, protagonista de la primera página del *Washington Post*: lo nunca visto, sobre todo si se tiene en cuenta que a la opinión pública estadounidense suele importarle entre poco y nada lo que pueda ocurrir en un lejano país del sur de Europa, y que en aquellos mismos días estaba encerrado en la prisión de Rikers Island el director gerente del FMI, Dominique Strauss-Kahn, acusado de intentar abusar de una camarera de hotel.

Por aquel entonces muchos medios españoles cuestionaban la importancia real de aquel movimiento, pronto conocido como el 15-M, y reducían a cero su capacidad de acabar produciendo algún efecto significativo en el futuro. Como aficionado a dudar de lo no evidente, y alérgico a la profecía, preferiste poner entre paréntesis lo que estaba sucediendo, con la sospecha de que a lo mejor no terminaba siendo tan irrelevante como se quería ver. El caso fue que poco después hubo unas elecciones y uno de los dos partidos tradicionales y hegemónicos del sistema obtuvo una victoria electoral por mayoría absoluta. Los perroflautas, como pronto se empezó a llamar a aquellos manifestantes, parecían en efecto abocados a quedar como seres pintorescos, protagonistas de un episodio tan ruidoso y colorido como sobrevalorado.

Pasaron cuatro años de gestión de esa mayoría absoluta: cómoda en el Congreso y el Senado, pero cada vez más incómoda en la calle y en la percepción no sólo de la gente, sino también de quienes antes o después tendrían que acudir, engorros de la democracia, a las urnas para tratar de revalidarla. Al final las elecciones llegaron y la catástrofe fue sonada: de los dos partidos tradicionales, uno rozó el ridículo y su mínimo histórico; el otro ganó las elecciones pero se dejó la tercera parte de los escaños y se quedó compuesto y sin mayoría posible. Y una fuerza política nueva, que se reclamaba heredera de esas plazas que en 2011 llamaron la atención del *Washington Post*, se hizo de pronto con setenta escaños. La cosa empezaba a ir en serio. O no.

A partir de ahí vino una montaña rusa de más de cuatro años, con investiduras fallidas, Gobiernos agónicos, mociones de censura, elecciones y más elecciones, y la fuerza de esas siglas nuevas, entre los errores propios, las audacias y astucias de otros y algunas inercias, mermó hasta dar la sensación de que podía pasar, al final, como una nube de verano. Un lunes de otoño de 2019, sin embargo, vino la campanada: los herederos de los perroflautas, de esas plazas tan menospreciadas en su día, tenían un principio de acuerdo para ocupar ministerios.

No ha sido fácil, pero ahora mismo están ya a punto. No han desplazado a la vieja política, como querían: pactan con ella y gobernarán bajo su ala. Pero han llegado ahí: al coche oficial, a nombrar altos cargos, a firmar en el BOE. Aquellas plazas de hace sólo nueve años al final resultó que no eran una tontería, sino una manera, inesperada e impredecible, de meter mano en la Historia. El resultado ya se verá si está más cerca de los cielos que prometen o del averno que auguran sus detractores. Lo más probable es que al final quede a medio camino, como suele pasar en la vida. El caso es que aquella cosa que echó a volar en 2011 está ya lista para aterrizar, con todas las consecuencias.

Por cierto: debería dar que pensar a quienes se empeñan en describir a España como país retrógrado y refractario al cambio, frente al supuesto progresismo de algunas de sus partes. Es en el Gobierno de España donde han entrado los que acampaban en las plazas; en otros, siguen mandando aquellos que los desalojaban y llevan gestionando el sistema desde hace cuatro décadas.

Formas del mal

El mal existe, vaya que sí. También los malos. No es fácil señalarlos con abstracciones, ni a los malos ni el mal mismo. Y sin embargo, cuesta poco identificarlos cuando se baja al caso concreto. Sobre todo, si se mira con los ojos de la víctima.

Una forma posible del mal, y por desgracia frecuente, y por ello mismo probable, o cuando menos más probable que otras, es que un grupo de hombres jóvenes contacte con una o varias mujeres también jóvenes y la historia acabe en un intercambio sexual no plenamente consentido por alguna de las mujeres. Ya sea por el uso de la violencia, por el recurso a una intimidación explícita o por la creación de condiciones en las que la mujer, sin terminar de querer que pase lo que va a pasar, termina dejando que las cosas sigan su curso por apocamiento, por miedo a la reacción adversa del hombre o de los hombres que la requieren o por cualquier otra razón que merme su ánimo. Que cualquiera de estas conductas es un mal lo deja bien claro el hecho de que las dos primeras sean delito, tipificado como grave, y que la tercera pueda llegar a serlo, según jurisprudencia del Tribunal Supremo.

Pero no es la única forma de constatarlo: hágase el ejercicio de preguntar a quien se ve sometida a ellas y luego tiene que cargar de por vida con el recuerdo. O a quienes conviven con la afectada, o entablan después con ella cualquier relación.

Otra forma posible del mal, por fortuna infrecuente, y por ello mismo poco probable, o en todo caso menos probable que otras, es que un grupo de hombres jóvenes salga por la noche a divertirse sanamente, trabe relación con una o varias mujeres jóvenes y la historia desemboque en unas relaciones sexuales mantenidas con plena voluntariedad, sin que medie violencia ni intimidación ni presión de ninguna especie, de las que después alguna de las mujeres se arrepienta y quiera sacar partido en perjuicio del varón o los varones implicados, declarándose agredida. Bien sea por el puro deseo de perjudicarlos, bien porque denunciarlos por haberla atacado sexualmente pueda traerle alguna ventaja o ganancia concreta, incluso de índole pecuniaria. Hay, por ejemplo, pólizas de seguro que contemplan indemnizaciones si se es víctima de un delito durante un viaje. Que esta conducta es un mal viene de nuevo a acreditarlo su tipificación como delito, más grave si tiene como consecuencia, como bien puede suceder, que quien así se ve señalado ante la justicia sea privado de libertad.

Pero tampoco es el único modo de comprobarlo: pregúntese a quien ve de pronto venir contra sí la maquinaria judicial, sin tener conciencia de que exista un motivo fundado para ello. O a sus familiares. O a quienes los llevan y los traen esposados.

La pasada Nochevieja, en Murcia, se manifestó una forma del mal, y hubo unos malos que la desencadenaron sobre sus víctimas. Según las chicas, tres hermanas estadounidenses, las víctimas son ellas. Según los chicos, tres refugiados afganos, es a ellos a quienes se ha señalado y detenido sin motivo, sólo por la frivolidad y la codicia de sus denunciantes, que viajaban por Europa con un seguro que prevé una compensación económica si sufren un delito. Mientras haya una instrucción judicial en curso, no se puede afirmar que los malos sean ellos, o ellas las malas; cuando la instrucción concluya y se dicte sentencia, unos u otras lo serán. De lo que no cabe duda es de que una vez más unos seres humanos se han convertido en agentes del mal sobre otros seres humanos; desde la inconsciencia, desde la indiferencia hacia el sufrimiento ajeno; desde el desprecio, en suma, al semejante y a su integridad, ya sea moral, ya sea física.

La probabilidad estadística los pone a ellos en la picota. No pocos los han declarado ya culpables. La actitud extraña y el relato confuso de ellas ha sembrado luego la duda. El tiempo dirá quiénes son los malos. O las malas. Que también las hay.

La factura del tumulto

Un fin de semana más, en las inmediaciones de un estadio de fútbol, dos grupos de energúmenos se acechan y se buscan hasta que al final se encuentran. Sucede en Valencia y casi a la misma hora en Cornellà. Siguen a equipos distintos y obedecen a diferentes nombres de guerra, pero su *modus operandi* es el mismo: presentarse donde se va a celebrar el partido y reconocer el terreno hasta dar con sus homólogos del equipo rival. Una vez que unos y otros han establecido contacto, y echando mano para ello de cualquier pretexto más o menos nimio —una mirada, una mala palabra, nada—, alguien inicia las hostilidades: puede ser un empujón, una pedrada, una silla que vuela por el aire hacia el grupo adversario. En cuestión de segundos se desata la batalla campal: carreras, enfrentamientos a puñetazo limpio, a patadas, a palos, con lanzamiento de bengalas, sillas, mesas, conos y cualquier cosa que esté a mano de los contendientes, en medio de un griterío tribal que certifica la ausencia de civilización.

La violencia, instantánea, generalizada y extrema, no causa percances fatales —esta vez— porque en los alrededores de los estadios hay siempre decenas o cientos de funcionarios pagados por el contribuyente. Ellos se encargan de neutralizar los riesgos intolerables que genera el lucrativo negocio futbolístico, gracias a esos bárbaros que lo siguen, alientan, caldean y no dejan de formar parte del paisaje ordinario de las competiciones, por más que los directivos de clubes, federaciones y ligas profesionales proclamen su voluntad de erradicar esas actitudes vandálicas. Hasta ahora esas proclamas son tan vanas como ineficaces.

Gracias a que el dinero y los recursos públicos están ahí, a que los funcionarios policiales, con su formación y su esfuerzo costeados por todos, contienen la furia de los energúmenos y se las arreglan para separarlos, las dos batallas campales de este fin de semana se resuelven sin que haya que lamentar más que algunas lesiones. Varios de los envueltos en la trifulca, que a partir de la intervención policial deriva en enfrentamientos con los agentes, desfilan esposados en dirección al juzgado. Allí se les instruirán diligencias que supondrán más gasto de recursos públicos, amén de las consecuencias que tengan para la libertad o el patrimonio de los detenidos. Nada de esto salpica ni afecta ni parece que al final incumba a quienes explotan una industria que no dejará pese a los incidentes de recaudar sus abultados ingresos por entradas, derechos televisivos, *merchandising* y demás. La factura del tumulto, con todo lo que conlleva, se carga directa y alegremente a la comunidad, que apechuga.

Comienzan los dos partidos. Rueda el balón y entra alguna que otra vez en las porterías. Hay quien gana, quien pierde y quien empata, aunque si atendemos a sus cuentas corrientes ninguno deja de sacar réditos del choque. En cierto momento de uno de los dos partidos se sustituye a un jugador de color, una circunstancia que aprovechan los hinchas del equipo contrario para cubrirlo de insultos racistas. Un nuevo episodio en el que la civilización brilla por su ausencia, y que ni siquiera se recoge en el acta arbitral. El negocio futbolístico también tiene bula para despreciar los derechos humanos sin que se le pase por ello al cobro ninguna factura. Habrá algunas declaraciones en tono contrito, pero después no se tomará medida efectiva alguna para impedir que el próximo fin de semana vuelva a ocurrir.

Quizá haya por ahí algún ingenuo que se crea que existe una verdadera voluntad de acabar con estos comportamientos bárbaros, que son además semilla y ejemplo de otras barbaries, dentro y fuera de los campos de fútbol. Quizá haya alguien que se crea que se va a hacer algo, y que algún día cambiarán estos usos cavernícolas. Nadie se engañe: mientras les sigan saliendo gratis, los beneficiarios del tinglado seguirán tolerándolos.

Las divas planetarias

Las divas planetarias tienen motivos para la celebración. Están en la cresta de la ola, reciben premios, llenan estadios, consiguen millones de visualizaciones y de descargas —la medida del éxito de la época, como en otras eran los discos vendidos— y el saldo de sus cuentas corrientes sube como la espuma. De un tiempo a esta parte, empieza a amontonar ceros después del punto y antes de la coma: donde de verdad significan algo y representan un salvoconducto para acceder a todas las satisfacciones exclusivas que el dinero puede comprar, y que no son pocas.

Las divas planetarias, con una hábil mezcla de talento, eso nadie se lo niega, y de marketing, tampoco ellas podrán negar que disponen de esa palanca y algo le deben, han conseguido que sus nombres y sus hechos traspasen idiomas y fronteras y se conviertan en fenómenos globales. Si alguna vez fueron sólo una chica que prometía, ahora son marcas poderosas ante las que se rinden millones de seguidores. Por eso mismo atraen el interés de gigantescas corporaciones y estas les ofrecen extraer de su arte y de sus invenciones el codiciado petróleo que bombea el tráfico masivo de cualquier mercancía digitalizable; o lo que es lo mismo, de casi cualquier mercancía ya, incluidas las personas y sus atributos, gracias a las formidables herramientas creadas al efecto.

Sobre esa realidad, tan aparatosa como incuestionable, las divas planetarias se han forjado a toda prisa una personalidad muy asertiva y ligeramente distraída, cuando se reclama su atención para que se fijen en algún ser irrelevante. Sirva el ejemplo de un ministro de Cultura de poca visibilidad pública y fugaz carrera, que acude como alma cándida a uno de sus conciertos creyendo ser alguien y que se topa con la cruda revelación de que la diva de turno, a la que no le suena la cara ni el nombre, le pregunta con todo desparpajo quién es y qué pinta en el *backstage*.

Las divas planetarias, entre estos éxitos y estos despistes, se convierten en mujeres empoderadas, y también en portavoces y propagandistas del empoderamiento de todas las mujeres que en el mundo son. Las letras de sus himnos, coreadas por miles de féminas de todas las edades, circulan por las redes como una expresión del clamor que exige que la mujer deje de sufrir todas esas desventajas que la vienen acompañando a lo largo de la Historia por el solo hecho de serlo, y que décadas de progreso en todos los ámbitos apenas han logrado atenuar, mitigar o reducir de forma significativa en unos pocos países del mundo.

También esto es para ellas motivo de celebración, y de un muy legítimo orgullo. Por eso se entiende que quieran ir por ahí de noche, después de una entrega de premios planetarios como ellas en la que algo les cae, a dar rienda suelta a su juventud y su fuerza vital y su alegría. Lo que quizá ya se entiende un poco menos es que alguien las grabe en un local arrojando billetes a unas bailarinas de *striptease*: mujeres no tan planetarias, no tan empoderadas y con cuentas corrientes menos saneadas que las suyas. Al menos le costará entenderlo a quien quisiera creer que sus proclamas en defensa de las mujeres desfavorecidas eran la expresión genuina de sus valores y principios personales.

O quizá es que una y otra vez confundimos e idealizamos las cosas. Las divas planetarias acaban bajando a tierra y yendo por la calle, donde sólo son un trozo de barro humano más. Con sus incoherencias, sus patinazos, sus poses de cara a la galería que no necesariamente coinciden con su carácter. Y, sobre todo, son personas que en la estructura implacable de una sociedad capitalista, de la que se derivan las reglas básicas de juego con las que pese a todos nuestros discursos y todos nuestros buenos deseos nos seguimos manejando, se sitúan en el plano de los que tienen y en posición preeminente sobre los que no. Al final, ese es, más allá de cuestiones de género y sin perjuicio de ellas, el único empoderamiento que de veras vale entre nosotros.

El tirador

El tirador exhibe su destreza en todas las posturas posibles: rodilla en tierra, tumbado, de pie. En todas ellas sujeta el fusil de asalto con innegable solvencia y mantiene buena cadencia de tiro: pausa breve entre disparo y disparo, ritmo regular. Cuando le traen las dianas contra las que ha estado disparando, a una distancia no excesiva, pero tampoco desdeñable, se observa otro de los signos que distinguen a quienes son competentes con un arma de fuego: los disparos no sólo están situados en buena proporción dentro de la silueta, sino también agrupados. Prueba del pulso y del dominio del hombre sobre el arma que usa.

Para que de su buen hacer en el campo de tiro quede un testimonio, el tirador se hace grabar un vídeo. En él se le ve a la hora de disparar y también luego, cuando recoge la diana. Ante el resultado, comenta alborozado que el imaginario objetivo, al que identifica con un combatiente de un grupo terrorista, está bien muerto después de recibir semejante ración de plomo.

La historia podría quedar aquí, en el ejercicio de

un tirador que resulta no ser malo como tal, un tanto superficial en su concepción de los conflictos y algo ligero en cuanto al valor de la vida humana. Sin embargo, el tirador, en una dudosa decisión, toma las medidas oportunas para que su acción tenga ulteriores consecuencias. Cediendo a una inercia de su tiempo, que a una luz menos benévola también puede considerarse un vicio en el que caen millones de personas, con especial incidencia entre las que tienen mayor visibilidad pública, decide difundir el vídeo así grabado a través de sus redes sociales. Y si este alarde resulta en general un acto desaconsejable, en su caso lo es aún más.

Y es que no faltan los dispuestos a buscarles las vueltas a sus hechos y dichos, y a la vista de las bélicas imágenes de un civil descamisado en un campo de tiro militar surgen en seguida las interpretaciones contraproducentes. Los más legalistas no dejan de hacer notar que la ley del país prohíbe el uso de armas de guerra por particulares: una prohibición en cuya letra, pese a haber disparado en un campo de tiro militar y con permiso de quien sí puede usar el arma, no deja de estar incurso. Otros le hacen ver que el fusil que utiliza y la munición que consume no son suyos, sino del contribuyente. Y a este respecto, cabe añadir que hay muchos de quienes los costean que no respaldan el fervor homicida que exhibe el tirador, que no aprueban que se dispare contra nadie con saña, así sea terrorista, y sólo admiten que se haga fuego en caso de autodefensa o necesidad. Tantos son, que representan la mayoría expresada en las leyes vigentes.

Guste o no al tirador, ni ese fusil, ni el uniforme de quien lo usa legítima y profesionalmente ni el ejército al que pertenecen son suyos, sino del conjunto de la ciudadanía. Ha costado que así sea y se sienta, tras un siglo triste en el que muchos hicieron por apropiarse de la institución de defensa de una sociedad para usarla a su conveniencia, a costa de los propios militares, contra los sectores de esa sociedad que les resultaban molestos.

Alguien tuvo con el tirador la deferencia y la generosidad de dejarle probar un arma que le había sido confiada y que en rigor no tenía derecho a utilizar. Puede ser una irregularidad, pero se comprende en el marco de la cordialidad y la discreción. Lo que seguramente no sabía era que le estaba dejando una propiedad del contribuyente, de naturaleza cuando menos delicada, a una persona indiscreta y sin ninguna delicadeza. Con su exhibición posterior en las redes, el tirador le ha jugado una mala pasada, sobre todo, a quien confió en él y no goza de su inmunidad. Y todo por pura jactancia, o por algo aún más reprobable. Ya puede ir contando con que la próxima vez no le dejarán tocar nada.

Hay quien por ahí conoce el viejo dicho, y lo tiene en cuenta: «Quien con niños se acuesta, meado se levanta». Nunca más.

Langosta para Mr. Eduardo

Es lo que tiene la sensación de impunidad, que te confías y no calculas lo que puede llegar a suceder si algún día —y ese día siempre puede llegar, y ese día siempre llega, de alguna forma— viene a llamar a tu puerta el rastro que dejaron tus fechorías. Es lo que explica la obscenidad de la información que, después de dormir durante algo más de una década en los archivos de una sociedad suiza, se conoce ahora y llega a donde menos puede convenirle a su protagonista que vaya a parar: unas diligencias policiales, un sumario judicial, los titulares de los periódicos.

Había tomado todas las precauciones, o eso creía. Una red tupida de empresas interpuestas, testaferros, paganos que así le agradecían favores, circuitos bancarios internacionales. De ese laberinto se servía el presunto, a guisa de capa de invisibilidad, cuando recaudaba el fruto de sus deslealtades a los ciudadanos que lo habían elegido y a los que supo embaucar sin escrúpulos; siempre según quienes ahora le acusan y el juez instructor que lo respalda, en tanto no se termine de dictar su sentencia.

Funcionó, vaya si funcionó, durante muchos

años. Nada importaba que fuera la comidilla de su ciudad, su región y su país. Sorprendía que un político de origen humilde, sin mucho más currículum que el que le había dado el partido y después un par de puertas giratorias bien engrasadas, pero que tampoco justificaban más que un buen pasar económico, se pegara una vida casi de maharajá, con propiedades inmobiliarias de lujo, presencia diaria en los mejores restaurantes y un guardarropa digno, por calidad, variedad y corte, del príncipe de Gales. Los chismorreos iban y venían, «algún día tendrá que caer», soñaba alguno, pero el caso es que no caía. Maestro de ese arte de moda llamado *storytelling*, Eduardo se hacía perdonar su opulencia.

La pega del *storytelling* es que además de un arte de moda, en esa época, en esta y en cualquiera, es una disciplina exigente y contingente, que tiene que saber adaptarse a coyunturas no sólo cambiantes, sino impredecibles. Quién le iba a decir al hábil Eduardo que tendría que seguir sosteniendo su cuento frente a una sociedad zarandeada y conmovida hasta sus cimientos por una crisis que pondría a familias enteras en la calle, al país al borde del rescate y la intervención, y a la política y las siglas que lo habían cobijado en una encrucijada devastadora, donde los viejos equilibrios y componendas saltarían por los aires y alguno tendría que aprender a manejarse con poco más de la tercera parte de los escaños que alguna vez acaparó y administró. En ese contexto, emergieron en contra de los intereses de Eduardo dos fuerzas poderosas: unos jueces y unos investigadores con el firme propósito de desentrañar las pifias de los poderosos que de manera funesta habían contribuido al derrumbe, apoyados por una ciudadanía que exigía y necesitaba responsabilidades.

Al final, el *storytelling* de Eduardo no aguantó ese tsunami. Los investigadores removieron y hallaron, los jueces oficiaron a los jueces de otros países para pedir documentos y estos han llegado. En uno de ellos se lee que en los cruceros en yate por decenas de miles de euros de que disfrutaba Mr. Eduardo —así se refiere a él quien los organizaba— había que servir dieta baja en colesterol y langosta como comida especial. Cabe imaginarlos, a él y a sus invitados, fondeados frente a una isla griega, en pleno banquete. Felices y seguramente ajenos a aquello que dice la canción de Silvio Rodríguez: «Soy feliz, soy un hombre feliz, / y quiero que me perdonen / por este día / los muertos de mi felicidad».

Esos muertos, los desahuciados, los que cayeron en la lista de espera hospitalaria, los que aprendían en barracones de lata bajo el inclemente sol de Valencia, los dependientes a los que no llegó nunca la prestación, mientras el dinero público se iba en langosta para Mr. Eduardo, vienen ahora a pedir lo suyo. El bautizador de operaciones de la UCO, la unidad de la Guardia Civil que ha trabajado durante años para que ahora se sepa toda esta ignominia, y que se erige con esa labor en el mejor y más cumplido representante de todos los burlados, ha vuelto a estar insuperable: Operación Erial. Vaya nombre para la Historia.

La mentira generosa

Quien miente normalmente lo hace para esconder un mal de autoría propia del que otro es víctima, efectiva o potencial. Miente el infiel para no responder de su traición, el espía para no ser descubierto por el espiado, el ladrón para no afrontar las consecuencias del robo o el asesino para que no se le carguen las de la muerte. Rara vez hay en la mentira un rasgo de entrega o generosidad hacia el prójimo. Más cuesta todavía imaginar que la mentira pueda considerarse una demostración de amor.

Hay historias que desafían las convenciones y las categorías con las que nos acostumbramos a observar, examinar y juzgar a nuestros semejantes. Las hay, incluso, que las invierten, y no sólo nos expulsan de ese territorio de lo consabido, sino que nos colocan frente a comportamientos que dejan fuera de juego los argumentos con los que tratamos de explicar la estructura de la realidad y articulamos nuestras ideologías y nuestras leyes.

Existe en la sociedad la fundada sensación de que en las peleas conyugales tiende a predominar la violencia masculina: las decenas de mujeres que cada año acaban en el cementerio, los miles que denuncian esa violencia y obtienen la condena o la orden de alejamiento de sus parejas así lo respaldan. Cuando una mujer llega a un centro hospitalario con señales de violencia lo primero es sospechar que el hombre con el que convive o en otro tiempo convivió, incluso el que la trae, pueda ser el autor de las lesiones. Y, en muchos casos, la sospecha estará justificada y la denuncia del personal sanitario, seguida de una investigación policial, acaba conduciendo a la imputación de un crimen.

Qué pensar, en cambio, cuando a las urgencias del hospital de Villajoyosa llega un hombre con una puñalada en la espalda y cuenta la increíble historia de que la herida es el resultado de un accidente doméstico. Cómo interpretar el sobrehumano esfuerzo de este hombre por mentir mientras acude a que le atiendan de una herida que lo tendrá durante tres días en la UCI. La nula credibilidad de lo que refiere lleva a los sanitarios, como en otros casos de explicaciones inconvincentes por parte de la víctima de unas lesiones, a poner el hecho en conocimiento de la policía, de la Guardia Civil en este caso. Las averiguaciones de los agentes acerca de las circunstancias en que se produjo la cuchillada los conducen a su vez a detener a la pareja del hombre, una mujer que acaba imputada por homicidio en grado de tentativa.

Por alguna razón, la historia, extraordinaria bajo cualquier punto de vista, pasa casi completamente inadvertida. La recogen los periódicos, pero sin apenas subrayarla. Como si fuera lo más normal del mundo que mientras uno discute con su mujer ella le clave por la espalda un cuchillo y la reacción del así agredido sea ir al hospital y tratar de hacer pasar el ataque por un accidente para exculparla. Una y otra vez se exhiben los actos masculinos que implican desconsideración y desprecio hacia la dignidad y la integridad de sus parejas; resulta en cambio silenciado, o casi silenciado, este gesto de desprendimiento y perdón extremos, la mentira generosa con la que alguien trata de salvar a la mujer con la que vive de las consecuencias de su acción criminal.

Esta mentira que pretende lo contrario de casi todas las mentiras, esconder la autoría ajena de un mal del que es víctima aquel que trata de sostenerla, resulta perturbadora por muchas razones, aunque no tenga éxito. Por la renuncia a pedir cuentas de la cuchillada, en primer término, pero también por lo que se puede imaginar que pretendía: ¿acaso reanudar la convivencia con la homicida frustrada después de salir del hospital? Cabe imaginar que sus protagonistas no tendrán demasiadas ganas de hablar del incidente, pero sería tan interesante conocer las razones de él como lo que ella piensa, cuando acaba en la celda de la que a toda costa ha tratado de librarla su hombre.

Un bichito

La pregunta no ha dejado nunca de rondarte desde que te tocó estudiarlos en clase de biología en el bachillerato, hace una buena cantidad de años. La simplicidad extrema de los virus, ¿es una prueba de lo rudimentarios o de lo sofisticados que son, como forma de vida en pugna y competencia con otras?

Según un razonamiento muy inmediato, diríase que unos seres que apenas son un poco de ácido desoxirribonucleico (ADN) o ribonucleico (ARN), dependiendo del tipo de virus, más algunas proteínas, representan algo mucho menos avanzado que los intrincados organismos pluricelulares que la naturaleza ha desarrollado sobre nuestro planeta —no sabemos si en otros—: desde el cachalote hasta la secuoya, pasando por la abeja, la rata o el boj. Cómo se va a comparar un amasijo de moléculas con una pléyade de células especializadas. Vendría a ser como comparar un puñado de ladrillos apilados con una catedral gótica.

Y sin embargo, hay días que te sientes tentado de pensar justo lo contrario: que el virus, ya sea uno de los que infectan a las plantas o uno de los que atacan a las bacterias, los insectos o los animales superiores —que de todos esos tipos hay—, es un ser que ha alcanzado la máxima perfección biológica acertando a despojarse de todo lo superfluo. Ha conseguido reducirse a la mínima expresión: a su propia información genética y el utillaje necesario para infiltrarse en las células del ser vivo del que se sirve para reproducirse. Y con esa elementalidad es capaz de subsistir y propagarse derribando a seres mucho más complejos a los que convierte en simples instrumentos de sus fines.

Cuenta Kenneth Smith en su breviario *Biología de los virus* que cuando el botánico alemán Mayer comenzó a estudiar en 1886 la enfermedad causada a la planta del tabaco por uno de ellos, el llamado virus del mosaico del tabaco —TMV, según sus siglas en inglés—, descubrió que era un mal infeccioso pero se empeñó en creer que era una bacteria, que podía atajarse con un papel de filtro ordinario. De este error sacó a la ciencia otro estudioso, Ivanovski, que probó que el patógeno atravesaba los filtros, aunque porfió en seguir pensando que se trataba de una bacteria extremadamente pequeña. Hubo que esperar bastantes años, hasta 1935, para que el norteamericano Stanley lograra aislar el virus y poco después Bawden y Pirie, de la Universidad de Cambridge, demostraran que el virus era una nucleoproteína, consistente en un 94,4 por ciento de proteína y un 5,6 de ARN. Desde entonces sabemos a qué ser nos enfrentamos cuando padecemos males como la viruela, el herpes o la gripe. O lo que es lo mismo: lo poco que necesita para infectar. O matar.

La última prueba de su poder es el coronavirus COVID-19. Un diminuto mutante con corazón de ARN, como el del mosaico del tabaco, que no sólo ha acreditado su poder para acabar con individuos de la especie más sensacional —o eso cree ella— que ha producido la naturaleza, sino para zarandear de forma contundente sus estructuras sociales. El mínimo entramado de moléculas, además de ser letal contra varios miles de personas, se ha probado capaz de poner en jaque al ser humano por la vía de anularle ese recurso que constituye la fuente primordial de su poder —y su soberbia—: la mente. Más allá de la fiebre o de la neumonía, el coronavirus ha sacudido a la especie humana con una ola de histeria que ofusca su raciocinio, dificulta su día a día y hasta provoca su empobrecimiento súbito y efectivo.

Resulta paradójico, y cómico si no tuviera sus ribetes de drama, que ejércitos de analistas de riesgos, pertrechados con un arsenal ingente de proyecciones, hipótesis y *big data*, se vean sorprendidos, vencidos y al fin desbordados por la catástrofe que nunca previeron: un ínfimo bichito. Quizá esa sea su sabiduría. Y nuestra debilidad, no acertar a vivir más simplemente.

La guerra de los veinte años

No han llegado a veinte, aún, pero ya van más de dieciocho. Son los años que dura ya la guerra de Afganistán, o la última de ellas, la iniciada por Estados Unidos contra los talibanes a raíz del ataque a las Torres Gemelas de 2001, en la fecha en la que se anuncia un acuerdo de paz por el que la superpotencia mundial asume la imposibilidad de desalojarlos de sus posiciones y de facto viene a cederles nuevamente el control del país. Es un buen momento para hacer balance de los costes y los resultados de una acción que en su momento se presentó como una especie de cruzada para liberar a los afganos de una opresión medieval e intolerable y transportarlos a la modernidad. Ese empeño al que ahora se renuncia, para reintegrar el país a donde estaba.

Según el cálculo que ofrece el *New York Times*, la guerra de Afganistán le ha costado al contribuyente norteamericano, hasta diciembre de 2019, alrededor de dos billones de dólares. La cifra supone en números redondos cien veces el producto interior bruto de Afganistán, o lo que es lo mismo: si esa suma de dinero se hubiera invertido en ayuda al desarrollo de los afganos, se habría más que quintuplicado su renta nacional durante todos y cada uno de los años de guerra. A todos y cada uno de los cerca de cuarenta millones de habitantes se les habría podido repartir una suma de más de cincuenta mil dólares. Si se tiene en cuenta que la renta per cápita anual de los afganos no llega a los seiscientos dólares, se podrá aquilatar mejor la magnitud del dato.

Y eso sólo es el dinero, lo que resulta más o menos fácil de contar. Si alguien encontrara una forma de medirlo, habría que sumar el caudal de dolor y sufrimiento que representan los miles de soldados norteamericanos muertos, mutilados, heridos o dañados psicológicamente de por vida. Y el de todos los afganos que han salido malparados de la aventura: los que han encontrado la muerte o el deterioro de su existencia en mayor o menor grado, como efecto colateral de los enfrentamientos bélicos. Si alguien quiere hacerse una idea de lo que eso representaría, si hubiera ocurrido aquí, puede ayudarle, por ejemplo, buscar las cifras y aplicar los baremos indemnizatorios que manejan las compañías de seguros para daños personales causados en accidentes.

El coste es tan fabuloso que produce vértigo, sobre todo si se tiene en cuenta que el resultado, a tenor del acuerdo firmado en estos días, es sustancialmente nulo: el objetivo central del ataque y de la larguísima campaña posterior no se ha alcanzado ni se cree factible alcanzarlo y por eso se desiste de él. El enorme esfuerzo y la gigantesca inversión se han disipado por completo y su rentabilidad es negativa hasta la consunción absoluta.

Y la pregunta que aquí viene es dónde se gestó fracaso tan desmedido: cuándo se cometió el error que llevó a asumir y a sostener un dispendio de recursos y de vidas que no atajó las raíces del mal y se empantanó en una vía que no conducía a ninguna parte. O peor aún: conducía a devolver el territorio a quien hoy, y si no es hoy será pasado mañana, se podrá apuntar la victoria de haber doblegado por hartazgo al invasor.

Nadie alzó la voz en 2001 para advertir contra los riesgos de que la guerra resultara fallida. Los ánimos estaban demasiado exaltados para arriesgar una disidencia. Nadie advirtió a tiempo de que una ocupación prolongada se parecía muy poco a un triunfo. La inercia y la pérdida de novedad del asunto ayudaban a ignorarlo. Nadie supo impedir que la persistencia del conflicto llevara a una retirada apresurada. La inminencia de las elecciones pesó más que un país cuya tragedia había pasado de moda.

Todo el mundo está más pendiente de otras cosas, desde el coronavirus hasta los chismes del Gobierno de coalición, pero por Afganistán cayeron cien españoles. Más dos policías a los que los talibanes mataron en Kabul. Alguien ha de recordarlos.

Mercadona *connection*

A las nueve menos cinco de la mañana, y ya con una cola de coches esperando a que abran las puertas del aparcamiento, no hay duda de que este es el lugar. Uno de los muchos centros que tiene la cadena, en este caso en una urbanización en la raya entre Madrid y Castilla-La Mancha, en territorio de esta última. El sitio a donde acudimos en enjambre todos, porque mal que nos pese seguimos teniendo un cuerpo que hay que alimentar y lavar si queremos seguir presenciando el espectáculo de la vida, que últimamente nos tiene perplejos y desconcertados, pero no hasta el punto de haber perdido la afición a participar de él.

Cuando viene el empleado para abrir la puerta metálica del recinto, otros coches que estaban apostados y a la espera en las inmediaciones se unen a la cola y en cuestión de minutos están todas las plazas ocupadas. Los clientes se turnan con razonable urbanidad para retirar sus correspondientes carritos y después para entrar en la tienda. Hasta se llega a ver cómo un ciudadano le cede el paso a una señora, o cómo otro se disculpa por haber pasado antes que otra. También se mantiene la compostura a la hora de repartirse por el establecimiento, cada uno en busca de lo que necesita de modo más perentorio. Hay quien se va hacia la carne, quien busca la fruta y verdura, quien se inclina por los huevos y las patatas, quien da prioridad al agua, la leche o los productos de higiene personal o para el hogar. La batalla que de antemano está cómicamente perdida es la del papel higiénico, arrasado y todavía no repuesto. Hay algún otro producto que amanece con el estante vacío y, ante la queja de algún cliente, una de las empleadas le explica con expresión fatigada: «Llevamos desde las cinco de la mañana reponiendo, no ha dado tiempo a colocar todo. Estaba la tienda en chapa».

El observador se queda con la expresión: «en chapa». Es una gráfica manera de describir el acaparamiento de la clientela y el desafío para estos trabajadores convertidos de pronto en los gestores de un servicio público esencial, en integrantes de las fuerzas de choque en esta guerra contra un enemigo invisible. Se los ve maniobrar con energía y determinación, conscientes de que su labor es fundamental para que no termine de cundir el pánico, para que los aturdidos clientes conserven una mínima sensación de normalidad y la ilusión de que la vida va a poder seguir.

Hay segmentos del supermercado tan abastecidos como nunca: el pan, las legumbres, las conservas. La imagen resulta apaciguadora para quien llegó con el alma encogida por el temor a no encontrar nada, pero al cabo de pocos minutos hay bandejas que se vacían del todo, y determinados productos, de ciertas marcas cuyo precio y calidad resultan especialmente atractivos, parecen agotados y sin perspectiva de reposición. Es la señal de que el momento es insólito, el aviso de que nuestra caprichosa rutina se nos ha ido de las manos por no se sabe cuánto tiempo aún.

A las nueve y diez ya hay cola de carritos en las cajas, que han de abrir todas para dar salida a la facturación. Es en una de esas colas donde se coloca, con una compra más reducida que las demás, una anciana sola. Va bien vestida y arreglada, con un bastón cruzado sobre el carrito. Lleva en él alimentos que dan para varios días a una persona acostumbrada a la frugalidad, y en el departamento superior, una botella de whisky, que pasa con una sonrisa a la cajera para que le escanee el código.

Cabe imaginar su circunstancia. Una mujer sola, mayor, ante una amenaza que la hace vulnerable. La sonrisa con la que pide que le cobren el whisky es la expresión de una resignación filosófica sobrecogedora. Al observarla, uno siente la necesidad de garantizarle que vive en un país solidario, donde quienes son menos vulnerables van a pensar en ella. En el que todos vamos a aparcar nuestras necias querellas para darle una esperanza.

Les hemos fallado

No es la primera vez que José acude como agente de policía judicial a una residencia de ancianos. Es relativamente común que se produzcan fallecimientos en esa clase de centros, y no es infrecuente que haya que ir para aclarar las circunstancias de una muerte. Lo más probable es que haya sobrevenido por causas naturales, pero hay ocasiones en que es necesario disipar la duda. Lo que no le había sucedido nunca es que mientras hace el papeleo con la doctora, que le dice que en su opinión es una muerte derivada del coronavirus, les den la noticia de que hay otro residente que acaba de morir y otros dos cuyo estado se agrava por momentos. Los servicios sanitarios están ya al borde del colapso, y las ambulancias que en circunstancias normales deberían venir a llevar a los enfermos a un centro donde puedan recibir cuidados intensivos ni han llegado ni se las espera.

Es en este momento cuando José mira a la cara al desafío que la sociedad a la que sirve tiene encima, en la verdadera zona cero de esta epidemia: esos lugares donde se alojan por decenas los más vulnerables, donde no han dejado de tener contacto con personas infectadas por el virus, y donde el agente mortal ha estado saltando de cama en cama y de habitación en habitación, con efectos devastadores. La infección pudieron traerla al centro sus familiares, en alguna de sus visitas, o el propio personal que los atiende, diezmado por las bajas derivadas de la enfermedad. Más de uno tomó en esos días el metro, el autobús o los trenes de cercanías, que en hora punta, como sucedió aquel otro marzo de dieciséis años atrás, transportaron la muerte sin saberlo.

Entonces fueron las mochilas cargadas de explosivos que pusieron en ellos unos desalmados. Ahora, un microorganismo que es poco más que la información que necesita para replicarse y proliferar, y que ha medrado gracias a nuestra inconsciencia, a nuestra ceguera frente a los peligros, a nuestra capacidad para desoír los avisos que nos llegaban ya de China o de Italia y a la poca anticipación de un Gobierno al que no podemos, aunque la tentación sea fuerte, traspasarle sin más todas las culpas.

Un ciudadano informado del siglo XXI, piensa José, no puede sin más comportarse como un niño ignorante. Ni antes de que se declarara la alarma, cuando la ligereza de algún que otro responsable público era ya evidente, ni mucho menos después, cuando sigue habiendo desaprensivos que van a tres kilómetros a tirar la basura, dan paseos olímpicos al perro, salen a correr o se van de puente aunque ya les han dicho de todas las maneras posibles que está prohibido hacerlo, porque se ponen en peligro a sí mismos y sobre todo a quienes están más expuestos.

Ha venido la plaga y nos ha sorprendido precisamente así: con una sanidad que hemos permitido que se recortara de forma temeraria, sin reservas de materiales sanitarios estratégicos —ni capacidad de producirlos— y con nuestros mayores, los que nos cuidaron, nos dieron ejemplo y nos dejaron un país próspero y en paz, después de haber vivido ellos la guerra y la miseria, en una situación de fragilidad y desamparo extremos. Ha sido un virus, impredecible sólo hasta cierto punto. El caso es que no les habría golpeado igual si no los tuviéramos bajo mínimos.

Cuando esto pase, medita José, viendo la forma del cuerpo en la bolsa, tendremos que mirarnos al espejo, todos, y decirnos que les hemos fallado, a quien va ahí y a los demás que cayeron. Y tendremos que pensar, ante todo, en cómo no fallarles a los que sobrevivan. Habrá que cambiar algunas cosas, apartar de lo que es superfluo para que la próxima vez estén a cubierto y no en esta intemperie que los barre como hojas de la acera.

Y si alguien alega razones de eficiencia o rentabilidad para no cumplirlo, eso tendrá un nombre, un artículo en el Código Penal y a un agente de policía judicial dispuesto a aplicarlo.

Hacernos adultos

Judith es una adolescente de diecisiete años que en estos días ha descubierto, como tantos otros, que la vida es eventual y precaria, que la libertad es un don que puede perderse, que hay ocasiones en las que uno debe renunciar a lo que tiene para que sean otros los que no lo pierdan todo. No es que no lo supiera, de la manera más o menos abstracta en la que todas esas ideas pueden estar en la cabeza de cualquiera que piense alguna vez. Sin embargo, su edad y la experiencia que le proporciona explican que esas cuestiones, comprensiblemente, no formaran parte de su horizonte inmediato. Ahora, como el resto de sus vecinos, como cada vez más millones de personas en todo el mundo, está confinada en casa, viendo en las noticias cómo dan las cifras de muertos y contagiados de cada día, personas que por lo general son mayores o mucho mayores que ella, pero a las que tiene que proteger quedándose encerrada entre cuatro paredes.

En algún momento la perspectiva del encierro le parece agobiante, como a cualquiera. A Judith no le disgusta estar en casa; entre sus aficiones se encuentra por ejemplo la edición de vídeo, que puede seguir haciendo —para la que ahora, de hecho, tiene más tiempo—, pero no es lo mismo estar en casa porque te apetece que hacerlo porque no tienes otra solución. Como a no pocos chicos y chicas de su edad, a Judith le ha costado en los primeros días entender que la cuarentena, que rompe de forma radical con la existencia a la que estaba acostumbrada, va a ser su rutina cotidiana durante quién sabe cuánto tiempo aún.

Además de adaptarse al confinamiento, Judith ha tenido que asumir más tareas de las que desempeñaba normalmente. Desde ayudar en la casa o con la compra hasta encargarse más de su hermana pequeña para que los adultos de la casa puedan atender las exigencias del teletrabajo que permite que continúe entrando dinero en casa. Ha descubierto que es un privilegio que hay que cuidar, porque hay quien tiene que trabajar en la calle, exponiéndose así al virus —sanitarios, policías, transportistas, empleados de supermercados—, y quien no puede teletrabajar y acaba perdiendo su empleo. No es que Judith no cuidara de su hermana antes, pero ahora lo hace de otra manera, por más tiempo, con más responsabilidad. Desarrollan así una relación distinta de la que tenían: además de hacerse cargo de ella, se compenetra con ella de una forma más estrecha y profunda.

Aunque le quedan unos meses para cumplir los dieciocho años, la epidemia ha obligado a Judith, como a muchos otros adolescentes, a hacerse adulta deprisa y antes de tiempo. Quizá no del todo —quizá nadie se haga del todo adulto nunca— pero sí más de lo que era, más de lo que sentía la necesidad de ser.

Y no sólo a ella. El zarpazo brutal de una enfermedad que afecta más a los mayores y más vulnerables, sí, pero que no deja de advertir de su peligro a los más jóvenes, colapsa hospitales, para países y pone en entredicho nuestra desatenta y en tantos aspectos frívola e inconsciente forma de vida, nos sacude a todos. En primer lugar, a quienes se han considerado capaces de llevar adelante la gestión de una sociedad y ahora, a cada instante, se ven enfrentados a las consecuencias, a veces catastróficas, de su inconsistencia o su imprevisión. Pero también a todos los que forman parte de la población presuntamente adulta, y que con su voto y el ejercicio —o no— de sus derechos ciudadanos son responsables de que nos manden los que nos mandan. A todos, en mayor o menor medida, nos ha hallado la epidemia como adolescentes a medio madurar. A todos, si no nos empeñamos en engañarnos, nos ha mostrado hasta qué punto nos faltaba un hervor.

El precio es demasiado alto; la tristeza y el dolor, excesivos. Muchas cosas que vemos no deberíamos haberlas visto nunca. Pero servirán de algo si de esta, todos, nos hacemos adultos.

La soledad era el wifi

Tengo wifi. Puedo buscar cualquier cosa en Google, puedo mirar cualquier vídeo en YouTube, puedo escuchar cualquier canción en Spotify, puedo ver cualquier serie en cualquiera de las incontables plataformas. Puedo seguir conociendo a diario las cifras de muertos, ingresados en UCI, contagiados y curados. Puedo recibir puntualmente las consignas del Gobierno, o de los gobiernos: el de la nación, el de la comunidad autónoma, el del ayuntamiento de mi municipio. No siempre dicen lo mismo, a veces se tiran los trastos a la cabeza y se llaman unos a otros imprevisores, traidores, asesinos... El caso es que puedo oírlos a todos y esforzarme por obedecer lo que me van mandando.

Puedo, también, teletrabajar, telecomunicarme con todos mis seres queridos supervivientes y confinados y telepresentar la declaración de la renta: las arcas públicas van a necesitar mi aportación y por la cuenta que me trae no dejaré de hacerla en tiempo y forma, así caigan chuzos de punta. También afrontaré la cuota de autónomos, aunque mi teletrabajo de este mes no sé si llegará a cubrir con ingresos el coste que me representa.

Todas las tardes salgo a las ocho al balcón a aplaudir a los sanitarios, a los policías, a los militares, a los transportistas, a los agricultores, a los reponedores y cajeros de supermercados, a los repartidores, a los basureros, a los conductores de metro y de autobús, a los taxistas. No salgo a aplaudirme a mí mismo porque mi teletrabajo no es esencial, es algo que sólo hago por y para contribuir a mi mezquina supervivencia. Para eso de la cuota de autónomo que dije antes, y para que mis ahorros sólo mermen en lo que me gasto en aprovisionarme en el Mercadona. Hemos descubierto que la columna vertebral de la sociedad es el binomio Mercadona/Netflix. Los dos sostienen la paz social.

Y bien, como ciudadano concienciado y comprometido con la sociedad en la que vivo, me he empeñado en creer que todo se está haciendo de la mejor manera posible, y que lo que nos toca en esta coyuntura extraordinaria es colaborar con la autoridad, o mejor dicho las autoridades, todas las que ya mencioné más arriba y que de manera concurrente, aunque a veces polémica y contradictoria, proveen a mi bienestar y a la preservación de las comunidades superpuestas en las que transcurre mi existencia.

Sin embargo, desde hace algunos días, me asaltan dudas. No digo que no tengan las mejores intenciones; y líbreme Dios de insinuar, desde mi ignorancia científica y mi desinformación de ciudadano de a pie, que no están haciendo todo lo que deben. Sólo manifiesto que hay cosas que no comprendo. Todo empezó cuando al vecino del segundo vinieron a llevárselo, después de que no diera señales de vida durante un par de días. Por lo que he sabido luego, no podía darlas. Estaba malito, parecía que era el bicho, pero como no se pueden hacer pruebas le atendían por teléfono desde el ambulatorio. Paracetamol y eso. Por lo visto, empeoró de golpe, a veces así es como va la enfermedad, y un día y medio después estaba muerto. Solo en casa, sin más atención que una llamada telefónica a la que el pobre ya no pudo responder.

Me dice Loli, la del tercero, que si la hubiera respondido tampoco habría servido de mucho: esta semana se han quedado sin camas de UCI, y el del segundo, por su edad y su estado, era candidato a la muerte domiciliaria, como mucho con mascarilla y oxígeno para aliviarlo. Lo peor es lo que encontraron junto a él: a la que ahora es su viuda, y a la que el hombre cuidaba desde que el alzhéimer vino a visitarla, callada y estupefacta. Se han hecho cargo de ella los servicios sociales, rezo para que el bicho no se le haya metido dentro a ella también, y me pregunto qué va a ser de su vida ahora, en mitad de este zafarrancho.

Sigo teniendo wifi. Gracias a él me entero de que hay otras regiones del país donde tienen camas vacías, incluso de UCI. En otros países se traslada a los enfermos críticos de una zona a otra, incluso al país vecino, para evitar el colapso en cuidados intensivos y no desaprovechar capacidades infrautilizadas, pero leo que aquí ni se hace ni nadie parece habérselo planteado. Y cada vez lo entiendo menos. Y cada vez que pienso en mi vecino —que también tenía wifi, como yo— me siento más solo.

La mano de Esther

2020-2021

Para todas las Estheres que nos salvan.
Para Laura, que nunca le falte esa mano.

Pues no existe una gloria mayor para el hombre que aquello que realizan sus pies y sus manos.

HOMERO, *Odisea*
(Traducción de José Manuel Pabón)

Una lección de verdad

Pasan los días y las semanas, se alarga el confinamiento, se disuelven las certidumbres y se posterga *sine die* el regreso a la calle, a la normalidad, a la producción: al ruido del trajinar que nos alivie de la pesada carga de tomar conciencia del existir. Con el cansancio, el aburrimiento y la contrariedad empieza a crecer de modo exponencial el número de los impartidores de lecciones. O lo que es lo mismo, de los individuos que, con razón o sin ella, con argumentos fundados o sin más bagaje que su instinto o su soberano capricho, se ven capaces de enseñar algo al resto.

Sucede en la siempre fatigosa controversia política, en la que no se pudo evitar en época alguna, tampoco en la que nos ocupa, ni siquiera en medio de la emergencia de una pandemia, que agiten el debate personas a medio formar, con experiencia insuficiente y baja comprensión de la complejidad del mundo. Son esos rasgos los que le permiten a uno subir a una tribuna y creerse en condiciones de infligir a sus rivales, y de rebote a la sufrida ciudadanía, afirmaciones y juicios categóricos acerca de una amenaza aún someramente conocida, desconcertante hasta el escalofrío y frente a la que ningún Gobierno ni experto ha sido capaz de hacer un análisis exacto y definir una estrategia cien por cien exitosa. Salvo que creamos que es un análisis e implica una estrategia la actitud consistente en dar por seguro ante cualquier riesgo el peor escenario posible y censurar a quien no secunde al pesimista de turno en su augurio apocalíptico.

Abandonen toda esperanza: ni tienen autoridad para dar lecciones a los Gobiernos desbordados quienes han tenido la suerte de vivir esta catástrofe fuera de ellos, ni para sacar pecho y callar a sus críticos quienes gestionan como pueden, y a través del inevitable ensayo y error, sus desastrosas consecuencias.

Sucede también, y no sorprenderá a nadie, que se llenan de maestros de todo los púlpitos mediáticos, las atalayas desde las que, incontaminados y pudiendo abstenerse felizmente de tomar o ejecutar decisión alguna, derraman su doctrina los opinadores infalibles. Como es bien sabido, lo son sobre todo aquellos que en cada momento se acomodan a lo que sienten que la audiencia a la que se deben —lectores, afines y/o mandarines a los que conviene agradar— espera y por tanto retribuye. Tan infalibles son que pueden sostener sin que nada los turbe una cosa y la contraria, en coyunturas idénticas o dispares, cuidando siempre de hacerlo en la dirección adecuada y en tono *ex cathedra*.

Y qué decir, en fin, de ese formidable invento del siglo XXI, las redes sociales, donde la cualidad de catedrático se puede ver ejercida por cualquiera, incluso desde el anonimato y sin más oposición previa que un tutorial de YouTube, unos wasaps de oscuro origen o un hilo de Forocoches. Y donde —lo que es aún más inquietante— más de una vez puede verse a un catedrático que lo es de verdad y tras superar todos los trámites bajando al nivel dialéctico y argumental de sus competidores más vitriólicos e indocumentados. La densidad del magisterio que el virus ha desatado en ese ecosistema llega a hacerlo irrespirable.

Y sin embargo, en medio de tanta lección de mentira, los días que vivimos propician alguna lección de verdad. Se requiere para ello alguien que sea un maestro auténtico, y que encuentre una manera clara e incontrovertible de transmitir la enseñanza. Por ejemplo, un profesor que tiene que atender a sus chavales por internet, que comprueba que uno no puede seguir las clases ni las tareas por la simple y demoledora razón de que su familia no tiene recursos para pagarle el coste de una conexión, y que ante esa dificultad busca una forma eficaz de solventarla. Ni más ni menos que pagar de su bolsillo la conexión a su alumno.

No tiene por qué. Por eso la lección es verdadera y rotunda. No la olvidará el chaval. Tampoco los demás que la recibimos.

El sumador de muertos

Existe alguien así. Alguien que abrió una hoja de cálculo hace unas cuantas semanas, y que hoy ha visto que las cifras que en ella agrega ya suman más de veinte mil. Esa persona, mujer u hombre, lo desconocemos, sabe que la hoja de cálculo no está ni mucho menos completa. Quedan semanas, o a lo peor meses, para que pueda plantearse siquiera cerrarla. Y sabe, como todos a estas alturas, que hay cifras de fechas pasadas que quedaron fuera de su cómputo, y que tal vez algún día se le suministren y tenga que añadir a las columnas fatídicas que van formando los datos diarios que le envían las comunidades autónomas.

Hay días en los que casi ha sumado mil muertos más, y ahora tiene la certeza de que si la información recibida hubiera sido más fiel los habría rebasado de sobra. En la última semana el guarismo mortal no baja del 500, lo que significa que cada día que transcurre suma dos 11M y medio, y cada cuatro multiplica por diez la cifra de esa mortandad. Y aunque la presión en las urgencias de los hospitales haya bajado, no se vislumbra cuándo empezará a reducirse el número tétrico que le toca recoger.

Cada vez que incorpora los datos y saca la nueva suma se pregunta el orden de magnitudes en el que al final se detendrá la cuenta. La línea que hoy acaba de traspasar ya eleva la epidemia a la categoría de catástrofe nacional histórica. Los muertos son veinte veces los que causó ETA. Dos veces los que cayeron en el desastre de Annual, una calamitosa aventura colonial acaecida hace ahora un siglo y que le acabó costando la corona a un rey. Supera la cifra de los soldados soviéticos muertos en Afganistán, una guerra que junto al accidente de Chernóbil apuntilló a la URSS y zanjó por incomparecencia permanente esa Guerra Fría que fue la preocupación de la humanidad durante décadas.

Los muertos que esta persona suma, más los que en días pasados no ha sumado, porque no estaban disponibles, acaban por convertirse, cómo no iba a ser así, en un arma arrojadiza con la que también se pretende dar por amortizado a más de un alto mandatario, incluso desbaratar el sistema bajo el que se ha dado respuesta a la emergencia. Lo primero no es, después de todo, una pretensión extravagante: quien asiste desde el vértice de una pirámide a su ruina, por el motivo que sea, se ve puesto en cuestión sin remedio. Si erró, por sus errores; si le engañaron o desinformaron, por su candor; si fue cuestión de mala suerte, porque nadie quiere a un gafe en lugar demasiado insigne.

En cuanto a la segunda posible derivada de la desgracia, la puesta en entredicho del sistema que no pudo impedirla, no es tampoco inesperada o sorprendente. Ningún sistema funciona a la perfección, siempre hay alguien interesado en implantar otro y los momentos de tribulación se les presentan a los descontentos como coyunturas inmejorables para promover su agenda.

El sumador de muertos abre cada mañana su hoja de cálculo, la alimenta y cuando obtiene la nueva cifra siniestra no puede ignorar que está suministrando el combustible para que otros se enzarcen en una trifulca que cada vez pinta más áspera y ofrece a sus espectadores, sufridores y a la postre paganos un resquicio menguante a la esperanza. Los muertos que suma son los muertos de todos; pero resultan demasiado tentadores para que alguien no intente hacerlos suyos y echárselos en la puerta a otro, que sólo puede sucumbir abrumado por su peso.

Pese a todo, y sea cual sea el sentimiento que eso le inspire, es un funcionario —o funcionaria— y tiene que seguir sumando. Tal vez ha abierto ya una hoja de cálculo adicional, en la que va recogiendo, para sí, por si se la piden, la contabilidad oficiosa de las muertes omitidas. Llegará el día en que deba agregarlas. Lo que salga será atroz y será el resultado de todos los errores y el éxito de nadie: la carga que habrá que arrastrar entre todos.

Fábula del *rider* y el modelo

Alguien dijo que en los detalles está la verdad, y un posible corolario de este axioma es que en las pequeñas historias está el sentido profundo de los grandes acontecimientos. Un hombre que factura en miles de euros sus honorarios reclama en mitad de una pandemia los servicios de otro hombre que los factura de euro en euro. El primero necesita que le traigan una tortilla, y el segundo es el que ha de llevársela pilotando una bicicleta por las calles desiertas de la ciudad a la sazón confinada. Entre uno y otro se interpone una plataforma digital, con la que interactúa el cliente y que a su vez tiene que localizar y despachar al ciclista para que se haga con la tortilla y la lleve a su destinatario.

El sistema lleva funcionando ya un tiempo, no sin suscitar alguna crítica y causar algún percance. Más de un *rider*, como se conoce a los ciclistas-repartidores, porque un neologismo de origen foráneo siempre suena mejor que una descripción patria, ha quedado tendido sobre el asfalto, víctima del tráfico que en condiciones normales deben sortear. Y en esa y otras coyunturas ha aflorado la desprotección y la precariedad de los que asumen una labor mal pagada, nada reconocida y disimulada a duras penas bajo la ficción de que trabajan por cuenta propia.

Ahora el tráfico no es problema: apenas circulan vehículos policiales, el transporte público y los coches de los pocos que en el estado de alarma pueden seguir yendo a su trabajo. La pega es que hay mucha gente encerrada, han aumentado los pedidos y no hay más ciclistas-repartidores, perdón, *riders*, para hacer frente a esa demanda incrementada. Quizá el cliente que pide la tortilla no ha imaginado en ningún momento las tensiones que eso produce en el funcionamiento del servicio: él se limita a usar la *app* y a pedir la rica tortilla que su organismo le reclama.

El caso es que pasan dos horas y la tortilla no llega. Es de suponer que el organismo del cliente se la exige ya con furia y hasta con rugidos, lo que explica, en términos psicológicos, la comunicación airada que mantiene por chat con el interlocutor que le atiende en nombre de la plataforma. Le pregunta por la tortilla perdida y le recrimina la forma en que las ilusiones que al respecto había concebido se han visto defraudadas. El chat entre ambos circula luego por las redes, porque sucede que el cliente no es un ciudadano anónimo, sino un cotizado modelo. Nunca se sabe si ese tipo de conversaciones, cuando salen a la luz, son auténticas o un montaje, pero esta parece verosímil.

Sobre todo cuando se pone áspera, a raíz de que el operador informe al cliente de que debido a la situación —confinamiento, sobrecarga, etcétera— su pedido no tiene todavía repartidor asignado. Por cierto que lo denomina así, «repartidor», evitando el extranjerismo *cool*: en la verdad de la vida, cuando las cosas se ponen feas, nadie recurre a los eufemismos cosméticos. Ante esa revelación, el cliente estalla y le descarga al asalariado que le atiende el repertorio habitual de lindezas del cliente despechado: que cuándo cojones le van a traer la tortilla —exabrupto—, que si no puede darle respuesta tras dos horas le cancele el pedido —arrogancia— y que nunca más volverá a encargar una tortilla a través de la plataforma —amenaza—. El operador responde en un tono irreprochable: le dice que procede a la cancelación «sin costo» y pregunta al cliente si en algo más «lo puede ayudar».

Estos dos giros idiomáticos denotan el más que probable origen inmigrante del operador, y a quien está atento a esa clase de detalles le hacen simpatizar con él, por tener que ser amable con quien le está chorreando y por las penurias que se adivinan en su existencia. Por el contrario, la frase final del modelo, que espera que algún día el operador quiera una tortilla y jueguen con sus sentimientos —¿de veras alguien puede escribir eso?—, lo condena a no recibir el apoyo ni la solidaridad de nadie.

Quizá esta historia banal, con ribetes grotescos, ayude a más de uno a comprender dónde estamos. La hecatombe ha sido tal que el modelo tendrá que aprender a hacerse las tortillas. Aunque parece tener alguna dificultad para percatarse, a nadie va a darle ninguna pena que no haya *rider* que se las lleve.

Deportistas todos

Cincuenta días encerrados, cincuenta. Se trata de quienes no desempeñan ningún oficio esencial, no tienen perro ni niño paseable y durante siete semanas han tenido que ir por ahí con cara de velocidad camino del súper, la farmacia o el banco para poder echarle un olisqueo a la calle. A las seis de la mañana de este sábado luminoso de mayo se les concede a quienes aún no han cumplido los setenta años su primer permiso penitenciario, que se extiende hasta las diez. Podrán salir de su casa aunque no vayan a hacer una diligencia perentoria. Pasear porque sí en el radio de un kilómetro. Hacer deporte —o pasear porque sí con una pizca más de brío, zapatillas deportivas, mallas o chándal— por toda la extensión del término municipal donde residan.

Las ganas son tantas, y tan grande la tentación de alargar mediante el subterfugio el perímetro del vagar, que las calles de todas las ciudades se inundan de deportistas. Lejos de promover el sedentarismo, la pandemia y el confinamiento han detonado las ansias de la ciudadanía de buscar sus límites físicos. Malas noticias para la viabilidad del sistema de Seguridad Social: si los muchos españoles que sólo practicaban el salto de la cama, el estiramiento en el sofá y el levantamiento de vermú se vuelcan en deportes más aeróbicos podría aumentar la esperanza de vida de la población hasta límites financieramente insostenibles.

Algunos se lo toman muy en serio, tanto que el ejercicio, en lugar de resultarles saludable, compromete su supervivencia. En Madrid se registran antes de que den las diez dos infartos, uno de ellos con resultado fatal. Otros se limitan a hacer el paripé para que su prerrogativa ambulatoria vaya algo más allá de ese kilómetro que se les hace demasiado escaso para el hambre de calle que tienen después de tantas semanas de abstinencia.

La policía de la calle y las redes, equipada con su arma por excelencia, el *smartphone* conectado a internet, comienza pronto a registrar conductas dudosas, censurables o ridiculizables, en todos los casos según el criterio del vigilante en cuestión. Tarda poco en caer el primer presunto deportista que recuesta sus carnes nada morenas sobre un banco o el pretil de un puente. A uno lo sorprende la policía, que desde la megafonía del vehículo le pide un poco de sentido común. Los transeúntes que llenan el puente, demasiado estrecho para que entre todos medien los tres metros exigibles según las prescripciones gubernamentales para las prácticas deportivas, se quejan de que los parques de la capital estén cerrados y se vean así privados del único espacio urbano donde sería posible correr o trotar sin apelotonarse.

Tampoco tardan en circular imágenes y comentarios que ponen en cuestión el derecho a hacer deporte de aquellos que no están en posesión de un aceptable índice de masa corporal. «No se había visto nunca a tantos gordos haciendo *running*» o «qué espectáculo dan esos michelines que no caben en las mallas». Se vuelve a comprobar que la pandemia de marras no nos ha vuelto más empáticos ni más indulgentes: más bien parece habernos aumentado la segregación de mala baba y la voluntad de hacer escarnio del prójimo con el primer pretexto que se nos dé.

La reacción del paisanaje, entre la picaresca, el disimulo y la malevolencia, convierte a los ideólogos de las reglas para el desconfinamiento, con fijación de franjas horarias y perímetros autorizados según la actividad de que se trate, en una especie de ingenuos que tratan de programar un país y disciplinar a una población que sencillamente no existen. Si esas reglas estrictas tenían una razón de ser, basada en la estimación del número real de deportistas y sus necesidades, con vistas a concretar el mejor modo de aliviar el enclaustramiento y ayudar a mantener la armonía social, el fracaso de la tentativa parece rotundo.

O quizá nos conocen. Y ya contaban con todo esto.

Defina normal

Las normas para la reapertura de las bibliotecas incluyen que los libros pasen una cuarentena de catorce días después de su devolución. En Canarias se plantean reactivar el turismo con vuelos cuyos pasajeros vengan todos con su certificado de estar libres de la COVID-19, quienquiera que sea el osado que se atreva a firmar un papel con semejante contenido. Boris Johnson avisa de que será condición para autorizar que alguien entre en el Reino Unido que el interesado pase catorce días aislado antes de permitirle pasear por la calle. Los locales de hostelería estudian fórmulas para aislar con mamparas a los clientes. La Liga de fútbol se reanudará con distancias en el vestuario e itinerarios separados por el campo para los jugadores. Habrá que ver si también se prohíbe a los defensas que les entren a los delanteros y a todos disputarse de cabeza un balón bombeado al área.

Cuanto más se esfuerzan las autoridades en estipular las condiciones en las que se autoriza volver a realizar las distintas actividades que han quedado en suspenso por la epidemia, más claro te queda que muchas de ellas difícilmente van a poder reanudarse en condiciones que las hagan viables, desde el punto de vista económico o de su utilidad social, o sin que queden completamente desprovistas de sentido. En el ejercicio de fijar protocolos de actuación y ponerle barreras al microorganismo que nos azota, mostramos una y otra vez un voluntarismo que acredita nuestra ansiedad por retomar la vida normal, pero no avala que esa vida, o algo que se le parezca en condiciones que no la reduzcan a la caricatura, vuelva a estar a nuestro alcance en tanto no exista una vacuna, una terapia de eficacia indubitada o sencillamente, como sucedió con las pestes de la antigüedad, hasta que el virus haya infectado a suficientes personas.

Lo has comprendido por la vía más insospechada: uno de esos memes que circulan por las redes, difundido desde el perfil de un médico. En la fotografía se ve uno de esos dispensadores de solución hidroalcohólica que se ven desde hace semanas en todos los supermercados, donde tú mismo lo has utilizado varias veces, y que se pondrán en todas partes para que quienes visitan un local o trabajan en él se desinfecten las manos. Una flecha apunta a esa lengüeta que pueden tocar cientos de personas al cabo del día, y bajo ella una leyenda: «aquí el principal depósito de virus». Lo primero que has pensado al verlo es que la lengüeta da acceso a un líquido desinfectante, que deshará el virus con la operación subsiguiente de frotarse las manos. Pero después te has preguntado si todas las personas que accionen la lengüeta —si tú mismo, cada vez que la has accionado— echarán en sus manos la cantidad necesaria de líquido y se frotarán luego con energía y celo suficientes para no llevarse a casa unas cuantas cadenas de ARN del bichito y pasarlas a quien corresponda.

Cuanto más sabemos, más tememos, y aunque empiece a cundir la impaciencia en muchos —comprensiblemente— y haya gobernantes dispuestos a apostar unos contagios y aun alguna muerte a la reactivación de la economía, no es fácil visualizar una nueva normalidad que permita recolocar todo lo que se nos ha descolocado, a fin de atajar la angustia y la añoranza que nos produce su ausencia. Ni esa biblioteca que con cada préstamo pierde dos semanas un libro, ni ese viaje a Londres que exige dos semanas de encierro antes de poder ver algo, ni ese bar de copas con mamparas de metacrilato ni esos partidos de fútbol sin que los jugadores puedan rozarse nos sirven para mucho.

Es duro, no es lo que queremos, tampoco es ni de lejos lo que nos conviene y para muchos es una desgracia y una ruina; pero salvo que en julio vengan a salvarnos los rayos ultravioleta, la normalidad factible se definirá por un rasgo odioso: todo lo que se pueda hacer sin tener apenas contacto con nadie.

La hora de la piedad

La tragedia, como intuyeron los griegos, convirtiéndola en una forma artística, interpela más a quien la presencia que a quien la sufre. Quien padece en su carne los efectos de lo trágico bastante tiene con lo que tiene: la muerte, el dolor y el trabajo de aceptarlos. Hay quienes encajan el dolor y la muerte con más serenidad y elegancia que otros, pero cuesta censurar a quien se deja llevar por la cólera, el miedo o la desesperación. El golpeado por la tragedia tiene derecho a perder los estribos, a no ser del todo razonable; incluso a cargarla injustamente a otro si en ello encuentra un desahogo para la enormidad del sufrimiento.

Somos quienes contemplamos la tragedia desde el patio de butacas —desde las gradas de los antiguos teatros en Grecia— los que nos vemos sometidos a una prueba con la exposición del infortunio, la enfermedad o la desgracia de otros. Es a nosotros, espectadores y no protagonistas, a quienes el drama nos somete a examen. Nosotros, que no morimos ni penamos en la escena, ni lloramos sobre ella la muerte o la penalidad de los nuestros, somos los obligados a encontrar una forma decorosa, razonable y justa de reaccionar ante la calamidad ajena que se ofrece a nuestro escrutinio. La tragedia nos pone a prueba y remueve lo que cada uno tiene dentro: descubre así las luces y las sombras de nuestra alma, ante nosotros mismos y ante los demás.

Hay entre los espectadores de la tragedia dos reacciones primordiales: la piedad y el rechazo. Hay quienes dejan que en su ánimo prevalezca la compasión por la desdicha o los errores de los personajes; hay quienes en cambio experimentan con más intensidad la necesidad de repudiar a quienes no actúan como deberían —según su particular forma de juzgar las cosas— que el impulso de apiadarse de los dolientes y de los malparados.

Todos los que hasta aquí venimos sobreviviendo y viendo cómo los nuestros sobreviven somos espectadores de la tragedia que ha sacudido esta primavera el mundo y nuestro país. Lo somos, en definitiva, la inmensa mayoría. La muerte y el dolor que no nos han alcanzado directamente nos interpelan como a quienes se sentaban en las gradas de piedra de los viejos teatros griegos los argumentos de Eurípides o Sófocles. Y, como a esos espectadores ya desvanecidos en la noche de los tiempos, nos zarandean y sacan de nosotros lo peor y lo mejor. Cada uno ve, en sí mismo y su vecino, qué es lo que se impone: si lo sobrecoge la emoción o lo arrastra la ira. Ambas son humanas, pero en el fondo de nuestro corazón todos sabemos —y aquellos griegos ya se ocuparon de que no pudiéramos alegar ignorancia— que los iracundos son los que alimentan la persistencia de la tragedia y que sólo la piedad que brota de la emoción puede atajarla.

Es un buen ejercicio en estos días observar qué predomina en cada una de las personas que nos salen al paso en el patio de butacas. Si en su voz y su actitud se percibe alguna compasión, o sólo hay en ellas encono. De las primeras cabe esperar algún alivio; las segundas no harán más que aumentar el plomo que la epidemia nos ha puesto sobre las alas. La compasión engendra consuelo. El encono conduce a quien lo acoge, antes o después, a la indiferencia y la crueldad, las dos fuerzas que de forma más eficaz desatan y perpetúan la tragedia entre los humanos.

No somos dueños del ánimo ajeno, pero sí de adherirnos a unos o a otros. Vivimos una hora delicada, en la que el mundo al que nos habíamos hecho se hunde y emerge uno nuevo, todavía incierto y desconocido; en momentos así, escribió Joseph Roth en *La marcha de Radetzky*, los valles y las montañas se igualan en altura, no saben mucho más los viejos que los jóvenes ni los sensatos aventajan a los cabezahuecas. No es la hora del castigo ni de la venganza, porque nadie puede creerse por encima del resto. Más valdría que acertáramos a tenernos piedad todos.

Matemáticos contra abogados

Alguien ha dicho en estos días que los que nos mandan no vieron venir lo que teníamos ya encima porque en los Gobiernos predominan los abogados y apenas hay matemáticos. Que si en las altas magistraturas hubiera personas con nociones básicas de matemáticas no habrían subestimado nunca una epidemia que progresaba con incrementos diarios del 20 por ciento, lo que sugería una función exponencial susceptible de empujar la curva de contagios y muertes como un cohete hacia las estrellas.

El reproche no deja de tener algún fundamento. Aún hoy llama la atención que tantos dirigentes, como el conjunto de la población, tuvieran noticia de semejante progresión y no vieran motivo especial para alarmarse; la única explicación posible es que nadie imaginaba el nivel de multiplicación de los casos que un aumento diario de ese porte podía suponer al cabo de sólo un par de semanas; no digamos al cabo de un mes. Quizá en esa ignorancia influya y no poco la alergia de muchas personas a la ciencia matemática, ciertamente compartida por muchos de los que acaban estudiando Derecho, entre los que, también hay que reconocerlo, no es menos cierto que se recluta una buena parte de quienes al final acaban calentando sillones oficiales.

Sin embargo, esta condescendencia de ciertos matemáticos hacia los legos en su disciplina adquiere en nuestro tiempo una significación especial, y más cuando se dirige hacia los juristas. De un tiempo a esta parte, se advierte una mayor implicación de los matemáticos y las matemáticas en la organización social, a través de herramientas como los algoritmos, que en teoría son capaces de eliminar ineficiencias y optimizar procesos. No sólo nos sugieren qué libro puede interesarnos leer, con un criterio que se pretende más ceñido a nuestras verdaderas inclinaciones que el mejor de los libreros; también llegan a pronosticar si un delincuente se reinsertará o reincidirá, para que el juez que tiene que juzgarlo decida, supuestamente con mejor fundamento que su intuición, si debe ser clemente o severo en la condena.

Hay una competencia, cada vez menos soterrada, con esos profesionales de las leyes que durante milenios han conformado el grueso de las normas y prescripciones que rigen nuestra vida y nuestras decisiones; están convencidos no pocos matemáticos de que disponen de recursos mucho mejores y más fiables que las viejas leyes para promover las soluciones más adecuadas a los problemas, cada vez más complejos, que se les plantean a las sociedades y a los individuos. Por eso no es raro escuchar a más de uno clamando por la remoción de las trabas inútiles que a su parecer representan ciertas previsiones legislativas, incluidas las que consagran y amparan algunos derechos fundamentales.

Malo es, qué duda cabe, que el abogado que está al frente de un ministerio o encabeza un Gobierno no tenga sensibilidad para advertir la amenaza que una función exponencial puede llegar a representar para las vidas de sus conciudadanos; pero no está claro que el álgebra y sus desarrollos, a pesar de su exactitud y hasta de la belleza y limpieza de sus soluciones, sean artefacto bastante para organizar la existencia de las personas y resolver sobre todas las situaciones comprometidas. Con todas sus limitaciones, la ciencia jurídica ha permitido desterrar de la mayoría de los sistemas vigentes atrocidades como la venganza privada o la pena de muerte, y garantizar de manera razonable libertades y derechos de los que a lo largo de la Historia muchos humanos vivieron miserablemente despojados. No hay ecuación ni algoritmo que haya ofrecido logros sociales semejantes y, en cambio, todos tenemos en mente algún fruto poco apetecible del maniobrar de quienes nos reducen a modelos matemáticos.

Ni unos ni otros podrán por sí solos organizar el mundo. Y mal puede prescindirse de unos o de los otros para hacerlo.

Compliquemos la historia

Circula por ahí un relato, como ahora se dice. Según él, una oscura conspiración en el seno de las fuerzas de seguridad y de la judicatura persigue el derrocamiento de un Gobierno a través de unas diligencias que buscan demostrar a cualquier coste, sin renunciar a la manipulación de pruebas, que desde el ejecutivo se cometieron delitos que sólo existen en la imaginación espuria y el aberrante constructo jurídico de los conspiradores.

Bien, podría ser. Todo puede ser, en principio. Y más en el caso de una denuncia que pretende asignar culpas a individuos respecto de la mortandad provocada por una epidemia debida a la acción de un patógeno hasta ahora desconocido. O de unas diligencias en las que hay varios errores materiales y conjeturas que podrían sugerir un sesgo contrario a los investigados. Hay también algún que otro hecho y varios testimonios, suscritos por quienes los prestan, pero quede eso por ahora al margen.

A veces resulta aconsejable hacer el ejercicio de complicar un poco las historias que nos cuentan, sobre todo cuando en el relato se omiten o ignoran presupuestos relevantes. A efectos de hacerlo con esta, hay que retroceder en el tiempo, nada menos que a julio de 1936. Puede parecer arbitrario, pero no lo es tanto cuando quienes afirman hoy la existencia de una conspiración no vacilan en conectarla, implícita y aun explícitamente, con la ideología inspiradora de la conjura que en esa lejana fecha llevó a una sublevación contra la legalidad entonces en vigor.

En esos días del verano de hace ochenta y cuatro años se encontraba en Pamplona un comandante de la Guardia Civil llamado José Rodríguez-Medel. No estaba allí por casualidad: lo había destinado a la Jefatura de la Comandancia con sede en esa ciudad el Gobierno de la República, tras apartar al anterior jefe, un teniente coronel que simpatizaba con el inminente golpe. No era tampoco Pamplona una plaza cualquiera: en ella tenía su despacho, como gobernador militar, el general Emilio Mola Vidal, quien en sus ratos libres oficiaba como «director» o cerebro de la rebelión que estaba a punto de iniciarse. Mola y Rodríguez-Medel se conocían desde la academia, donde coincidieron. Ninguno se engañaba acerca del talante del otro. El comandante, cuando se presentó ante Mola, se negó a despojarse del sable, del que dijo que formaba parte de su uniformidad reglamentaria. Tuvo claro el urdidor de la asonada que no iba a poder contar con él.

Tan claro como Rodríguez-Medel tenía que aquel general había mentido a su superior, el general Batet, al empeñar ante él su palabra de que no estaba implicado en ninguna aventura. Por eso, en cuanto tuvo noticia de que la sublevación se ponía en marcha, quiso agrupar a sus fuerzas para intentar sustraerlas a la intentona contra el Gobierno. Pero Mola se le había adelantado y Rodríguez-Medel cayó abatido por sus propios hombres. Al día siguiente, el *Diario de Navarra* traía la noticia de la muerte del comandante: sin más, como si le hubiera dado un infarto. A su mujer y a su hija les ofrecieron una fosa común para su entierro. Al final lo sepultaron de caridad en el panteón de una familia amiga, bajo la condición de que no constara su nombre.

Y ahora, volvamos a la historia del principio. Resulta que la juez que toma las decisiones en ese procedimiento que se señala como pieza angular de una conspiración reaccionaria contra el Gobierno, la que lo ha abierto e impulsa su instrucción, es nieta de aquel comandante muerto por ser leal al Gobierno legal de la República y enterrado sin dejar que se honrara su nombre. Es, por otra parte, quien empujó hasta el banquillo a una presidenta autonómica y quiso imputar al presidente de su partido, ambos de ideas afines a las que se dice que impulsan el complot.

Extraño, ¿no? Llegados aquí, surge inevitable la pregunta: ¿alguien en la sala oyó hablar de la navaja de Ockham?

Malos tiempos para el malismo

El malismo lleva algún tiempo de moda. Sus practicantes ganan elecciones, dominan el discurso público y conducen una y otra vez la conversación del resto a ese vertedero de las ideas y el lenguaje donde nadie sabe manejarse como ellos. Se ríen con descaro de los buenos sentimientos —del buenismo, léase como sinónimo de candor y debilidad—, alardean de que su zafiedad es impune y hasta cosecha aprobación y se atreven a expresarlo con la más sórdida desfachatez. Recuérdese la chulería de uno de los campeones mundiales de la disciplina, Donald J. Trump, cuando se jactaba de poder salir a la Quinta Avenida de Nueva York y liarse a tiros sin perder por ello ni un solo voto.

Pero todos recordamos más, mucho más. Ahí están, sin ir más lejos, las bravatas y los chistes groseros de uno de los que le disputan a Trump el cetro de la categoría, el brasileño Jair Bolsonaro. Desde reírse de la deforestación que está destruyendo la Amazonía y compromete nuestro futuro hasta desdeñar como una «gripecilla» la enfermedad que está despachando a diario a más de un millar de brasileños a la tumba. A pesar de esa cifra espeluznante, él sigue como si nada, abrazando niños, dándose baños de masas a diario y sacando a paseo la dentadura.

Y qué decir de las otras dos ambiciones rubias, Vladímir Putin y Boris Johnson, dos acreditados machos alfa, uno más que otro, que también se permitieron sacar pecho y presumir de que su estrategia frente a la pandemia, osada y enérgica, era mejor que la reacción aprensiva y encogida de quienes desde el primer momento optaron por el confinamiento. A los dos hace unas cuantas semanas que no se les oye alzar la voz. Algo mejor provistos de materia gris que los otros, ambos han optado por reducir silueta hasta confundirse con la línea del terreno.

Y es que ha bastado un microorganismo para poner en su lugar a quienes se creyeron que la malevolencia, la soberbia y el recurso continuo a la intimidación del adversario eran las armas para aplanarles el camino hasta el infinito. Llega un momento en que aquellos que sólo piensan mal, y creen que esa es la única manera de conducirse por la vida, acaban perdiendo la aptitud para pensar bien, en todos los sentidos de esta última palabra. No sólo son incapaces de exhibir un átomo de bondad, con lo que se privan de la solidaridad y del afecto que el buen obrar despierta en quienes se ven aliviados por él; también terminan convirtiéndose en unos ineptos para generar ideas constructivas, por la inercia que los arrastra a la corrosión obsesiva de cuanto los rodea. Basta que cometan unos cuantos errores para que se queden solos, para que la gente se les encare;

para que empiece a ponerse más difícil salir a pegar tiros a la Quinta Avenida.

Muchas de las soluciones que han opuesto a la crisis del coronavirus los Gobiernos de todo el mundo se han revelado más o menos fallidas; pero no parece una casualidad que haya sido el resultado de las estrategias malistas el más catastrófico. Trump, Bolsonaro, Johnson y Putin no sólo se han encontrado con cifras casi insoportables de enfermos y muertos, que los colocan a la cabeza de todas las estadísticas mundiales y continentales. Con el virus todavía circulando y matando, han visto cómo se venía abajo su popularidad y hasta se les incendiaban las calles.

En estos malos tiempos para el malismo, qué cosas, se nos ha ido, por culpa del maldito virus, alguien que encarnaba todo lo contrario, la comprensión, la bonhomía y el bien pensar que nacen de la sabiduría y la inteligencia: Antonio Rodríguez de las Heras, pionero de la Universidad Carlos III de Madrid y adalid de su apuesta por las humanidades y por la tecnología. Hace tan sólo tres meses decía en Valencia que la utopía no sólo no era ingenua, sino que se había vuelto más necesaria que nunca.

Por ejemplo, para reparar los destrozos del malismo.

Así se muere uno (y ciento)

Se lo has oído contar a uno de los médicos que han tenido frente a la COVID-19 la doble experiencia de combatirla y padecerla. En mitad de lo peor, con el cuerpo baldado como si le hubieran dado una paliza y sin poder respirar, llegó a preguntarse lisa y llanamente: «¿Y ya está? ¿Así es como se muere uno?». Al oírlo te has acordado del testimonio de otro de esos profesionales que mientras los demás estábamos seguros en casa tenían que salir a la calle, en su caso para tratar de esclarecer homicidios, nada menos que tres durante el confinamiento, y que andando en esas pesquisas pilló el virus maldito, con la gravedad suficiente para acabar en el hospital: «Más de una noche le escribí a mi mujer para despedirme porque creí que no llegaba al alba».

Así se muere uno, sí, y puede ocurrirle, lo hemos visto, aunque la semana anterior estuviera aparentemente sano y con el ánimo suficiente para hacer planes de futuro. Así se sintieron a punto de morir el médico y el policía de este cuento, pero lo que es más triste es que hubo otros muchos que llegaron más allá e hicieron el tránsito del todo. El peaje más alto, como era de suponer, lo han pagado los sanitarios: cincuenta mil se han infectado y un centenar no volverán ya con sus familias.

A estas alturas del cataclismo, ya tenemos claras algunas cosas. La juez a la que hace apenas una semana muchos ponían en la picota, acusándola de ser un submarino reaccionario al servicio de una estrategia ominosa para derribar al Gobierno, lo ha explicado de manera aséptica y didáctica en el auto con el que ha acabado archivando las diligencias abiertas a raíz de una denuncia contra su delegado en Madrid: hubo cosas que no se hicieron bien y se distó de agotar la diligencia; pero el virus era desconocido y nuestros capitanes daban órdenes a ciegas.

Sobre ese razonamiento, a la vez crudo y sensato, se diluye la esperanza que algunos habían concebido de trasladar al rival político directamente de la poltrona a la mazmorra, esto es, de zanjar por lo criminal una crisis política, social, económica y en última instancia sistémica; sin por ello llegar a extender sobre las torpezas e imprevisiones de los que mandan ese manto de indulgencia acrítica que tanto les complace, y que aquellos que cifran sus expectativas de medro y recompensa en exonerarlos y engrandecerlos les ofrecen con entusiasmo y a toda costa.

Ahora bien, una vez constatados los errores, las carencias y las decisiones desafortunadas, y reducidas las probabilidades de ventilarlos en un horizonte penal, queda abierta en el orden ético una ristra de incomodísimas preguntas, a las que aquellos que pisan moqueta gubernamental y aspiran a seguirlo haciendo no van a tener más remedio que responder.

Y no sólo con palabras, esa moneda de fácil emisión que con tanta largueza gastan, sino con hechos, que exigen mayores esfuerzos y compromisos.

Por ejemplo: a ver cómo nos hacen entender que los mismos a los que aplaudimos por habernos salvado tantas vidas y haber entregado cien de las suyas van a seguir con las plantillas más cortas de lo que deberían ser, los sueldos por los suelos y unas condiciones laborales que los mantienen a muchos en el alambre de la precariedad, mientras proliferan los gestores de la nada, mucho mejor retribuidos, seleccionados por afinidad ideológica o por fidelidad personal y que no hacen más que parlotear por sus *smartphones*, urdir intrigas y consignas y luego tuitearlas.

Ítem más: a ver cómo nos convencen de que cuando venga este u otro bichito a empujarnos otra vez al borde del precipicio va a haber un sistema de salud pública en condiciones, y todos los equipos y suministros que harán falta, en lugar de tener que despachar comisionistas a conseguirlos de forma agónica.

La primera vez que uno mete la pata y mueren cien, cabe la excusa de la ignorancia. La segunda, ni esa ni ninguna otra.

El ejército fantasma

Recuerdas bien la primera vez que tuviste la sensación. Fue un mes de julio, en el norte de Marruecos. Ante la llanura de Annual, entre Alhucemas y Nador. En las cuestas del Izummar, el desfiladero que comunica Annual con Melilla. Y a lo largo de toda la ruta que atraviesa lugares como Dar Dríus, Tistutin, Monte Arruit, Zeluán, Nador. En ellos vibraba la presencia de unos seres humanos que hace ya casi un siglo que no existen. Un ejército fantasma de unas diez mil almas, las que en esa ruta dejaron la vida y la osamenta en unos pocos días de julio del año 1921. Soldados en su mayoría de reemplazo, muy jóvenes y poco duchos en el arte de la guerra, que mal equipados y dirigidos sin criterio cayeron bajo las balas y los cuchillos del enemigo.

Ahora vuelves a percibirlo en un lugar que es cualquiera de tu ciudad y de tu país. En cada provincia, en cada esquina de la ciudad, se los añora y se los siente. No sabemos a ciencia cierta cuántos son. Nos cuesta hacer esta clase de números, y más las listas enteras: esas que en otros países convierten incluso en monumentos, a fin de que las generaciones venideras no olviden el sacrificio de quienes les abrieron camino. Tampoco el número exacto de aquel desastre marroquí ha sido capaz de sacarlo nunca nadie, y el censo de los que allí quedaron sigue siendo misión imposible. Por lo que sabemos, y más allá de las cifras oficiales calculadas con arreglo a los criterios de la OMS y los políticos, las víctimas de este desastre del siglo XXI andarán en torno a las cuarenta mil.[1] La tragedia de la COVID-19 nos ha producido un ejército fantasma cuatro veces más copioso que aquel otro.

A diferencia de él, lo integran sobre todo personas de edad. Muchos también podrían quejarse, si los difuntos tuvieran algún cauce para expresarse ante los vivos, de no haber contado con el equipo más adecuado y de no haber enfrentado la adversidad bajo la dirección de los más excelentes y sagaces generales. Y hay entre ellos verdaderos luchadores, guerreros de coraje y de la mejor estirpe, cuya pérdida nos abre un vacío pavoroso.

Cuarenta mil son muchos fantasmas, y corremos el riesgo de que lo apabullante del número borre sus perfiles. Por eso hay que hacer el esfuerzo de elaborar algún día el censo íntegro, y de recordar a los que ya sabemos que lo forman, no como espíritus que pasaron ya y han de ser por ello compadecidos, sino

1. La cifra final de muertos por la pandemia en España acaso no se pueda cerrar nunca. La estimación a la fecha de esta edición es de unas 120.000 personas entre principios de 2020 y junio de 2023. Han de multiplicarse, pues, por tres todas las cifras de este texto.

todo lo contrario: como los soldados dignos y grandes que fueron, como el ejemplo que nos transmiten sus vidas segadas por la suma de un virus y de todas nuestras imprudencias e imprevisiones.

Entre esos cuarenta mil, por ejemplo, está Rafael Gómez Nieto, el último superviviente de la Nueve, la primera unidad aliada que entró en el París recién liberado de la codicia demente de Hitler y de quienes no supieron dejar de secundarle. También José Mari Calleja, un bravo periodista vasco que supo jugarse su salario y su pellejo para ponerse frente a los matones con los que otros contemporizaban, y que gracias a algunos valientes como él quedaron señalados como lo que eran, un lastre penoso para una sociedad que ahora respira un aire limpio de su ponzoña. O el hombre, todavía joven, que mandaba los GAR, la unidad de la Guardia Civil encargada en su día de hacerles sentir a quienes le habían cogido gusto a amedrentar con armas a sus vecinos que tenían con quien vérselas: se llamaba Jesús Gayoso, y después de que ETA pasara felizmente al estercolero de la Historia se fajó en los peores lugares, en Oriente y en África, para seguir velando por la libertad y la seguridad de sus compatriotas. Y en fin, con ellos tres y con tantos otros, forma en las filas fantasmagóricas el neurocirujano Jesús Vaquero, que combatió durante décadas la desgracia atroz e incapacitante de las lesiones medulares.

Son sólo cuatro de muchos. Cuatro de nuestros mejores soldados. No les tengamos pena. Descubrámonos ante ellos.

Cosas de prebostes

Si usted o yo, amable lector o lectora, hacemos alguna vez alguna pifia gorda, nos las tendremos que ver con el o la juez de instrucción del lugar donde metamos la pata, que por lo común será alguien a quien no conozcamos y que nos despachará con la clemencia o inclemencia que acostumbre a exhibir ante los imputados que ponen a su disposición. Sin embargo, existen otras personas que por razón de sus circunstancias no se hallan expuestas a semejante incertidumbre: si en alguna ocasión se les sospecha un desliz con trascendencia penal, se dirimirá este ante la sala correspondiente del tribunal ante el que se hallan aforados, que es una manera de decir que no son como usted ni como yo, sino que merecen la consideración y el privilegio de no tener que rendir cuentas ante cualquier autoridad judicial.

Conviene tener esto presente, porque de un tiempo a esta parte algunas de estas personas aforadas y privilegiadas hacen esfuerzos ímprobos para despistarnos. Para que nos creamos que son gente del pueblo o, empeño más estrafalario aún, para que les concedamos crédito como insurgentes o revolucionarios contra los poderes establecidos, víctimas de estos y paladines de las naciones, de las clases y hasta de las especies oprimidas.

No muerdan el anzuelo de semejante espejismo: si se les concede la prerrogativa de responder de sus trapisondas sólo ante la Sala Segunda del Tribunal Supremo, igual da lo que les cuenten para dárselas de damnificados. Son eso que en el antiguo castellano, ese que cada vez parece costarnos más usar, tiene un nombre tan sonoro como esclarecedor: prebostes, con todas las letras. Justamente lo que no somos aquellos que estamos expuestos a la justicia del común, esa que se traduce en citaciones gélidas y sin delicadeza o, dándose mal, en un recio par de grilletes.

Lo dicho vale para aquellos que ya han tenido que rendir cuentas, sin necesidad de suplicatorio, ante el Alto Tribunal, y a los que después de pasar por la vista correspondiente, recibiendo unas atenciones que no suelen recibir los acusados en nuestras salas de audiencias, les han impuesto una sentencia de prisión que están cumpliendo con ventajas y agasajos tampoco usuales para el resto de los reos. Alcanza, de igual manera, a quien en fechas recientes se ha visto expuesta a una votación parlamentaria en la que se trataba de levantarle la inmunidad, con el resultado de verse despojada de ella y puesta ante el instructor del Supremo. Tiene algo de cómico que se presente como víctima atropellada quien de no ostentar la condición de preboste ya hace meses que tendría que haber hecho frente a las feas consecuencias de una imputación de expolio al contribuyente de la que hasta la fecha sólo ha dado explicaciones convincentes para sus afines.

Y no dejan de lucir, en fin, como los prebostes notorios que son, aquellos que teniendo tras los talones a algún juez o algún fiscal, luego de encontrarse en algún sumario incómodos indicios contra ellos, se mantienen a buen recaudo de la acción de la justicia contando con que la mayoría parlamentaria que pone a otros a los pies de los caballos judiciales será el escudo que los preserve de tener que responder de las dudas que suscitan sus actuaciones. No son los primeros que han contado venturosamente con ese dique de contención, ni serán los últimos, porque cada vez parece más claro que los propósitos de regeneración de los que algunos de ellos fueron incluso adalides, la impostergable remoción de los privilegios de la casta, resultan menos urgentes una vez que han accedido ellos al plácido y reducido círculo de los elegidos.

Es posible que algún ciudadano ingenuo experimente ante su actitud alguna forma de decepción. A nadie con una mínima noción de la condición humana puede sorprenderle que quienes querían llegar arriba, una vez alcanzado el estatus, se entreguen a disfrutar, como corresponde, de las cosas de prebostes.

Miserable

Soy un ciudadano cualquiera de un país cualquiera. Nada hace prever, hasta aquí, que vaya a protagonizar alguna hazaña digna de conmemoración, pero tampoco cabe descartarlo de una manera absoluta. Nadie sabe a ciencia cierta lo que la existencia le tiene reservado hasta que no se cumple su último instante y ya nada más puede ser. Existe por tanto la posibilidad, aunque sea remota, de que algún día den en erigirme una estatua.

En previsión de esa eventualidad, y antes de que sean otros los que se apliquen con ahínco a la labor de arrojar lodo sobre mí, me apresuro a reconocer que no siempre he sido trigo limpio. Admito que no todos mis hechos han sido ejemplares y que no guardé la debida compostura en todo lugar y ocasión. Ítem más: hay entre mis actos algunos que ante mí mismo, y con arreglo a los parámetros morales y culturales de mi tiempo que acepto como válidos, me parecen dignos de censura y repudio. Procuro no tenerlos siempre presentes, para llevar una vida más o menos apacible, pero cada vez que algo me los recuerda me invade el bochorno y me siento como el más ruin de los hombres.

Lo confieso: no siempre he dicho la verdad y nada más que la verdad; no siempre me he atenido a los deberes que sobre mí pesaban por principios, convención social o las normas legales vigentes; no siempre fui bondadoso y generoso con el prójimo, incluso hubo alguna vez en la que miré primero por mí y alguna otra en la que sentí el impulso de hacerle mal a alguien y no lo reprimí, como sé que aconsejan la nobleza de corazón y la buena crianza. A esto hay que sumar las personas a las que dañé o perjudiqué sin intención ni plan deliberado, por alguna de las numerosas formas de negligencia, inconsciencia o imprudencia en las que a lo largo de los años he podido llegar a incurrir.

Por si esto no fuera suficiente para cubrirme de fango y de oprobio, que ya me consta que lo es, debo tener presentes las costumbres y los estándares que mi tiempo juzga decorosos y que los tiempos venideros reputarán abominables o repulsivos. De nada sirve intentar anticiparlos, porque sólo un iluso puede creerse capaz de adivinar qué les revolverá las tripas a aquellos que continúen la aventura de nuestra especie dentro de cien o doscientos años. Suponiendo que aquellos que para entonces dominen la Tierra, reescriban la Historia y estipulen los criterios éticos que distinguen al justo del indeseable pertenezcan aún a nuestra especie y no a alguna forma impredecible de vida transhumana, posthumana, sobrehumana o —quién sabe— infrahumana.

A este factor de incertidumbre y de exposición al escarnio y al vejamen futuros hay que añadir otro más próximo y mucho menos hipotético: como nacional de un país y hablante de una lengua —aunque no quepa achacarme responsabilidad sobre esas dos circunstancias, que me vinieron dadas con la cuna— mi persona, mi eventual notoriedad y mi improbable recuerdo se hallan además sujetos al rechazo visceral de todos aquellos que fundada o infundadamente, desde su nacionalidad efectiva o imaginaria y su lengua o su sentimiento de ella, juzguen que mi país o mi idioma resultan execrables con carácter general.

Lo expuesto me hace concebir nulas ilusiones respecto de la posibilidad de alcanzar la dignidad estatuaria y, para el dudoso caso de que así aconteciera, me empuja a formular una petición a quienes auspiciaran el monumento. Para ahorrar sinsabores y zozobras interpretativas o reinterpretativas, les sugiero que me representen ya decapitado, contraten a un grafitero para que me embadurne con pintura del color más ominoso posible y, en el caso de que la estatua disponga de pedestal, graben sobre él una sencilla inscripción que exonere de esfuerzos a mis odiadores. Bastará poner mi nombre y esta breve leyenda: «Miserable».

Que resume, además, la verdad de toda peripecia humana.

Seres humanos

Hay dos ideas que a estas alturas deberíamos tener claras acerca de los seres humanos: la primera, que cualquiera de ellos ostenta por el hecho de serlo una dignidad que cualquier otro ser humano tiene el deber de reconocerle; la segunda, que todos y cada uno de los que lo somos podemos infectarnos con el virus que encuentra la clave de entrada a nuestras células e infectar a nuestra vez a otros seres humanos. Son dos ideas sencillas, y la segunda de ellas resulta además perentoria. Sin embargo, esto no parece suficiente para que el entendimiento de algunos se haga cargo de lo que representan y actúen en consecuencia.

Hay quien parece haberse creído, por ejemplo, que el hecho de que un ser humano no disponga de papeles que regularicen su presencia en un territorio, o los tenga pero no encuentre trabajo, autoriza a olvidarse de la primera idea, reducirlo a simple bestia de carga o brega y zanjar la transacción con un jornal exiguo que ni siquiera le basta para garantizarse una pernocta decente entre jornada y jornada. A algunos de los que se hallan en esa tesitura se los hacina bajo techos precarios; a otros se los deja lisa y llanamente a la intemperie. Las razones del atropello se nutren de una compleja conjunción de factores: explotaciones en el filo de la rentabilidad, una distribución que apura márgenes, unos precios por debajo de los costes, y las aguas heladas del cálculo egoísta que bañan toda la cadena. El resultado, en todo caso, es simple y degradante: a quienes son nuestros hermanos humanos, y hacen la labor que nadie quiere, se los deja de tratar como tales para que al final los números de todos salgan.

El ser humano contemporáneo, y en especial el que vive con cierto desahogo, es tan propenso a cargar culpas como reacio a asumir alguna. Las de este desafuero tienden a atribuirse sobre todo a quienes regentan explotaciones agrarias y no se afanan en dar a sus temporeros mejor trato y cobijo. Cuesta absolverlos, pero en el viaje de la responsabilidad no están solos. Se supone que existen unas autoridades que deben velar por el decoro en las condiciones de trabajo y de vida de las personas. Se supone, también, que quienes se abastecen de productos y quienes los consumen deberían —deberíamos— tener alguna preocupación por las condiciones de producción de lo que compran, para no convertirse —convertirnos— en cómplices y hasta cooperadores necesarios en la vigencia de modernas formas de esclavitud.

Sea como fuere, y por omisión de todos de nuestro deber de socorro a estos seres humanos en situación laboral envilecida, la práctica se mantiene, incluso cuando se declara una pandemia que aconseja, o mejor dicho exige, medidas de seguridad, higiene y distancia personal incompatibles con el régimen de vida al que se somete a miles de temporeros. El resultado es el que cabía esperar: en cuanto uno de los temporeros se contagia del virus, la infección se extiende como la pólvora por el colectivo; y como se trata de seres humanos y a veces respiran el mismo aire que otros, acaba pasando al conjunto de la población y circulando sin control, desbaratando lo conseguido después de un durísimo confinamiento que ha empobrecido el país y arruinado a miles de ciudadanos. Todo el sacrificio, arrojado por el sumidero.

Declarado el fracaso, se declara a toda prisa su orfandad: nadie, como suele suceder en estos casos, quiere reconocer la paternidad de la catástrofe. Y menos que nadie, la autoridad que en las semanas previas ha clamado por sus competencias, que denunciaba expropiadas por el torvo poder central. Ha seguido gestionando su sanidad, que lleva décadas administrando; ha tenido siempre la competencia para evitar abusos en la forma de reclutar la mano de obra agrícola; dispuso de todos los resortes para gestionar una emergencia que ya se veía venir. En la hora del desastre, tira balones fuera. Y así se escribe la Historia.

Al final de la escapada

Las diligencias se han demorado ocho años. El tiempo que ha necesitado el juez instructor para enlazar todos los indicios en un resumen de quinientas páginas que es sólo el borrador de un relato verosímil, pendiente de confirmar en el juicio donde se establecerá, en forma de sentencia, la narración definitiva.

No se lo han puesto fácil: ni el antaño *molt honorable* y jefe del clan, ni su cónyuge —alias *la madre superiora*, nombre en clave por ella misma elegido—, ni el primogénito —y administrador de negocios, inversiones y acumulaciones de riqueza—, ni el resto de los hermanos y auxiliares subalternos. Trasiego continuo de billetes en Andorra, sociedades interpuestas, cuentas suizas, vehículos societarios en paraísos fiscales... La maraña presenta una complejidad capaz de precipitar en la desesperación al instructor más tozudo, pero uno siempre encuentra un enemigo a la altura de sus astucias y su señoría no se ha arredrado. Fue tomando nota de cuanto encontraba y lo ha ensamblado en un auto por el que acuerda someter el tinglado a la decisión de un tribunal.

En él ha escrito que de lo actuado se desprende, de manera indiciaria, que el acaudalado clan familiar y sus fieles ayudantes podrían constituir una organización criminal, especializada en el blanqueo y ocultación de ganancias ilícitas procedentes de toda una vida de cohecho y enjuague, disimulada ante el incauto y patriótico contribuyente como un alarde de servicio público y de sacrificio por la causa de una nación siempre irredenta. Hay que anotar en este punto que lo expuesto aún no pasa de ser una conjetura, si bien muy cualificada: lo suficiente como para que se desencadene contra los imputados la acción de la justicia. Su presunción de inocencia no ha sido destruida, pero ha empezado a tambalearse, y no parece que tenga fácil continuar en pie.

El principal inconveniente es que frente a la verosimilitud de la conjetura judicial, respaldada por multitud de detalles que cuesta mucho interpretar de otra manera, el clan ha opuesto un argumento que se sitúa a la altura narrativa del vodevil. Resulta que el pastizal que movían y multiplicaban con ritmo vertiginoso, ante el asombro de banqueros suizos y andorranos y fiduciarios y socios de las más diversas nacionalidades, no tiene otro origen que la lejana herencia del industrioso y timorato abuelo Florenci. Este habría constituido en el extranjero un depósito sustraído a la posible requisa del torvo Estado español, precaución que el *molt honorable* creyó aconsejable mantener, dejando en manos del hijo mayor la gestión del caudal familiar. El vástago vendría a estar provisto de habilidades financieras cuasi mágicas, a la vista de las dimensiones fabulosas que llegaron a alcanzar los negocios emprendidos con los ahorrillos del abuelo y del chorro continuo de dinero que se movía por su red clandestina.

Sospecha en cambio el juez que todo proviene del abuso de poder e influencias de un hombre que hizo y deshizo en su tierra durante décadas, engañando vilmente a sus conciudadanos, y que cuando vio que la justicia iba a por él —eso no lo dice ya el juez, sino el calendario y los diarios de sesiones— promovió la deriva independentista de su comunidad y amenazó con tirar de la manta que según él dejaría al descubierto vergüenzas mayores que las suyas. Tal vez confiaba en que eso lo salvaría de sentarse en el banquillo, pero ahora le toca enfrentarse a su error.

No lo hace bajo los mejores auspicios. El independentismo que alentó hace aguas, frente a una pandemia desdichada que ha probado ser capaz de gestionar peor que nadie, y no parece que vaya a alcanzar su meta a tiempo de indultarlo. Los secretos ominosos que amenazaba con airear inundan las portadas de los periódicos un día sí y otro también, mientras la lenta justicia se despereza para esclarecerlos. Al final de la larguísima escapada, todo son estrecheces, reveses y sinsabores para el fugitivo.[1]

1. A la fecha de esta edición, el juicio sigue sin celebrarse, gracias al despliegue de maniobras dilatorias de la defensa del procesado. Como pronto, este podría sentarse en el banquillo a finales de 2024 o primeros de 2025, si con noventa y cinco años sigue vivo y en el pleno uso de sus facultades mentales.

Una segunda oportunidad

Érase una vez un país al que le tocó la lotería. Entró en un club y por sus especiales características el resto de los socios lo favoreció con una lluvia de millones para ayudar a su desarrollo. Para ser más exactos, 230.000 millones de euros, que fueron afluyendo al país agraciado para costear toda clase de proyectos: infraestructuras, carreteras, urbanización, saneamiento, trenes de alta velocidad. Bien es cierto que durante los años en los que recibió semejante dádiva el país también contribuyó a las arcas del club, por lo que el saldo neto recibido se quedó en menos, unos 90.000 millones. Con todo y con eso, y teniendo en cuenta que todos los socios debían aportar al fondo común, el beneficio fue notorio y excepcional: la mayor inyección de riqueza recibida por el país en cuestión en mucho tiempo, una oportunidad única para recuperar el tiempo perdido y ponerse en vanguardia.

El club no daba el dinero por altruismo, también hay que anotarlo. Basado como estaba en un mercado único de bienes y servicios, a los socios les interesaba que los socios más pobres recortaran diferencias, para aumentar el número de clientes a los que vender sus productos. Financiaban al país beneficiario con la fundada esperanza de recuperar esa inversión por la vía de colocar en su mercado, con el margen correspondiente, la producción de su industria, sus agricultores y sus servicios. En todo caso, el beneficio potencial para el receptor de los fondos era enorme, a nada que supiera gestionar bien su aplicación.

Y ahí fue donde vino el despiste. Se levantaron puentes, se tendieron vías férreas y redes de telecomunicaciones, se saneó, se urbanizó, se equipó: pero en ese viaje, como se revelaría años más tarde, se colaron de polizones demasiados desvalijadores del erario, que camuflados bajo todas las siglas, y en ocasiones con la aquiescencia de sus dirigentes, que así tapaban agujeros en las finanzas del partido, empezaron a meter la cuchara y hasta el cucharón, cuando no desviaron los dineros a obras inútiles, faraónicas o por cualquier otro motivo desacertadas, sólo porque servían para repartir ganancias con el contratista de turno.

El resultado, la merma, quizá no pueda calcularse jamás. Que no es irrelevante, lo acredita la abundancia de mamotretos inertes, infrautilizados o arruinados que salpican la geografía del país, las autovías que se resquebrajaron poco después de que se pusieran en servicio, los trenes que paran en estaciones donde no sube ni baja nadie, y una variada gama de despropósitos que sería demasiado largo describir. Pero, sobre todo, lo prueba el hecho de que en lo que va de siglo el país haya tenido que pedir por dos veces el socorro del club para no venirse abajo. Por la razón que sea, sigue sin acertar a corregir sus desequilibrios y sin enmendar sus carencias, esas que los fondos extraordinarios del club tenían la finalidad de ayudarle a cubrir y superar.

Ahora el club, por las mismas razones, para que no deje de demandar y comprar productos y servicios a sus socios, le acaba de conceder al país que no acertó a aprovechar la anterior otra dádiva sensacional: 140.000 millones de euros, más de la mitad a fondo perdido. No ha sido fácil: había socios recelosos que no estaban dispuestos a confiar en quien no supo sacarle el partido que habría debido al regalo recibido previamente. Si al final se le ha concedido esa aportación suplementaria ha sido porque otros se han fajado en su favor y les han garantizado a los reacios una serie de contrapartidas a cambio de su consentimiento.

No suele la vida dar, ni a las personas ni a los países, una segunda oportunidad tan generosa y tan providencial. Ahora hay varios años por delante para explotarla. A quienes vayan a tomar las decisiones de inversión correspondientes, quizá no sobraría que se les exhibiese, a guisa de recordatorio, los desatinos de sus predecesores. Nadie cuente con una tercera oportunidad.

El precio del chascarrillo

Nos recuerda un viejo y sabio refrán que los hombres son dueños de sus silencios y esclavos de sus palabras. Convendría por ello tomar mejor conciencia de la gravedad que tiene el acto de permitir que la lengua, recogiendo la vibración de las cuerdas vocales, articule de manera audible los pensamientos. Quizá esa conciencia aconseje el más absoluto de los mutismos. No decir nada, no expresar juicio ni aserto alguno salvo por escrito y sólo después de haber leído y releído una y mil veces el texto.

Puede parecer una medida extrema, pero hay tesituras en las que no deja de ser pertinente, y quizá debiera ser preceptiva. Que le pregunten si no a la mujer que en estos días se enfrenta —y con ella todos, porque de sus errores responde el Estado, y de las deudas de este, el conjunto de la ciudadanía— a las penosas consecuencias de haber deslizado chascarrillos varios allí donde correspondía mostrar menos facundia y más laconismo: sobre el estrado de una sala de justicia, mientras ostentaba nada más y nada menos que la presidencia de un tribunal sentenciador y con el poco tino de dirigirlos contra aquellos a quienes juzgaba.

Gracias a esa cuestionable costumbre, que por su toque pintoresco y chocante atrajo en seguida la atención de todos los medios y también el vivo y comprensible interés de los abogados que defendían a los encausados, la magistrada ya vio cómo se cuestionaba su imparcialidad en un procedimiento, lo que en ese caso condujo a anular la sentencia condenatoria en la instancia superior. Enfrentada al mismo imputado en otra causa, no vio necesario abstenerse y dirigió el juicio con menos desparpajo, pero no sin deslizar alguna perla dialéctica que evidenciaba su aversión no sólo hacia su viejo conocido, sino, de paso, hacia el resto de las personas que se sentaban en el banquillo con él.

Esta vez la sentencia no fue revocada, e incluso se avaló su idoneidad para dictarla, frente a las alegaciones de los abogados que instaban su recusación y pretendían la contaminación de la causa por la presencia de la magistrada hostil y dicharachera. El problema era que la última palabra al respecto la iba a decir otro tribunal, con sede en Estrasburgo. Este miró los vídeos de los juicios anteriores, extrajo las palabras inoportunas de la juez y las convirtió, como los hábiles abogados defensores esperaban, en munición rompedora para invalidar su pronunciamiento: no eran las palabras de una juez imparcial ni reflejaban la actitud que un procesado tiene derecho a esperar de la persona ante quien se dirimen su culpabilidad o inocencia y su libertad.

Con esa baza en el bolsillo, los abogados, como no podía ser de otra manera, solicitaron la revisión de la condena, para más inri ya ejecutada y cumplida: seis años de prisión. Y el mismo tribunal que en su día confirmó aquella sentencia se ve ahora en la obligación de anularla, porque así lo impone su práctica —a diferencia de la de los tribunales de otros Estados, algo menos receptivos a las decisiones de Estrasburgo cuando contrarían los intereses nacionales—. Los que pasaron seis años en la cárcel, por una sentencia dictada por quien nunca debió hacerlo, piden —cómo no— una indemnización por los perjuicios sufridos.

Quienes no podrán reclamar por el perjuicio que este viaje judicial desdichado les causa son quienes dedicaron cientos o miles de horas de investigación para que finalmente pudiera imputarse y someterse a juicio a quienes, según sus pesquisas, trataban de rehacer una estructura pseudopolítica destinada a apoyar las acciones y la agenda de una organización terrorista, cuyos asesinatos, eso es un hecho, jamás condenaron. Tampoco podrán reclamar las víctimas del terror, ni el contribuyente, que deberá pagar los platos rotos. Son tres buenas razones para que se inscriba esta leyenda en el frontispicio de la escuela judicial: «El chascarrillo se paga caro. El juez, mejor callado y soso».

La suerte de Polícrates

La historia la cuenta Heródoto, y como en todas las suyas uno puede pensar que en ella se mezclan la crónica y la leyenda. Hubo en Samos un tirano llamado Polícrates, de quien se decía que era el hombre más afortunado de su tiempo. Lo demostró alcanzando con facilidad —según se llegó a decir, con tan sólo quince hoplitas— el poder absoluto en su ciudad, y a partir de ahí saliendo airoso de cuantos enfrentamientos mantuvo con enemigos extranjeros y aspirantes a desplazarlo del poder. Con su flota de cien barcos y su contingente de mil arqueros se daba al saqueo y el pillaje, sin hacer excepciones, pues sostenía, o eso refiere Heródoto, que «se queda mejor con el amigo devolviéndole lo que se le ha arrebatado que sin quitarle nada de nada».

Así se apoderó de islas y ciudades, y su fortuna llegó a ser tan legendaria que su mejor aliado, el faraón Amasis, que por esos días reinaba en Egipto, le escribió una carta previniéndolo contra aquel éxito excesivo. Pese a ser su amigo, le confió, tanta suerte no lo llenaba de satisfacción: sabía que la divinidad era envidiosa y por eso consideraba preferible que los hombres, y en especial aquellos que tenían su aprecio, triunfaran en algunas cosas pero fracasaran en otras. No había oído hablar de nadie, le advirtió, que después de triunfar en todo no hubiera acabado «desgraciadamente sus días, víctima de una radical desdicha». Por todo ello, le recomendaba, en fin, que se deshiciera de algo que tuviera en la máxima estima y que le doliera mucho perder, para de esa forma rellenar su inevitable cuota de desgracia.

Polícrates hizo caso a su buen amigo el faraón. Poseía un valioso anillo, una gran esmeralda engastada en oro que llevaba siempre. Ordenó que una de sus naves lo llevara a alta mar y allí lo arrojó al agua. Sin embargo, pocos días después, un pescador que había capturado un magnífico ejemplar se lo ofreció como presente a Polícrates, que mandó que se lo prepararan para cenar. Al abrir el pez, los servidores de Polícrates encontraron en su interior el anillo: ni aun empeñándose podía el tirano de Samos desasirse de su suerte. Así lo quería la providencia, pensó el agraciado.

Era tal su poder y tan refulgente su estrella que atrajo a su corte a una legión de aduladores, como el poeta Anacreonte de Teos, que dio nombre a un tipo de poesía frívola y cortesana; por el contrario, su tiranía empujó a marcharse de Samos al sabio Pitágoras, que, como muchos hombres de valía a lo largo de la Historia, desarrolló provechosamente sus estudios en el exilio, lejos de la patria que lo vio nacer. Estas cosas y otras volvieron a Polícrates arrogante e irreflexivo: se permitió despreciar a Oretes, sátrapa persa de Lidia, y concibió el proyecto de hacerse el amo y señor del Egeo oriental. Aquello iba a truncar su fortuna.

Oretes no se planteó atacar Samos, por no exponerse a la proverbial suerte de Polícrates en combate. Para acabar con él recurrió a un ardid: le hizo creer que quería sublevarse contra Cambises, el rey de los persas, y que para ello estaba dispuesto a poner a disposición de Polícrates el gran tesoro que guardaba en Sardes, la capital de Lidia. Le pidió que enviara a un emisario, al que engañó mostrándole cofres llenos de piedras recubiertas con una fina capa de oro, y luego que acudiera personalmente a recoger las riquezas, única condición que le exigía para ponerle en posesión de ellas. Polícrates, según cuenta Heródoto, padecía de una codicia enfermiza, e hizo tal y como le dijo el persa.

Cuando lo tuvo a su merced, Oretes lo hizo apresar, luego lo desolló vivo y finalmente lo crucificó y lo dejó expuesto al sol. Tal fue el destino espantoso y humillante que corrió, como había vaticinado su amigo el faraón, aquel hombre cuya facilidad para salirse siempre con la suya asombraba a sus contemporáneos.

Heródoto escribió esta historia hace más de dos mil cuatrocientos años. Los poderosos con suerte nunca han escuchado su advertencia.

La hecatombe de los ídolos

Este viernes por la noche hay en Lisboa algo más que un partido de fútbol. Algo más que el triunfo de un equipo que se deshace de otro marcando nueve goles, uno de ellos en propia meta y a guisa de dádiva para la irrisoria cuenta del rival. Este viernes por la noche llega a su término una apuesta temeraria: la de un país que decidió convertir un juego intrascendente en motor de sus ilusiones principales y en ídolos intocables, casi divinos, a algunos de los muchachos que lo practicaban.

Para ello no se escatimaron esfuerzos ni recursos. El club que protagoniza la debacle de esta noche ha pasado ya de los mil millones de euros de presupuesto. Unos cuantos cientos más de los que, por poner una referencia, recibe para sus actividades el más importante de los organismos dedicados a la investigación científica en el país donde está domiciliado. El equipo que se da el placer de machacarlo no tiene un presupuesto modesto: sobre la mitad de esa suma, en números redondos. La diferencia es que si se lo compara con el primero de los centros científicos de su país, este dispone de ocho veces más dinero. Ocho veces.

Antes de la eliminatoria lisboeta, los medios ponderaban la hazaña del fútbol español. Tres equipos en cuartos de final de la liga europea de campeones. Con la eliminación del equipo que recoge ocho veces la pelota de las redes de su portería quedan pasaportados los tres. Los otros dos caídos también manejan presupuestos de cientos de millones de euros y son, por tanto, expresión de la misma apuesta fallida; pero su derrota no llega a alcanzar la dimensión simbólica del hundimiento del club más opulento del mundo, las proporciones de hecatombe que calcina en poco más de hora y media el aura, la fascinación que durante años proyectaron sus ídolos sobre una afición casi embobada.

Habrá que recordar en este punto que cuando a la primera estrella de la plantilla, remunerada con la generosidad propia de esa condición, la procesaron por un delito contra la Hacienda pública, la gente se arremolinaba a las puertas del juzgado para vitorearla y hasta hubo alguna funcionaria que llegó a pedirle un autógrafo. Que cuando el astro en cuestión resultó condenado por sentencia firme no faltaba quien seguía buscando el modo de minimizar la falta, por la que no tuvo que pisar la cárcel. Y que después de que se le probara tan antisocial conducta, continuó habiendo quien se refería a él con ese arrobo, ese arrebato y ese vasallaje que desde la más remota antigüedad le reservan a la divinidad los humanos que creen en seres sobrenaturales.

Habrá que recordar, también, que cuando se pretendió la independencia de la comunidad autónoma donde el club tiene su sede se escogió a este como referencia patria, elevándolo a la categoría de una de esas estructuras de país, una de las vigas maestras sobre las que se sostendría la nación y la república de la que por fin iba a dotarse. Un club de fútbol. O lo que es lo mismo: una asociación que tiene como objeto la explotación de una actividad deportiva, recreativa y en este caso lucrativa.

Así le luce a la república en cuestión. Así le luce al país del que sus ardorosos partidarios siguen, mal que les pese, llevando el pasaporte. Mientras sobre el césped de Lisboa los artilleros bávaros machacan el arco y lo perforan una y otra vez, mientras el defensa más idolatrado no parece ya estar allí y la estrella con alergia a los impuestos se convierte en el hombre invisible, se derrumba con estrépito el espejismo de una sociedad que puso toda su fe en lo accesorio y se olvidó de labrar, erigir y apuntalar lo esencial. El equipo así fulminado, como reconoce alguno de sus ídolos, deberá rehacerse desde los cimientos: quizá ese reto lo lleve a no tratar de ir más allá del juego que le da sentido.

Al resto nos espera una dura vuelta al cole, en la que se echarán en falta los esfuerzos que no fueron a donde debían.

Los aliados del enemigo

No es una guerra, pero tenemos un enemigo. Un enemigo duro y tenaz que sabe ejercer una amenaza persistente. Nos ha tomado la medida y con eficacia y sigilo nos ha hecho un traje del que nos va a costar zafarnos. Sabe dónde están nuestros puntos débiles y cómo rendirlos. Se ha metido con todos sus efectivos detrás de nuestras líneas y está determinado a no dejar de hostigarnos y aprovechar la ocasión de causarnos bajas.

Esto ya es bastante malo, pero las malas noticias no suelen venir solas y nuestro enemigo tampoco. El enemigo que tenemos y nos acecha cuenta con aliados que incrementan su potencial dañino, debilitan nuestras posiciones y merman la esperanza de salir airosos del envite. Cuando uno tiene al enemigo en casa y encima no viene solo, las cosas se ponen cuesta arriba. El buen estratega procura mantener al adversario más allá de la primera línea de defensa y, si le deja traspasarla, asegurarse de que tiene para hacerlo una razón que le reporte alguna ventaja de otra índole. También se cuida de que su oponente acuda al combate con la menor cantidad posible de apoyos. Nosotros ya hemos fracasado en ambas previsiones, y ahora no nos queda otra que hacer el aciago inventario de las fuerzas auxiliares de las que se vale nuestro enemigo y analizar si podemos neutralizarlas.

Los primeros aliados con los que cuenta el enemigo son los peores de todos, porque se trata de aquellos para los que ya no hay remedio. Son todos los errores que cometimos antes de su aparición, y que, además de propiciarla y favorecerla, le dieron el impulso inicial con el que derribó nuestras defensas avanzadas y nos obligó a esta suerte de guerra de guerrillas en la que toca rastrear a quien se empeña en provocar nuestra perdición ya asentado entre nosotros, en nuestras casas y nuestras calles.

Los errores los acumulamos durante décadas: tienen que ver con nuestra organización, la disposición del espacio vital, cómo proveímos —o mejor dicho, no proveímos— a la defensa común. Le hemos dado así una ventaja que no podemos revertir a corto plazo y que no va a dejar de asistirle. Las pifias que se prolongan en el tiempo requieren tiempo para ser corregidas.

Los segundos aliados que ha tenido el enemigo son todas las negligencias en las que incurrimos cuando su silueta ya se dejaba ver en el horizonte, y nuestros estrategas prefirieron creer que las cosas saldrían del mejor modo posible, en lugar de tener la cautela de situarse, por si acaso, en el escenario más adverso. En teoría, a estos aliados podemos derrotarlos: bastaría con no volver a incurrir en el optimismo funesto que tan caro nos salió una vez. Ya hemos comprobado que todo lo que pueda torcerse se torcerá, que el enemigo es rápido y oportunista y que no deja de aprovechar cualquier resquicio que se le ofrezca. Se trata, ni más ni menos, que de cerrárselo antes de que lo utilice.

Pero aquí es donde interviene, para nuestro mal, el tercer contingente aliado de nuestro enemigo. Tras los errores previos y las negligencias simultáneas, en el segundo acto de la batalla hemos puesto a su servicio la inconsciencia y la ligereza —que nos llevan a dar la espalda a los proyectiles que así nos alcanzan una y otra vez— y nuestra arraigada manía de entrar en disputa entre nosotros; ese vicio que no acertamos a erradicar y que conduce a que incluso bajo el fuego que se cierne sobre nuestra casa prefiramos mantener, con entusiasmo anacrónico y suicida, el pulso de las querellas domésticas, los agravios vecinales, la cuenta pendiente, la pequeña codicia. No hay mejor regalo que pueda recibir quien se afana en destruir a una comunidad que la obstinación de quienes la integran en pelearse entre sí. Así no hay liderazgo posible, sin liderazgo no existe la determinación, y sin esta no cabe imponerse a quien la tiene y la demuestra.

No es una guerra, pero lo parece. Y no vamos ganando.

Agosto de despedidas

En un lugar de La Mancha, de cuyo nombre es mejor aquí no acordarse, no ha mucho tiempo que vivían unos jóvenes que con motivo de un casorio prepararon la preceptiva celebración preliminar, llamada en su siglo despedida de soltero y de soltera. Al efecto contrataron un viaje a una localidad costera de Levante y el alojamiento y el esparcimiento conexos al viaje y la ocasión. En aquellos días estivales, la epidemia que durante la primavera había asolado el país, llevándose por delante a decenas de miles de sus hijos y colapsando los hospitales, parecía hallarse bajo control y permitir tanto las nupcias como el jolgorio asociado.

Inopinadamente, el virus causante del mal se las arregló para contraatacar bajo la canícula e infectar a muchas personas que se creían fuera de su alcance. El volumen y la rapidez de los contagios obligó a las autoridades a replantearse ciertas reglas, como por ejemplo las aplicables a celebraciones multitudinarias. Teniendo en cuenta las restricciones, los contrayentes decidieron suspender la boda, que no iban a poder desarrollar con el boato deseado. Sin embargo, y como la despedida de soltero y soltera estaba ya contratada, resolvieron proseguir adelante con ella.

Hízose el viaje, despidiéronse las solterías que iban a seguir vigentes y retornaron a su lugar los festejantes: contagiados de la funesta enfermedad, que diseminaron por el pueblo obligando a la cuarentena de todo el vecindario. Quedó así claro el orden de prioridades de nuestros héroes: primero, la despedida; por detrás, la boda que le daba fundamento; más atrás aún, el riesgo para la salud de los celebrantes; y a la cola, el riesgo para toda la gente, familia y allegados, con la que mantenían relación.

Por esos mismos días de agosto consumaban la acción que iba a llevar a su despedida de sus puestos de trabajo dos jóvenes auxiliares de enfermería que mientras suministraban con malos modos la medicación a una anciana dependiente grababan su hazaña en vídeo. Luego lo difundían a través de las redes de una de ellas, autoproclamada *influencer*, oficio novedoso que parece no tener otro requisito que el exhibicionismo y el impudor. Como habría previsto cualquiera que no tuviera su sistema cognitivo severamente dañado, la difusión de la vejación, que en seguida se hizo viral en las redes, causó honda indignación entre quienes por azar o de propósito vieron el repulsivo vídeo, con el recuerdo demasiado reciente de los miles de ancianos abandonados a su suerte y muertos durante la primera oleada de la pandemia.

Pocos días después, la *influencer* se despedía de su canal de Instagram, con un mensaje confuso y difuso en el que lejos de renegar abochornada y taxativamente de su acción se declaraba dispuesta a pagar las consecuencias y terminaba diciendo que tras lo ocurrido no se sentía con ánimo de grabar más vídeos durante un tiempo. Como si a alguien le importara, como si lo principal de la historia fuera que ella dejara de entregarse a la distracción contraproducente de filmar y difundir sus actos, animados por una dotación tan exigua de empatía y juicio.

Y entre estas y otras historias edificantes llegamos así al término de este mes de agosto de 2020, en el que todos vamos a vivir una despedida suplementaria, tan amarga como inevitable: la de este espejismo de verano como los de antes al que todos, en mayor o menor medida, nos hemos entregado. Se abre paso un otoño donde nos toca despedirnos, con crudeza y quién sabe por cuánto tiempo, de la vida tal y como la conocíamos antes de que un virus oportunista encontrara en nuestras células el taller perfecto para replicarse, evolucionar y procurar su prosperidad y su supervivencia, hasta hacerla endémica entre nosotros, como ya hicieron sus primos los virus del resfriado y algún otro.

De eso, de despedidas pequeñas y grandes, de cálculos que nos fallaron vergonzosamente, va esta incierta vuelta al cole.

Un cartel

Y al final, la historia queda reducida a un cartel. No era una historia del montón, ni el cartel lo es tampoco. La historia es la de más de medio siglo de violencia que sacudió los cimientos y las entrañas de un país. El cartel, en consonancia con la envergadura de lo que se pretende proclamar que se cuenta, se adueña por entero de la esquina principal de la arteria emblemática de la capital del país en cuestión. Y para que no quede duda, al cartel se le añade una leyenda: «Todos somos parte de esta historia».

El alarde es de los que no pasan inadvertidos, por lo que quien lo coloca no puede llamarse a engaño: va a suscitar, en la máxima medida, cuantas reacciones sea susceptible de producir. Hay, eso sí, un problema de principio: todo parte de una novela, que se asoma a la gran historia por una mirilla particular, la de la perspectiva, la sensibilidad y el talento de su autor, que elige mostrar una tesela del mosaico, un trozo del gran argumento. En el libro se habla, con valor y detalles antes eludidos —de ahí su éxito—, de unos fragmentos del dolor, dejando fuera otros. Y a su vez ese libro ha sido objeto de una concreción aún mayor: lo han traducido a un guion audiovisual, que de cuantas imágenes convoca la lectura selecciona sólo una parte, aquellas que quien escribe y produce el artefacto televisivo prefiere rodar, de una forma —un encuadre, una luz, una interpretación, un vestuario, unos planos— que a su vez lleva a una acotación suplementaria de la mirada y, por lo tanto, de la narración. De lo que se cuenta y lo que no se cuenta, y de la intención que en ello subyace.

El cartel, para sostener la descomunal afirmación con la que van a presentarlo al escrutinio del público, cuenta sólo con ese material, fruto de destilaciones —y mutilaciones— sucesivas. Es un empeño condenado a crear polémica y probablemente al fracaso. No va a conseguir que todos nos sintamos incluidos en él, como apuesta el letrero que lo adorna. Y no lo va a conseguir porque es imposible que lo haga, porque en su plasmación final contiene tantas elecciones —discutibles, ostensibles y arrimadas a una parte del dolor, apartándose de otra— que la disidencia está garantizada. No es así como se busca conmover a todos.

Un cartel vale tanto por lo que desvela como por lo que deja sólo entrever. Lo que este desvela está muy claro: en su mitad izquierda se ve a un hombre desnudo, una forma llamativa y a la vez estilizada, iluminada como las anatomías inapelables de un Caravaggio. Es una víctima resplandeciente, que resalta con su luz no sólo su dolor sino también la crueldad de quienes se lo han infligido, unos seres perfectamente visibles y reconocibles en un segundo plano que pesa como el primero. En la mitad derecha del cartel, en cambio, se ve una figura borrosa caída en el suelo, un bulto humano amorfo sobre el que llora una mujer, velados ambos por la atmósfera gris de una jornada lluviosa. De los que ejercen esa violencia no hay ni rastro. Igual podría haber sido derribado el hombre por un rayo caído durante la tormenta.

Es lo que hay: el cartelista ha compuesto su trabajo con las imágenes que le daba la serie televisiva que se trata de anunciar, que a su vez ha extraído sus violencias y quienes las sufren del repertorio que la novela ofrece. Al final, lo que vemos es el fruto de una cadena de decisiones, que no son inocentes, a las que no se puede negar legitimidad artística —cada artista mira lo que quiere— pero que pueden cuestionarse, naturalmente, y sobre todo no compartirse, o rechazarse por el sesgo que proponen.

No, no estamos todos en esta historia, en este cartel en el que alguien ha pretendido resumirla. Ni en lo que ve ni en cómo lo ve. Por no cansar al lector que haya llegado hasta aquí, entre las muchas imágenes omitidas se encuentran las de los niños que murieron, las de los rostros de quienes aceptaron matarlos. Sin ellos, esta es sólo una historia más. Con su afán y su propósito.[1]

1. Para el lector no familiarizado: el cartel en cuestión es el de la serie de televisión *Patria* (2020), de HBO, que en gran tamaño se colocó en un edificio de la Gran Vía madrileña.

Fábula de los fusilados y la bien *pagá*

La utilidad de una actividad depende de lo que uno le pida a la vida. Desde esa perspectiva, tuitear no es excesivamente útil para cualquiera que no tenga unas aspiraciones muy concretas. Sin embargo, ver cómo tuitean otros es cada vez más instructivo. Resulta sorprendente cómo se retrata la gente al hacerlo.

Se celebra la Diada de Cataluña y la Guardia Civil de la comunidad autónoma, desde su Twitter, se la felicita en catalán a la ciudadanía, reiterándole su vocación de servicio al cabo de ciento setenta y seis años. Pronto el mensaje encuentra una respuesta: la de una comunicadora, llamémosla así, que tuitea que a lo largo de esos ciento setenta y seis años la institución sólo ha estado al servicio de la represión. Una pequeña corrección, lo denomina, desde la autoridad que le confiere su labor como columnista, tertuliana y perpetradora de algún libro, siempre bien remunerada gracias a su sintonía con quienes cortan el bacalao en su tiempo, lugar y entorno.

Leyendo los dos mensajes, uno a continuación de otro, le surge al observador una reflexión sobre lo que se da en llamar los ideales, los principios, los valores, y el compromiso moral con ellos. Todo el mundo afirma poseerlos en mayor o menor medida y consagrarse a ellos. Sin embargo, y como dejó dicho alguien mientras se la jugaba en una conjura contra un dictador con bigote que terminó en fracaso, el valor moral de un hombre —y el de una mujer— se mide por la capacidad de sacrificarse por sus convicciones.

Examinando el servicio a Cataluña de la comunicadora, no queda del todo claro en qué ha contribuido a mejorar la vida de sus conciudadanos, pero es público y notorio que en lugar de suponerle un sacrificio o un quebranto le ha reportado multitud de beneficios, a menudo a cargo del erario administrado por sus correligionarios, con el que la han retribuido copiosamente.

Quizá sería más prudente si conociera mejor, y conocieran también mejor aquellos a quienes tiene por audiencia, la historia de su propio país. Para ello no tiene más que hacer un pequeño ejercicio de lectura, de un libro que por añadidura, y para mayor facilidad, está escrito en la lengua que nuestra comunicadora prefiere leer. Se titula *Procés a la Guàrdia Civil*, sus autores son Manel Risques y Carles Barrachina, y no va de lo que ella se imaginaría a bote pronto. Cuenta, entre otras cosas, cómo por defender la legalidad republicana y la vigencia de la Generalitat, a cuyas órdenes se mantuvieron en julio de 1936, los mandos de la Guardia Civil en Cataluña —su general y seis jefes de diversa graduación— fueron literalmente exterminados por Franco, tras uno de esos procesos antijurídicos y grotescos que las

Cortes no han declarado todavía nulos, aunque al fin están en ello. Sí, doña Pilar, igualito que aquel que en su día le hicieron a su Lluís Companys, y por el que ahora, según dice su *president* fugaz, les han de pedir disculpas —a ustedes— todos los españoles.

Aquellos hombres, cuyos nombres y cuya peripecia usted ignora, porque si tuviera alguna noticia no se atrevería a tuitear lo que tuitea, eran José Aranguren Roldán, Antonio Escobar Huerta, Francisco Brotons Gómez, Antonio Moreno Suero, Juan Aliaga Crespí, Modesto de Lara Molina y Mariano Aznar Monfort. Murieron por defender la Generalitat y sabían lo que se jugaban al hacerlo, frente a unos militares sublevados a los que conocían bien. Murieron además pobres y solos, en los fosos de Montjuïc o en ese Camp de la Bota que vio caer a tantos otros infelices.

Eso sí que es un sacrificio, sobre todo si se lo compara con el suyo, y nadie se lo ha recompensado ni reconocido nunca, ni a título póstumo. No lo hizo el dictador, claro, pero tampoco la Generalitat cuya abolición evitaron. Y ahora hay que leer que su servicio y su entrega nunca existieron. Eso sí que merece pedir perdón. Por no haberles puesto ni una triste placa. Por ofender la memoria de siete fusilados, desde su púlpito de bien *pagá*.

Reconfinado

Pongámonos en su lugar. El de un vecino de Carabanchel, por ejemplo, uno de los ochocientos y pico mil madrileños que empezarán el lunes reconfinados, aunque para uso político y anestésico alguien haya decidido llamar al encierro en sus casas y su barrio, salvo causa de necesidad justificada, «limitación de la movilidad». También tiene limitada la movilidad un canario en su jaula, o un recluso de Alcalá-Meco; salvo que al primero haya que sacarle de ella para limpiarla o al segundo se le conceda un permiso penitenciario. Pero cuando hablamos de ellos rara vez nos fijamos en ese aspecto accesorio: lo que pensamos, porque es lo que los define, es que están privados de su libertad.

El vecino reconfinado tiene en primer lugar una sensación de experiencia ya vivida. Ya pasó por esto antes, ya se vio hace unos meses despojado de su derecho al libre deambular, y los que le gobiernan, representan y en teoría defienden le hicieron creer, en el momento de la liberación, que aquello había sido la resultante de chocar por primera vez con un virus desconocido, que se tomarían medidas para que algo tan drástico, antipático y hasta humillante —draconiano, fue el adjetivo de moda— no se volviera a repetir. Y el vecino, en mayor o menor medida, confió, contó con que, salvo cataclismo impredecible, así sería.

Pero ahora, el vecino reconfinado no puede dejar de repasar lo sucedido desde aquel bello día de primavera en que volvieron a abrirle las puertas de su propia casa, las calles del barrio y las carreteras del país. Un verano de fingida normalidad, con las precauciones al mínimo para ponérselo fácil a un turismo que aun así apenas se dignó visitarnos. Una relajación de los hábitos de la población autóctona, que fue la que se movió para gozar de los encantos de una temporada alta con ocupaciones y precios de temporada baja. Una relajación pareja de los gobernantes y de sus opositores, que no paraban de arrojarse los trastos y los muertos a la cabeza pero coincidieron en irse por ahí a ponerse morenos, que la vida son dos días y ahora encima es literal.

Esta relajación tuvo sus imágenes. El presidente holgando en las islas, el jefe de la oposición afeándole su frivolidad con unas palmeras de fondo y, sobre todas, el técnico responsable del control de la pandemia posando como jovial motero en una portada de postín. Mientras tanto, el virus, que ha encontrado el socio soñado en los españoles —con nuestros abrazos, nuestras ganas de fiesta, nuestro alcohol abundante y barato que suelta las lenguas y los frenos—, avanzaba sin prisa pero sin pausa, y brote a brote se iba repartiendo por el territorio. En teoría todo estaba controlado, nos dijeron: habría rastreadores para salirle al paso y evitar la temida y funesta transmisión comunitaria.

El reconfinado comprueba ahora que esa promesa era falsa. Que cuando con doscientos rastreadores la primera mandataria de su comunidad decía que todo estaba cubierto —aunque todos los expertos aconsejaran dos mil—, o cuando semanas después quiso hacer creer que valía con setecientos, se equivocaba de medio a medio. Que lo han dejado a merced del virus, de la irresponsabilidad de sus vecinos, de la ignorancia ya acreditada de sus autoridades, de la insuficiencia del sistema sanitario que debía protegerlo. Cómo no recordar con amargura, si nos ponemos en su lugar, que durante días el centro de salud de su barrio estaba cerrado por falta de médicos, de baja o vacaciones. Cómo no preguntar, con él, en qué diablos podía gastar mejor el dinero la comunidad que en cubrir esas bajas y no dejar indefensa la trinchera.

Ahora el enemigo está otra vez maniobrando tras las líneas. A nuestro vecino reconfinado le han fallado todos los que tenían alguna responsabilidad en que esto no se repitiera. Quizá sería bueno que en adelante cada cual tomara nota de sus errores, en lugar de subrayar los ajenos. Más que nada, para no repetirlos. Para poder mirar a la cara a este conciudadano que los paga.

Males contra todos

Los versos están al final del canto VII de la *Ilíada*. Es el momento en el que aqueos y troyanos, tras recoger los cadáveres de unos y otros que infestaban el campo de batalla y quemarlos en sendas piras, velan armas para seguir con la carnicería al día siguiente, poseídos por el odio y la soberbia que animan a unos a intentar traspasar los muros de la ciudad de Troya y a los otros, a empujar a los invasores hacia sus naves y forzarlos a hacerse de nuevo a la mar. La lucha se encuentra en tablas: el troyano Héctor exhibe su furia y su poderío, pero entre los aqueos, pese a la ausencia de Aquiles, tampoco el ardor guerrero decae.

Los enemigos aprovechan la pausa nocturna bebiendo vino en torno a las hogueras de sus respectivos festines: junto a sus naves los aqueos, en la ciudad los troyanos. A los primeros los patrocina Atenea, a los segundos, Apolo. Cada uno siente sobre sí el amparo de su deidad. Pero justo entonces advierte el poeta: «El providente Zeus toda la noche tramó males contra todos / tronando pavorosamente, y un pálido temor los sobrecogía».

El destino condena a Troya a caer, y a los aqueos, aun con mayores pérdidas de las hasta entonces sufridas, a vencerla y llevarse como botín sus riquezas y sus mujeres. Pero antes de que se cumpla lo que ha de suceder, el dios que impera sobre los demás dioses está resuelto a hacer pagar cara a unos y a otros su arrogancia. En esa noche que los combatientes dedican al descanso después de contar los muertos, pero sin extinguir el fuego de sus rencores, Zeus calcula fríamente los destrozos que todavía, con la ayuda de Ares, el dios que prospera a costa de la inquina humana, infligirá a ambos bandos. Si los mortales se exponen con sus disensiones a perecer, sea como lo eligen.

Veintitantos siglos tienen el poema y el mito. Veintitantos siglos lleva compuesta y escrita la advertencia para que otros mortales, llegados a una encrucijada semejante, sientan en la nuca el aliento de lo que les espera cuando por su incapacidad para acordar un arreglo se ofrecen a la crueldad de los dioses. Y en todos esos siglos fueron legión los hombres que desoyeron el aviso y muchos más los que conducidos —o abandonados— por ellos alcanzaron bajo su arrebato la perdición y la muerte.

De Zeus refiere la mitología su capacidad para adoptar las más variadas formas, a fin de engañar a los y las mortales y así ejecutar con mayor ventaja sus designios sobre ellos. No cuenta —pero habría podido, si los que dieron hechura a aquellos viejos mitos lo hubieran conocido— que jamás se convirtiera en un microorganismo infeccioso. Por ejemplo, un virus que diezmara a los que ante su amenaza prefieren enzarzarse en la disputa.

Así comenzamos este otoño pandémico. Aqueos y troyanos de hoy se obstinan en su discordia, incapaces de concluir una tregua que aplaque o aplace sus agravios. Después de enterrar a decenas de miles de muertos, y ante el peligro inminente de que sean muchos más los que hayan de sepultarse, persisten en el desafío recíproco y dedican todas sus energías a urdir la manera de echar al adversario por tierra, aunque ello suponga darle a Zeus, alojado para la ocasión en un virus sigiloso e implacable, más y mejores opciones para desahogar su olímpica saña.

Sucederá como en el poema. Los males serán contra todos. Al final se cumplirá, no puede ser de otra forma, el destino que impone la biología: el organismo humano negociará un equilibrio con el microorganismo patógeno y la peste remitirá, como ha ocurrido tantas veces antes. Lo que los dioses nos permitían era estipular entre nosotros, y de paso con ellos, un convenio para hacer menos onerosa la factura de la tragedia. Pero los caudillos airados y obtusos han preferido otra cosa: que alcance el mayor importe posible, en dolor y lágrimas para unos y para otros.

Nadie puede acusar de deslealtad a Zeus. En esta noche triste e inacabable, no ha dejado de tronar pavorosamente.

Fuese y no hubo nada

Quiere el destino cruel que su salida, hambrienta de épica, acontezca en medio de una pandemia, de una campaña electoral a la presidencia de Estados Unidos y de una ruidosa bronca entre el Gobierno central y el de otra comunidad autónoma. Para que sea todavía un poco más difícil prestarle alguna atención a su inhabilitación y su desahucio del palacio presidencial, resulta que la pandemia se encuentra en su segunda gran oleada, uno de los dos candidatos a la Casa Blanca contrae la enfermedad —después de haberla minimizado— y, para remate, la refriega entre esos otros dos Gobiernos que no son el suyo concluye con la imposición por la fuerza de medidas de confinamiento.

Tiene este hombre, en sus dos años largos de desempeño vicario de la magistratura más alta de su comunidad, méritos más que sobrados para sentar plaza en la historia universal de la irrelevancia. Dejando aparte un puñado de soflamas y una cantidad ingente de desgraciadas declaraciones, no se recordará que el Gobierno por él encabezado haya tomado medida alguna. Y en lo que toca al motivo de su desalojo, una condena penal por un delito burdo y confeso, por su empeño contumaz en convertir lo que habría podido ser un abuso venial de los bienes públicos —que le habría sido disculpado con una multa o aun sin ella— en un desprecio al imperio de la ley, da que pensar y no poco sobre el aprovechamiento con el que cursó la carrera de Derecho y lo que, cuando lo fue, pudo aportar como asesor jurídico.

Quiere el destino, elevando hasta la saña la crueldad, que la mejor manera de describir su tránsito hacia la ciudadanía de a pie sea recurriendo a los clásicos de la poesía compuesta en esa vieja lengua que en alguno de sus escritos señaló como indicativa de la inferior condición antropológica de sus hablantes. Lejos de los tumultos y el estallido de furor ciudadano que debía suceder a su deposición por mandato judicial, el oficio emitido por la sala competente para lanzarlo del despacho oficial se cumplió en sus términos sin que la reacción pasara de algunos fugaces cacareos en las redes sociales y los medios afines a su Gobierno. Como lo dijo Cervantes en aquel soneto suyo con estrambote titulado *Al túmulo del rey Felipe II en Sevilla*: «Fuese y no hubo nada».

Y si hubiéramos de describir de alguna manera lo que de él queda en la escena política no sólo nacional, no sólo de su tierra, sino incluso en el independentismo que acaudilló por encargo de otro ser fantasmagórico que alimenta quimeras desleídas bajo la lluvia belga, nadie mejor que Góngora, aquel poeta andaluz que compuso el que posiblemente sea el más bello poema de amor de su idioma. Tómese prestada al efecto la enumeración final donde recuerda en lo que al final ha de parar incluso la mayor de las bellezas humanas: «en humo, en polvo, en sombra, en nada».

Humo, polvo, sombra y nada es ahora ya su legado político, que mucho habrá que falsificar e hinchar para justificar en su caso las estatuas, avenidas y plazas que pudieran dedicársele en el supuesto dudoso de que el movimiento al que pertenece logre establecer algún día un Estado, o las que se le quieran poner en tanto se prolonga la melancolía de no conseguirlo. Después de hacer tanto ruido, de tanta bravata y arenga, de tanta solemne conmemoración de proezas ilusorias y desfiguradas, no hay una sola idea ni una sola aserción coherente que pueda grabarse en el pedestal de los monumentos que se dediquen a su figura.

Sólo un acto de póstuma dignidad y mínima grandeza cabe guardar de su paso por la vida pública: un mensaje de aliento a la comunidad a la que en otros momentos trató como leprosa, ese Madrid confinado al que le tuitea su solidaridad. Creeremos que no se lo dicta la ironía, siempre es mejor pensar bien de la gente, y cabe preguntarse qué lo ha vuelto tan gentil. Quizá la suculenta renta vitalicia con la que se lo premia. Parafraseando a otro poeta, Quevedo, polvo será, pero polvo paniaguado.

Enemigos todos

Lo cuenta con crudeza a veces perturbadora *The Loudest Voice*, la serie de Showtime producida e interpretada por Russell Crowe acerca de Roger Ailes, el fundador de Fox News, alimento único de la dieta informativa de Donald Trump y sus seguidores: fomentar la percepción del conciudadano como enemigo, en una sociedad que custodia cicatrices antiguas nunca cerradas del todo y heridas presentes y bien vivas, puede convertirse en un excelente negocio y en motor de la transformación —a peor— de un país entero. Ailes quedó por el camino, víctima de un escándalo relacionado con varios episodios de abuso sexual, pero su obra continúa y sus efectos se comprobarán el 3 de noviembre.

Lo malo de Ailes es que enlaza con una tradición y a la vez ha creado escuela, y no sólo entre los estadounidenses. En los últimos días, en una acuciada democracia del sur de Europa se han sucedido los episodios en los que se ha visto y oído a gente de la más diversa condición, desde ciudadanos de a pie hasta responsables políticos y gubernamentales, excretando torrentes de insultos y odio hacia quienes no piensan como ellos. A quien firma una resolución judicial adversa se lo moteja de golpista o de criatura de las cloacas. A quien desde un Gobierno no adopta las medidas que otros reclaman se la tilda de retrasada o de vendida a los intereses más inconfesables. A quien desde otro Gobierno decide tomar una decisión que a alguien le escuece se lo llama déspota, canalla, miserable y se lo iguala con Nerón.

Podría decirse que el juez no tiene argumentos suficientes y que se espera que otros jueces lo desautoricen, que la presidenta que no gusta a unos yerra gravemente y tendrá que responder de sus errores ante el electorado, o que el presidente que no es del agrado de otros demuestra incompetencia y arrogancia. Pero eso ya nos sabe a demasiado poco, en un país que se ha llenado de personas que ven enemigos en quienes se cruzan por la calle o por las redes sociales, esas nuevas y funestas avenidas de nuestro tiempo, y reaccionan airadas y sin conocer límite ante la expresión de cualquier idea o decisión de la que discrepan.

O por decirlo con el título de un tango, *Como abrazado a un rencor*, que es el estado en el que cada vez más entre nosotros viven sumidos, cambiando sólo el objeto del aborrecimiento. Hay quien desde su exclusivismo detesta ya sin tapujos a todos los que representan la mezcolanza común; quien desde una idea de la patria denigra a quien no la suscribe; quien con la camiseta del Che Guevara puesta desprende salfumán por los ojos cuando se topa a otro que le consta que jamás se la enfundaría y quien con la monarquía o el liberalismo por estandarte fulmina a quien le huele sólo un poco a republicanismo o a socialdemocracia.

Enemigos todos de alguien; ese es el estado civil que le toca por activa o por pasiva a quien aquí habita, y que, si no abomina de alguien, verá como no falta quien lo ponga perdido de hiel. Ya no se necesita que hable o que haga algo; puede bastar con que calle o no actúe de la manera que otro juzgue exigible. Para eso hemos añadido a la lista de insultos especialmente ominosos *equidistante*, *tibio* o *políticamente correcto*. Viven demasiados de nosotros inmersos en la inquina hacia sus semejantes, hacia otros especímenes de *Homo sapiens sapiens* a los que no sólo los une la misma vulnerabilidad ante un virus que se está poniendo las botas con nosotros, sino que comparten el mismo aire.

El ejemplo de Ailes cunde en multitud de aprendices de brujo que utilizan el odio como combustible, y que encuentran eco en miles de seguidores dispuestos a alimentar la llama de la confrontación, como los encontró el propio Ailes hasta que acabó llevando a la Casa Blanca a uno de ellos. En medio, sólo quienes conservan el hábito de templar y ponderar. Y a estos, ya nos lo contó Tucídides, no les aguarda sino la aversión de los furibundos.

Fábula de Maitane y Abdulak

Sus historias pueden resumirse en pocas palabras. Con apenas dieciocho años, Maitane había inventado una máquina para conservar alimentos que le valió el reconocimiento de la NASA y tener un asteroide con su nombre. A esa misma edad, Abdulak dio el paso de decapitar a un semejante, lo que le valió morir abatido a balazos y que de él tan sólo quedara un recuerdo tenebroso como el odio que alguien inyectó en su corazón.

Que la mente humana tiene la capacidad innata de mejorar el mundo que observa es algo que todos aprendimos cuando un virus nos obligó a ir por ahí embozados con una mascarilla y comprobamos que, si nos presentaban de esa guisa a alguien a quien no conocíamos de antes, tendíamos siempre a rellenar de la manera más amable las facciones ocultas por la tela. Que esa mente programada para la invención favorable, para imaginar una realidad más bella que la que se le ofrece, puede torcerse en cualquier momento a todo lo contrario, a ingeniar la fealdad y el dolor e incluso la atrocidad, lo atestiguan los miles de páginas dedicadas a la crónica de las guerras; desde las que inspiró la cólera de Aquiles a las puertas de Troya hasta las últimas que se han escrito a propósito de los estragos que viven a diario en Irak, Afganistán, Siria o Nagorno-Karabaj. La pregunta esencial, la que sustenta esta fábula, es cómo sucede ese tenebroso desvío, cómo podría evitarse, si es que los humanos pueden aspirar a lograrlo.

Las historias de Maitane y Abdulak, como la más amarga de las paradojas, pueden leerse en los periódicos del mismo día. La de ella se lee con una sonrisa, incluso con un estremecimiento de felicidad, en unos tiempos en los que las alegrías no son la regla. Esta chica curiosa e inquieta sufría al ver la cantidad de comida que sobraba de las barbacoas que su padre preparaba en su *txoko* de Sodupe, Vizcaya, y que acababa desperdiciada en la basura. Se empezó a preguntar qué podía hacerse para evitar el derroche, y el eureka le vino un día que vio cómo su hermano llegaba de hacer deporte y se quitaba unas zapatillas malolientes que a los pocos minutos de estar junto a un generador dejaron de apestar. Así llegó a su invención, basada en utilizar la carga eléctrica para aniquilar a los microorganismos responsables de la descomposición de los alimentos y del hedor de las zapatillas de deporte. Fabricó un prototipo rudimentario de su máquina conservadora, que fue perfeccionando, y con dieciocho años recibió un premio del prestigioso Instituto de Tecnología de Massachusetts y llamó la atención de la NASA, que le adjudicó un cuerpo celeste.

La historia de Abdulak, en cambio, se lee con un escalofrío de espanto. De origen checheno, nacido en Moscú, y acogido en Francia como refugiado, a sus oídos llegó que un profesor les había enseñado a sus alumnos en clase unas caricaturas del profeta Mahoma. La acción fue condenada por el consejo de imames de Francia, y esa condena, más algunas influencias que Abdulak recibía en su círculo cercano, lo impelieron a acudir a la escuela, pedir a los niños que identificaran al profesor y cerciorarse con un cuchillo de que no volvería a mostrarle a sus alumnos caricatura alguna. Luego grabó con su móvil la imagen del cadáver junto a un mensaje injurioso para el presidente de la república donde halló refugio, y cuyos policías lo acribillaron cuando se negó a dejarse detener para responder de su acto.

Abdulak no nació con ese rencor dentro. Podría habernos deparado alguna bella invención, como Maitane, si alguien lo hubiera encaminado por ahí, y luego apoyado, como recuerda Maitane que sus padres hicieron con ella. En cambio, le hicieron pensar que cuando alguien ofende lo que crees, o te sientes tú ofendido, la respuesta es suprimir al ofensor. Llegó ahí por una mezcla explosiva de simplificaciones y complejidades, tan vieja como el hombre y que, a la vista está, no acertamos a deshacer.

Al paso de las malevolencias

El asesor presidencial afronta la tarea con plena conciencia de su dificultad. Los hechos son los que son y ya no le asiste la posibilidad de negarlos. Quince días atrás, pasada la una de la mañana, hora de cierre de los locales nocturnos por orden del Gobierno para el que trabaja, a fin de contener la pandemia que les ha costado la vida y la salud a miles de personas, se vio a su presidenta y a uno de sus altos cargos a la puerta de un bar de copas. Peor aún: varios testigos vieron al alto cargo desplomarse, interpretando lo que cualquiera haría a tal hora en lugar tal.

El hecho pudo mantenerse fuera del radar de la opinión pública durante un par de semanas, pero el asesor, que conoce su oficio, sabe que eso ahora representa más una desventaja que un argumento favorable. Para aumentar la complicación, existe un parte de denuncia formulado por la policía local contra el dueño del establecimiento abierto a deshora, y la literatura que en ese parte se contiene, pese al laconismo policial, resulta de lo más inconveniente. Recoge el agente actuante —llamado, dicho sea de paso, por el vecindario molesto con el ruido que desde el local llegaba a esas horas de la madrugada— la excusa ofrecida por el hostelero denunciado, y que no es otra que no se atrevió a bajar la persiana porque estaba dentro la presidenta. Siempre se puede decir que es su palabra contra la de la primera autoridad de la comunidad autónoma y que se trata de alguien que busca la manera de disculparse de cara a una eventual sanción. Pero beneficiar, no beneficia, y el parte policial recoge algo más.

El asesor presidencial observa la fotocopia del parte, que ya ha sido filtrada a la prensa, y se fija en el apartado donde queda reseñada la hora de la intervención: 02.10. Sabe que no es el único que repara en el detalle, y lo cuesta arriba que se le va a poner sostener que la jefa no se pasó de la hora que decretó a sus conciudadanos que respetaran como límite máximo para el ocio nocturno. Razona también que, incluso si en eso la creen, la imagen que transmite, de apurar la juerga, se compadece poco con la contención a la que se ha exhortado a la ciudadanía. Que consiga preservarla de la acusación de contravenir sus propias reglas no la eximirá del fatídico menoscabo de su carisma.

En fin, nadie dijo que ser asesor presidencial le permitiera a uno pasar apaciblemente los días en labores rutinarias. Ahora es cuando le toca fajarse y demostrar que tiene lo que hace falta tener para estar ahí. Tanto su jefa como el alto cargo lo proveen de las excusas disponibles: además de que en ningún caso se pasaron de la una ni entraron en el local, que el percance físico protagonizado por el acompañante de la mandataria se debió al efecto secundario de un fármaco, que este necesita por el estrés al que lo somete la responsabilidad que ejerce. No es una mala jugada a efectos de captar la benevolencia de la población, si la población —y el género humano en su conjunto— no tuviera por costumbre pensar mal siempre que cree que puede hacerlo.

El asesor termina de poner en orden sus ideas y redacta el comunicado que a esas alturas del día y del revuelo no puede no emitir el Gobierno para salir al paso de las malevolencias que ya corren a tumba abierta por los medios y las redes, junto a los memes más sangrantes; el nuevo peaje al que viven expuestos quienes ejercen poder y que llega y queda más que cualquier texto que pueda componer el más perspicaz de los asesores.

Cuando lo tiene, corregido y vuelto a corregir, lo relee y se pregunta cuánto compraría de él si no fuera un incondicional de la presidenta. Con el tiempo y los mimbres que le han dado, más no se le puede pedir. Lo eleva pues a sus superiores, que le dan curso. Al poco tiempo de difundirlo, salta la noticia de que se ha extraviado el incómodo parte policial. Ese giro rupestre, se dice el asesor presidencial, ya no hay comunicado que lo levante.

El bien, el mal, los jueces

Cuando sales de casa, no crees estar haciendo ningún mal, más allá del que representa, después de una semana entera de largas jornadas para sacar adelante un festival literario, dejar de acostar por octavo día consecutivo a tu hija y de leer con ella en ese recodo del día *Veinte mil leguas de viaje submarino*, que aún tenéis a medias. Te pesa, pero se lo has explicado, le has dicho que debes volver a trabajar hasta después de la hora en que se va a la cama y le has prometido que recuperaréis a partir de mañana el tiempo perdido con el Nautilus y el capitán Nemo.

No sueles aceptar las invitaciones a saraos nocturnos y, por alguna razón que no acabas de comprender, dada tu contumaz inasistencia, recibes no pocas. Pero en esta ocasión no te invitan a dejarte ver, cosa que no te interesa en exceso, o a distraerte, algo que haces mejor en casa con un libro, sino a desarrollar otra función: ser portavoz del reconocimiento a un colectivo que recibe un premio por su sacrificio y servicio a la ciudadanía. Te han trasladado la petición con la indicación de que quienes lo representan consideran que eres quien mejor puede hacerlo. De esto no estás del todo seguro, pero te cuesta negarte. No crees que al aceptar y acudir estés haciendo otra cosa que un bien.

Hay una circunstancia, empero. La pandemia que desde hace meses azota a la humanidad no va bien en tu país, y se ha tenido que aprobar un nuevo estado de alarma con medidas sanitarias. Te informas sobre cómo se va a desarrollar el acto de entrega de premios. Te aseguran que se cumplirán todas las normas, que el acto será rápido y que habrá margen sobrado para respetar el vigente toque de queda. No tienes motivos para desconfiar y no desconfías. Le das a tu hija el beso adelantado y allá vas.

A la entrada del suntuoso local donde se celebra el acto hay una nube de periodistas y un *photocall*. Los sorteas con presteza: una vez más, consigues eludir que se te inmortalice en esos dos controles de acceso. Tú no estás allí para lucirte, sino para hacer lo que te han pedido y dejar el protagonismo a quienes lo tienen, los distinguidos por su labor. Te indican el lugar donde se va a celebrar la entrega. Los organizadores del acto, los currantes que lo han puesto en pie, demuestran haber tenido la pulcritud y la previsión exigibles. Compruebas que es una sala espaciosa, que las mesas están separadas, que son grandes y no tienen más de seis cubiertos, como estipula la normativa sanitaria vigente. No hay apenas tiempo ni lugar para corrillos; saludas a una sola persona, a la que conoces, y ocupas en seguida tu asiento.

Comienza el acto de presentación de premiados y entrega de premios. No va a ser muy largo, sólo son tres, pero a ti se te va a hacer más largo que al resto porque te toca hacer el discurso de *laudatio* del que se dará en último lugar. A pesar de habértelo preparado, nunca es cómodo hablar ante un público formado por ministros, líderes políticos, empresarios, periodistas. Se te juzgará, y no suele apetecer que a uno lo juzguen. En todo caso, has aceptado el peaje, por un fin superior, y ahora te toca pagarlo.

En cierto momento, los camareros sirven una copa de vino blanco. Y comienzas a ver, con asombro y prevención, que no pocos de los invitados, tampoco dirías que una mayoría, pero sí más de los deseables, proceden a desembarazarse como de un engorro de la mascarilla. Falta aún para que sirvan la cena, que como comprobarás será expeditiva y frugal, y tanto tú como las dos personas que tienes a izquierda y a derecha, dos uniformados, permanecéis con la cobertura facial puesta, apartándola como mucho un instante para tomar un sorbo de líquido. En tu caso, más agua que vino, para no subir al atril con la boca seca. Os miráis, y miráis a quienes se la quitan, pero no parece que les llegue el mensaje, aunque muchos tienen responsabilidades que aconsejarían extremar la cautela. Despojarse de la mascarilla tan pronto como uno se sienta en un local de restauración es una costumbre que por lo demás tiene casi todo el mundo; pero ellos no son todo el mundo y el ambiente está como está.

Ahí es donde tienes el primer presentimiento sombrío. Los fundamentalistas que luego te juzgarán dirán que en ese punto, al ver la imprudencia de algunos, deberías haberte levantado, además de no haber ido a algo que podías ahorrarte. El caso es que no estás allí porque no pudieras ahorrártelo, sino porque crees que es tu deber estar, y al llegar a este momento no queda otra que cumplirlo y apechugar con lo que venga. Aguantas pues los sucesivos discursos, y no dejas de fijarte en que uno de ellos lo da un veterano banquero por videoconferencia. Sabe más el diablo por viejo que por diablo, piensas; a este no lo van a pillar nunca a contrapié. Quedará fuera de la lista negra que se hará con los nombres de todos los asistentes, entre ellos el tuyo.

Esperas a que llegue tu turno y cumples con lo que ibas a hacer. Luego se sirve y se despacha rápido la cena. La sala se desaloja en un santiamén. Media hora antes del toque de queda estás con un libro en la cama. Sigues teniendo un mal barrunto, que no alcanza a prever lo que pronto va a desencadenarse.

Al día siguiente, la ceremonia, tildada de fiestorro y hasta de botellón, es objeto de diatriba en las redes sociales y en varios medios, con protagonismo de comunicadores a los que sabes más inclinados a los fiestorros que muchos de los que asistieron, por razón de su puesto, a la cena de marras; de opinadores que siguen comiendo y cenando, con menos distancia, con personas que no son sus convivientes. En fin, no estaban allí y eso les permite aprovechar su minuto justiciero. En realidad, es más de un minuto: se prolonga durante días. Pero eso no es lo peor: lo peor es que puedes percibir la amargura y la ofensa que sienten muchas personas, hastiadas y deprimidas por las restricciones que duran ya tantos meses y nunca terminan. En ese momento comprendes que sin buscarlo, y queriendo hacer un bien, has contribuido a causar un mal, o como parte de él apareces.

Se os exige, a todos los asistentes, poco menos que caigáis de hinojos implorando perdón. Se te dirigen por distintos medios personas que te juzgan y te condenan, incluido algún juez de los de toga, que te dicta lo que es necesario que hagas y lo que no, y al que te apetece responderle que se limite a dictar sentencia, del mejor modo posible, sobre lo que la ley le encarga. Te abstienes, porque, llegado a este punto, sólo queda constatar que cabe, y sirva de aviso a navegantes, causar un mal con el solo afán de hacer lo que uno cree que debe y buscando hacer un bien.

Son tiempos confusos y airados y no puedes no lamentar que tu acción sea ofensiva para alguien. En ese sentido, que no en el de avergonzarte al que se te invita —porque nadie se puede avergonzar de obrar conforme a su convicción, le juzguen como le juzguen—, puedes y debes ofrecer tu disculpa. De lo que sí te avergüenzas, porque no estás seguro de jamás haberlo hecho, es de las ocasiones en que las hayas podido juzgar y condenar, por ligero, a quien se limitó a tratar de estar en su sitio. Sabes bien dónde está ahora el tuyo: junto a tu hija y el capitán Nemo.

Sean amables

Después de muchos meses sin hacerlo, vuelves a subir a un avión. La sensación es extraña e inquietante: al cabo de más de medio año rehuyendo la proximidad con cualquier ser humano que no viva bajo tu techo, incluidas personas muy queridas, te ves incrustado en un asiento central con los codos y las rodillas de dos semejantes chocando con tus rodillas y tus codos.

Por la megafonía del avión lanzan muchos mensajes a los que no estás acostumbrado. Es raro, para la persona antaño habituada a volar con cierta frecuencia y que ya había dejado de prestar atención a consignas siempre repetidas, escuchar por esa vía recomendaciones novedosas. Entre todas ellas, hay una que te llega y alcanza súbitamente la categoría de epifanía. Con voz dulce, pide la azafata: «Sean amables unos con otros».

Ignoras quién, entre los empleados de Iberia, ha ingeniado la frase, pero de pronto te parece digno de que le den un premio nacional de algo. El de literatura en una nueva modalidad, que podría llamarse discurso cívico y humanitario. La petición, en su brevedad, que es un plus, condensa el meollo de lo que nos ha pasado y de lo que más necesitamos para salir del estado de abatimiento y desolación que embarga a tantas personas. Un diagnóstico y un remedio que nuestros engolados líderes y los sesudos pensadores que se afanan por iluminarnos —o por ser el faro ante el que nos inclinemos, más bien— no han acertado a articular en los miles de horas y de páginas de verborrea inútil que han perpetrado desde que el coronavirus nos tomó medidas y nos metió en este traje abominable que todos llevamos.

La recomendación, en efecto, encierra en sí misma el más certero de los diagnósticos de nuestro mal, consecuencia de otros anteriores, sumados a la destreza de un microorganismo para aprovechar en su beneficio y para su medro el laboratorio genético de nuestras células. Estamos donde estamos porque no hemos sabido ser lo bastante amables los unos con los otros, porque hemos antepuesto la competencia con el semejante a la colaboración cordial y generosa para hacer entre todos de este planeta que es el único que tenemos, de las calles por donde nos cruzamos y de los campos que aún se nos permite contemplar, un espacio acogedor y solidario, patrimonio común de todos y no un botín que hay que disputar al resto de los bípedos implumes.

Eso nos ha hecho vulnerables y nos ha expuesto a un virus que estaba apacible e inocuamente confinado en otras especies, eso le ha permitido diseminarse a gran velocidad entre nosotros y eso, una vez que se instaló en nuestro solar, nos ha impedido ponerle coto de manera más efectiva. Porque no hemos sabido ser con los otros lo bastante amables para postergar nuestras impacientes ansias, renunciar a nuestras fruslerías perentorias, a fin de proteger a nuestros vecinos del riesgo que todos somos para el prójimo como potenciales portadores de la infección. Por la hiperactividad compulsiva e insignificante a la que nos hemos dejado arrastrar, nos hemos olvidado de que la principal tarea de nuestro tiempo —como anota el joven filósofo Jorge Freire en *Agitación*, un ensayo tan esclarecedor como intempestivo— es aprender a vivir en nuestros propios zapatos y mantenernos en pie.

Del agujero en el que en buena medida nos hemos metido nosotros solitos, y al que el bichito sólo nos ha dado el último empujón, no tenemos otra manera de salir que, como dice la azafata de Iberia a sus tensos pasajeros, relajando esa tensión y ese narcisismo individual y colectivo y asumiendo la necesidad de ser amables unos con los otros. No es eso en lo que están los que nos gobiernan y legislan, incapaces de cesar en la crispación y siempre inclinados a consumar actos hostiles, como el que les imponen unos narcisistas identitarios al Gobierno para aprobar las cuentas: que los ayude a erradicar de un territorio la lengua que habla la mayoría de la población. No aprendemos nada.

Vidas medio paralelas

Sus dos historias piden a gritos un Plutarco para contar, con la gracia que aquel griego al servicio de Roma desplegaba al narrar biografías paralelas, ese tramo primero de sus vidas en el que ambas podían haber conducido a grandes y buenos logros. Para la segunda parte, la que los llevó por tan dispares caminos, haría en cambio falta el talento de un trágico, capaz de aquilatar la refracción funesta, la desgracia insondable que condujo a uno de ellos a ser y ofrecer tan poco, tantísimo menos que el otro.

Los dos comenzaron igual: naciendo en un lugar pobre y con limitadas esperanzas. Younes lo hizo en Mrirt, Marruecos; Ugur, en Alejandreta, Turquía. Los padres de los dos emigraron a un país más rico para ganarse la vida con trabajos humildes y ofrecer un futuro mejor a los suyos: el de Ugur a Alemania, el de Younes a España. Ambos se hicieron a fuerza de tesón un hueco y tan pronto como pudieron trajeron consigo a sus hijos para que crecieran y se educaran entre los europeos. Así pudo Ugur estudiar en una escuela alemana; Younes, en una española.

Los dos eran chavales despejados. Los dos percibieron en seguida, en términos de oportunidades, la diferencia que había entre sus países de origen y el que los acogía. Se aplicaron a los estudios y demostraron capacidad para aprovecharlos, más que quienes habían nacido con derecho a ellos y apenas apreciaban el valor que tenían las posibilidades de aprender que les venían dadas. Ugur y Younes sacaban buenas notas, se comportaban y se ganaban el afecto y la consideración de sus profesores.

Hasta aquí sus vidas habrían podido ser la misma; con más o menos éxito, que eso lo dispensa la fortuna a quien le place, pero sin que se apreciara la contradicción radical que propició la bifurcación que entonces se abrió de pronto entre sus senderos y que se tragó a Younes mientras apuntaba a Ugur a la cima.

Sucedió que Ugur convirtió sus buenas calificaciones de la secundaria en pasaporte a la exigente universidad alemana. Se inclinó por la medicina, en la que destacó como lo había hecho antes en el instituto. Su expediente y sus dotes le facilitaron los apoyos de todo tipo que en Alemania se ofrecen a los estudiantes brillantes, aunque también él puso de su parte, trabajando en un laboratorio mientras completaba sus estudios. Quien siente el reconocimiento de su entorno saca fuerzas de donde no las tiene para seguir adelante y no desfallecer. Así consiguió llegar a completar el doctorado. *Summa cum laude*. El hijo del humilde inmigrante turco se convertía en *Herr Doktor* por la universidad alemana. Y eso no era más que el principio de su camino.

En estos días, Ugur ha alcanzado fama mundial,

gracias a su capacidad de anticipación. Hace dos años anunció que la tecnología basada en ARN mensajero que ha desarrollado en la empresa que codirige con su esposa, otra inmigrante de origen turco, podría dar rápida respuesta en forma de vacuna eficaz a una pandemia. En enero de 2020, cuando recibió las primeras noticias de lo que pasaba en China, puso a su gente a trabajar y diez meses después el fruto es la vacuna que ha desarrollado con la farmacéutica Pfizer y cuyo éxito en la fase de pruebas ha dado esperanzas a los alemanes y a toda la humanidad.

Younes, en cambio, por razones que no nos constan, nunca llegó a ir a la universidad. Se buscó enseguida un trabajo en un taller metalúrgico donde no tardó en lesionarse la espalda, y luego otro, aún más precario, vendiendo zapatos en mercadillos. Tal vez influyera que en su país europeo los estudiantes con buen expediente no dispongan de las ayudas que tienen en Alemania, donde incluso pueden llegar a pagarles un sueldo. Tal vez fuera sin más su carácter, aunque la explicación sabe a poco.

El caso es que él a nadie dio esperanzas. Su triste fama se debe a la masacre que perpetró en las Ramblas en el verano de 2017, tras prestar oído a un fanático. Abatido a tiros, escuece todavía su recuerdo.

Desedúcame otra vez

Una nueva ley de educación se suma a la colección que los españoles vienen haciendo, con frenesí digno de mejor causa, desde que dejaron de estar sujetos al arbitrio de un autócrata. La necesidad de sustituir las leyes educativas heredadas de su régimen por otras ajustadas a los valores democráticos se ha traducido en una cascada de reformas y contrarreformas que en esta ocasión acumula un nuevo bandazo para alborozo de los que gobiernan e iracundia de los que están en la oposición.

El cansancio impide ya ponderar con alguna ecuanimidad en qué medida la nueva ley introduce yerros y aciertos, y a nadie le importa analizarlo de forma objetiva. El debate educativo se ha convertido a estas alturas en una guerra de trincheras y sin cuartel, y el símil es adecuado porque cada cierto tiempo uno de los ejércitos rebasa las líneas enemigas para ocupar una zanja enfangada que después será el ejército contrario el que retomará para atrincherarse allí hasta el siguiente vaivén del frente.

Lo que no ofrece demasiadas dudas es que con este penoso ejercicio repetido de ganar y perder la trinchera, alentado por el empeño de clavar en ella la bandera que otro desclavará, la educación se degrada y todos los días encontramos muestras de ello. En la semana en la que se vota la nueva ley en el Congreso, a una joven transexual le parten la cara en Barcelona por el solo hecho de ser lo que es, a un hombre lo retienen por la fuerza cinco prostitutas en el baño de una vivienda reconvertida en burdel en Sevilla por tenerlas toda la noche en danza y no pagarles los tres mil euros a los que subió la cuenta —todos acabaron a disposición judicial, unas por detención ilegal y el otro por estafa— y a uno de los padres de la patria, portavoz de su grupo para más inri, lo condena la justicia por tildar de violador a un hombre asesinado y nunca juzgado ni condenado por semejante delito, sin más respaldo que la acusación no probada de una candidata de su partido a la que creyó conveniente ayudar de esa guisa en la campaña.

He aquí un muestrario —ni siquiera amplio ni indicativo de la magnitud del desastre— de la multitud de fracasos éticos y cognitivos que se autoinflige esta sociedad, la más productiva del mundo a la hora de generar legislación referida a la actividad docente. Que legislamos mucho y con una acusada vocación pendular es un hecho evidente, contrastado e innegable. Que lo hagamos bien, en cambio, es asunto abierto a la controversia. Máxime si se tiene en cuenta que una de las disposiciones que contempla la ley recién votada y aprobada es erradicar la asignatura de Ética de la secundaria obligatoria. Si hasta ahora, dándola un año, no se han obtenido grandes resultados, no esperemos que por la vía de hacer de ella un saber especializado nos vaya a ir mejor.

Puntuar o no la religión, defender con la suficiente fiereza o no lenguas supuestamente amenazadas y marginar para ello con mayor o menor contundencia la lengua común, subvencionar o no proyectos educativos particulares... En estas cuestiones se gastan una y otra vez las energías, sin llegar a acordar principios que son de cajón en latitudes no lejanas, como que la libertad de enseñanza sólo puede existir sobre la base de una educación pública potente que garantice la igualdad de oportunidades, o que la escuela no es un lugar para el adoctrinamiento ni donde quepa negar a nadie el aprendizaje cabal en su lengua materna, si esta es oficial y de uso corriente en el lugar donde vive.

No puedes evitar acordarte de tu propia instrucción, de principio a fin en la enseñanza pública, con leyes franquistas y muchos menos recursos. De aquellos maestros que lo eran y que jamás te vendieron ningún credo ni ninguna identidad, que te enseñaron que respetar al prójimo es imperativo de decencia y humanidad y además Matemáticas, Lengua, Filosofía o Física, con el nivel y la profundidad suficientes para hacerte el que eres y pensar por ti mismo. Nunca saldarás tu deuda con ellos.

Peones al agua

La barca se acerca a tierra y sus impacientes ocupantes se agitan ante la proximidad de la salvación: ante el final del frío, la angustia y el miedo. El fondo de la embarcación choca de pronto con algo duro: no hay duda, han llegado. Uno prueba con el pie, la consistencia de la roca impide que se hunda. Cunde la euforia entre los restantes: están donde querían y se apresuran a dejar atrás el precario sostén que los ha protegido hasta entonces de las oscuras fauces del océano, siempre hambrientas de los que se exponen a su voracidad, aunque sean ya tantos los náufragos que ha conseguido engullir y anotar en su negra cuenta.

Sin embargo, pronto descubren que se han equivocado. La barca ha dado contra unos escollos, pero las aguas continúan siendo todavía profundas, lo bastante como para que aquellos que no saben nadar pierdan pie y sientan que la boca tenebrosa los traga sin remedio. Están a muy poca distancia de la entrada del puerto, que el que lleva el timón no conoce como los que lo utilizan a diario: de haberlo conocido, habría evitado el arrecife engañoso, el que ha detenido de golpe la barca e invitado a sus ocupantes a una evacuación tan prematura como peligrosa.

La noche hasta ese momento en silencio se desgarra con el griterío de los hombres, mujeres y niños que sienten sus vidas a merced del mar que no perdona. En el muelle, después de una jornada de faena, hay unos pescadores que no tardan, pese a la oscuridad, en comprender lo que está pasando, a una distancia no excesiva para quien sabe nadar y está habituado a hacerlo. Uno de ellos es joven; tiene fuerza, arrojo y presencia de ánimo, así que no duda en tirarse al agua para hacer lo que pueda.

Y lo que puede resulta ser mucho. Pronto se topa con uno de los náufragos: como no está lejos de la orilla, lo agarra y le ayuda a ganarla. A continuación, va a por otro. Así, alejándose cada vez más, consigue sacar a media docena. El sexto ya está relativamente apartado, tarda en llegar a él y cuando lo sujeta y tira de él se percata de que le va a costar un esfuerzo ímprobo ponerlo a salvo. En ese momento, oye otra voz que pide socorro un poco más allá. Es una voz más aguda, tal vez una mujer. Acaso un niño. Mira al hombre al que remolca hacia la orilla: tal vez si le ayuda durante medio trecho pueda completar lo que queda por sí solo, o alguien venga a darle el relevo. Así trata de hacérselo entender, pero el otro se aferra: o no sabe nadar bien o no tiene la confianza necesaria para intentarlo. El pescador sigue oyendo aquella voz al otro lado de las tinieblas. Se afana para sacar lo más rápido posible al que lleva consigo y volver a por ella.

Para tranquilizar al náufrago, a falta de una lengua común, recurre a un lenguaje universal: «¿Madrid o Barça?». Le da igual de cuál sea, pero está seguro de que, como la inmensa mayoría de sus compatriotas, sigue a uno de los dos. Al final se las arregla para arrebatárselo al océano, y vuelve a echarse al agua para ir, tan deprisa como le permite el cansancio que ya acumulan sus músculos, en busca de aquella voz que antes quedó atrás. Pero por más que lo intenta, no vuelve a oírla. En vano se esfuerza por taladrar la oscuridad con su mirada. Porfía en la búsqueda hasta que comprende que nada va a encontrar y se rinde.

Durante los días siguientes, en sueños, en el duermevela de la siesta con la que trata de hacer más llevadero el aburrimiento de la cuarentena domiciliaria que se le impone por el riesgo de contagio del coronavirus, oye esa voz una y otra vez. Y siente que una punzada de remordimiento le atraviesa el corazón.

Lo grande de esta historia es que el remordimiento lo tenga el único que hizo algo contra la tragedia. Que no conste el de los que promueven la travesía suicida, ni el de los que la toleran, ni el de quienes, en lugar de poner su inteligencia a concurso para evitarla, prefieren sacudir el tablero en el que estos náufragos son los peones a los que no importa entregar en sacrificio.

Ganas de hacernos daño

Las cosas son como son, y hay que empezar a llamarlas por su nombre: vivimos en una sociedad proclive a autolesionarse. Aunque haya entre nosotros multitud de pazguatos persuadidos de otra cosa, pasarte la vida denigrando a tu vecino o buscando el modo de acogotarlo equivale a deteriorar y en último extremo descomponer el tejido social del que dependes. Sin esa tela, que es la red de seguridad sobre la que hacemos nuestras a menudo inconscientes y torpes piruetas, no seríamos nada y viviríamos todo el tiempo expuestos a la angustia, el frío y el espanto.

El último episodio de esta dinámica destructiva y estúpida son esos mensajes que han trascendido en los que unos señores jubilados con demasiado tiempo libre, y desprovistos de aficiones adecuadas para gastarlo, coqueteaban con la idea de fusilar a la mitad de la población que en un cálculo grueso estiman que no piensa como ellos y sostiene con sus votos a un Gobierno al que legítimamente detestan, pero que no menos legítimamente se ha formado como consecuencia de las últimas elecciones. Hay quien de forma interesada, dado lo patoso y esperpéntico del chat en el que se daba suelta verbal a esos impulsos —llevarlos a la acción no sólo es imposible, en términos físicos y políticos, sino inviable en grado sumo para los jubilados proponentes—, ha querido atribuirles a ellos y al estamento del que un día formaron parte el monopolio de los malos sentimientos hacia el prójimo.

Ojalá fuera tan fácil acotar entre nosotros los dominios de la mala baba y de la animadversión hacia el semejante. Ojalá se pudiera situar en este grupúsculo de eméritos, o en un colectivo particular, el principio y el fin del aborrecimiento civil que nos conduce una y otra vez a la incivilidad y, lo que es quizá peor, a la tergiversación maliciosa de lo que somos y son los demás.

Antes de ellos, y sin que les sirva de justificación, conviene recordar que en nuestro parlamento se aposentan y cobran del contribuyente español personas que se complacen una y otra vez en menospreciar desde la tribuna no sólo cuanto España es y representa, sino de forma destacada a quienes por una u otra razón se han distinguido en el servicio a sus ciudadanos y gozan por ello de su reconocimiento mayoritario. Véase si no el último barómetro del CIS, búsquense las instituciones que alcanzan entre los encuestados mayor puntuación y váyase al diario de sesiones para ver qué tienen a bien decir de ellas los portavoces de esos partidos que ahora se nos dice que forman parte de la dirección del Estado. Cuesta creer que pueda dirigir un Estado quien se regodea en desacreditar a quienes lo sirven y defienden.

Y si sólo fuera eso. El desprecio alcanza su apogeo en esos actos en los que se homenajea como héroe a quien vuelve a su casa tras cumplir condena por asesinar a servidores públicos, festejando esa acción como si de una hazaña se tratara, con la aquiescencia, la comprensión y el apoyo de los mismos que luego se rasgan las vestiduras por los wasaps de unos jubilados que especulan con asesinatos quiméricos. Los que ellos convalidan son ciertos, como las viudas y los huérfanos que dejaron.

Por no hablar de ese desdén de baja intensidad, la aversión con que de forma sistemática se muestra en la ficción a quienes velan por los derechos y libertades de todos, y en ese empeño no sólo han salvado vidas sino que dejaron no pocas veces la suya. Una y otra vez se los representa como seres torvos, abusivos, disfuncionales, atrabiliarios, repugnantes. El último ejemplo es una teleserie que para más escarnio se paga con los impuestos que sostienen a los dos entes públicos que la coproducen, pero podrían ponerse muchos otros. Vilipendiar a quien sirve a la ley e idealizar a quien la quebranta parece ser ya una moda.

Entre las patrañas de unos, las quimeras de otros y el odio acérrimo que todos destilan, cada vez hay menos margen para la irrenunciable esperanza.

Confusión de lenguas

En estas fechas entrañables en las que todos los hombres y mujeres de buena voluntad buscan y se desean la paz y tratan de reconectar con la inocencia perdida, en un oscuro negociado municipal se urde algo que no puede tener menos que ver con el espíritu navideño. A alguien, cuyo nombre más vale que quede piadosamente sepultado en el olvido, se le ocurre que esta es la ocasión de aplicar, sobre las mentes más indefensas, la ideología tóxica y delirante que por algún tropiezo biográfico o desgracia originaria se aloja entre las paredes de su cráneo. Según esa ideología, es legítimo ejercer presión sobre un ser humano para que se deshaga de la que siente como su lengua materna y la postergue frente a otra que se le propone como superior. Incluso es lícito y hasta meritorio amenazar a los que aún son niños con un mal que desean evitar para que se avengan a someterse.

La demostración está en la carta que por instigación de esta persona se remite a la chiquillería de la localidad, suplantando la identidad del Olentzero, el ser imaginario que en la tradición vasca trae los regalos navideños a los niños. Hay quien se ofende por el hecho de que su figura desplace en su área de influencia a los Reyes Magos, por demasiado españoles o demasiado afines a la forma constitucional de Gobierno, pero a fin de cuentas no es cuestión de organizar un torneo de criaturas de ficción. Cada cual formula y pide sus deseos con arreglo a la fantasía que más le place y bien está que así sea. No reside ahí el problema.

El atropello, a la vez que la grosera paradoja, se consuma en el propio texto de la carta, que escrito en castellano conmina a la mayoría de los niños que formulan al Olentzero sus peticiones en esa lengua a hacerlo en otra, el euskera, que conocen, les afea, y sin embargo declinan utilizar para nombrar los regalos en los que ponen sus ilusiones. Una conducta impropia y hasta se sobreentiende que vergonzante que, avisa la carta, puede tener desagradables consecuencias para los peticionarios, dado que el Olentzero y sus auxiliares —pese a la claridad elocuente de la misiva— entienden mal el castellano y por tanto puede que no descifren por entero lo que se les pide y dejen de traerlo.

Lo escandaloso del asunto es que ya no escandalice, que quien se permite la desfachatez de imprimir semejante engendro con dinero público ni siquiera sea consciente de estar haciendo algo inadecuado, que se crea con el derecho a invadir la esfera íntima de una persona, donde se incluye la lengua en la que da en expresar sus deseos, en aras de su presunto fin superior, sin que importe la edad o la vulnerabilidad del así avasallado.

Es el estadio final al que conduce el proceso de confusión de lenguas al que se han entregado algunos. La alucinación que lleva a confundir una lengua con una forma obligatoria de vida y de conciencia orientada a asentar la dominación de unos sobre otros, a jerarquizar las diversas maneras de decir el mundo y a cimentar sobre el sustrato inocente de un idioma la maliciosa reprogramación de una sociedad para que deje de parecerse a sí misma y se ajuste a un esquema previamente establecido.

Es esa misma alucinación la que lleva a unos energúmenos a inundar de pintadas la fachada de una pizzería porque sus dueños prefieren atender en castellano en lugar de hacerlo en catalán, fechoría que según los pintores bien merece forzarlos a emigrar, aunque sea aquella, además de la suya, una lengua que entienden todos los que acuden al local y siente como propia la mayoría de la población empadronada en Cataluña. Detalles sin importancia, para quien está imbuido de su credo totalitario.

Lo más triste del caso es que entre quienes ejercen estas formas de acoso y extorsión los hay que no dudan en condenar su práctica cuando eran otros los que ninguneaban su lengua. Que su libertad y su derecho no les hayan enseñado a respetar a los demás, sino a tratar de aplastarlos bajo su venganza.

Sobre ladrillos y ministras

Eres ministra. Lo primero que eso quiere decir, al menos allí donde ejerces el ministerio, es que te han puesto en ese lugar los votos de unos parlamentarios que tienen a su vez los votos de los ciudadanos. Quienes cuestionan tu legitimidad de origen porque no les gustan tus ideas, porque te consideran demasiado joven, porque no les gusta que seas la mujer de alguien o sin más que seas mujer, pierden su tiempo en una argumentación condenada a resbalar por las cañerías de la inoperancia legal y el olvido histórico. Ahí estás, y más allá de lo apropiadas que tus dotes y circunstancias puedan parecerles, la manera en la que has llegado te pone a resguardo de objeciones preliminares.

Ahora bien, lo segundo que tu rango ministerial quiere decir es que desde el momento que agarras la cartera se ponen a tu disposición los recursos públicos. Parte de ellos van directos a tu confort personal y al de tu familia: se te abona un sueldo muy superior al que percibe la mayoría de los ciudadanos y tienes ayudas y ventajas orientadas a tu persona —de locomoción, de espacio de trabajo, de seguridad— que te ofrecen una posición de privilegio al alcance de muy pocos individuos. Otra parte de esos recursos públicos irá a terceros, pero será tu decisión la que determine su asignación, lo que, sin suponerte un beneficio directo, te impone sin embargo una responsabilidad sobre la conveniencia, la justicia, el acierto y la rentabilidad social y para el bien común de su reparto.

En la medida en que tengas esto presente, será difícil que nadie, aunque discrepe de tu criterio o de tus ideas, ponga en entredicho el mantenimiento de tu condición de acreedora al ejercicio del cargo. Podrá sostener que habría que hacer otras cosas, podrá desear y defender que el presidente del Gobierno te cese o que tu partido pierda las próximas elecciones y sean las urnas las que te devuelvan destituida y sin cartera a tu casa, y hacer campaña para conseguirlo. Lo que nunca podrá alegar es que eso debe suceder porque eres indebidamente ministra.

Sin embargo, si en algún momento, al utilizar aunque sea un solo céntimo de dinero público, te olvidas de esos principios y dejas que tu acción se tuerza hacia la prevaricación —hacer lo injusto—, la malversación —el perjuicio del bien público— o el daño a personas o colectivos cuyo amparo y respeto te imponen las leyes, incluso si la conducta en cuestión no cae bajo uno de los delitos tipificados en el Código Penal, estarás empezando a deteriorar ese crédito originario con el que accediste al puesto. El crédito político no lo determinan los jueces, que como mucho pueden fiscalizar, si se les pide, los procesos electorales. Viene de la percepción ciudadana de que una está donde merece.

Supongamos que eres ministra de Igualdad. Supongamos que presides un acto celebrado en una dependencia pública y que para ir a él te desplazas en tu coche oficial, con tu aparato de seguridad, tus asesores, etcétera, ya que lo haces en calidad de titular del ministerio. Supongamos que en ese acto se da un especial relieve a un ejercicio de señalamiento de una ciudadana por sus opiniones, que se tildan de fóbicas, aunque no consta que como tales hayan sido declaradas por ningún juez. Vamos a suponer, en fin, que ese menoscabo público de la reputación de una persona, con tu presencia, tu aquiescencia y tu aplauso, se traduce en la entrega simbólica —la afectada no está presente— de un premio que tiene el conciliador nombre de «ladrillo».

Quizá, sólo quizá, antes de prestarte tú y prestar todos los recursos públicos a tu disposición a semejante acto de repudio de una mujer —que por sus opiniones lleva tiempo denunciando que recibe toda clase de amenazas— podrías haber pensado que forma parte de los objetivos de tu departamento, entre otros, la defensa de los derechos de las mujeres. O que esa ciudadana sostiene, con sus impuestos, todo lo que estás utilizando.

Quizá, sólo quizá, tu crédito se resiente de pronto un poquito.

Navidad en Cayo Hueso

No eres mucho de Bob Dylan. Ni la voz, ni la música, ni la poesía que le atribuyen y que has buscado alguna que otra vez sin llegar a ese deslumbramiento que adviertes en otros, incluida la Academia Sueca. Sin embargo, para todo hay una primera vez y este año por otros motivos tan sorprendente y desconcertante te ha sorprendido y desconcertado con una canción que lleva por título *Key West*. Lo que en español sería Cayo Hueso. Piensas ahora que, igual que son relativos el desconcierto y la sorpresa derivados del desastre provocado por una pandemia que había razones para prever, también lo son los que te produce que un tipo que despierta tanta admiración vaya un buen año —o mejor dicho, un año apocalíptico— y te pille con la guardia baja.

Conduces por una carretera española, bajo el sol radiante de este día de Navidad. Apenas te cruzas con nadie mientras atraviesas la cordillera Ibérica, cuyas alturas y revueltas bien conoces, porque has hecho este mismo viaje decenas, cientos de veces. Vas provisto de doce salvoconductos, tres para salir de la Comunidad de Madrid, tres para atravesar

Aragón, tres para que no te multen en Cataluña, tres para entrar en Madrid de nuevo. La Comunidad de Castilla-La Mancha no pide un salvoconducto específico, o al menos no lo pedía cuando has salido de casa; si lo hubiera exigido, habrías tenido que imprimir y rellenar tres más, uno por cada una de las personas que viajáis en tu coche, para una mínima celebración al calor de una comida en la calle con familia a la que no veis desde hace algo más de un año.

En todo caso, la precaución se revela inútil. Por primera vez desde que haces este viaje, vas a completar los seiscientos y pico kilómetros sin ver un solo coche patrulla de ningún cuerpo de seguridad, estatal o autonómico. Y lo comprendes: los pocos que cubran el turno de Navidad tienen mejores cosas que hacer que andar pidiendo papeles a los ciudadanos que los rellenan.

Así que disfrutas de la carretera vacía, del sol, de la falta de impedimentos y controles, y escuchas la música que te ha traído Papá Noel. Que ya sabes que es un invento de El Corte Inglés con vestuario de Coca-Cola, y que para ti nunca ha derrocado a los únicos reyes en los que crees, los tres Magos, pero que con el tiempo se ha convertido en pretexto para renovarle la ilusión a una familia como las que ahora tocan, desperdigada, deshecha y rehecha después; sobre todo, a sus piezas más pequeñas. Por eso te dejas llevar y lo aceptas, sin aspavientos, porque además sabe qué regalar y este año te ha traído el disco de Dylan.

El año pasado también acertó: te trajo el último de Cohen, ese en el que viene una de sus mejores canciones, *Thanks For The Dance*, con esos tres versos que tanto has susurrado este año: «*Stop at the surface, / the surface is fine, / we don't need to go any deeper*». Entre esa canción de gratitud por lo que uno pudo bailar y esta que ahora te canta al oído Dylan, sobre lo que vale seguir resistiendo y sintiendo el sol en la piel, queda acotado de manera inmejorable este 2020. Un año en parte para olvidar y en parte para no olvidar nunca: por todo lo que nos ha enseñado de lo que somos y de lo que no somos, de lo que nos creímos sin motivo y hubimos de descreer bajo el peso de la evidencia.

Los más de nueve minutos que Dylan alarga su canción son un tratado sobre la pérdida y la supervivencia, sobre la derrota total de habitar en un pellejo humano y el triunfo mínimo de sostenerse dentro de él con el ánimo de seguir haciendo lo que uno cree que es mejor, lo que a uno le parece y no puede dejar de parecerle que está bien. Mientras tu coche devora sin oposición el asfalto de la autovía a ciento veinte por hora, tú caminas con Dylan por las calles de Cayo Hueso hacia el ocaso, sin ninguna prisa por llegar hasta la orilla. «*Key West is under the sun, under the radar, under the gun.*» Hace falta mucho talento para resumirlo así.

Todo por la juerga

Hay quien en el último minuto de 2020 piensa en toda la gente que no lo va a ver concluir, en especial los que se lo van a perder por culpa de una infección que la humanidad, con todos sus avances y recursos, no ha sido capaz de atajar y que sigue expandiéndose y mutando a buen ritmo. Hay quien en el primer minuto de 2021 piensa en los que a causa de esa persistencia tampoco se van a poder comer las uvas dentro de un año. Es lo que tiene celebrar la Nochevieja con la burbuja conviviente o en soledad, como recomienda el sentido común frente a un enemigo invisible que ha probado su capacidad de aprovechar cualquier contacto para saltar de una persona a otra y acabar irrumpiendo en el organismo de alguna que no será capaz de vencerlo.

Hay, en cambio, quien tiene como máxima prioridad doblar la esquina de la medianoche sin pensar en nada y revuelto con el mayor número posible de personas, conocidas y extrañas, tal vez para probarse que lo del virus sólo va con otros y para dar rienda suelta a su necesidad de desquitarse de tanta restricción, tanto perímetro y tanto encierro que imponen las autoridades y que aceptan sumisos los aburridos ciudadanos que se someten a sus ordenanzas, sus alarmas y demás fastidiosos decretos.

Por eso hay quien busca un lugar a propósito, una enorme nave abandonada en un polígono industrial, y la acondiciona como el caso requiere. No hay que esforzarse demasiado en la decoración ni en la higiene: de hecho, nadie piensa siquiera en quitarle al espacio su aspecto de muladar polvoriento. Lo que es imperativo es proveerlo de barra para servir bebidas, potente equipo de sonido y un espacio despejado que pueda servir como pista de baile. El único adorno que alguien aporta para darle más sabor a la celebración es una enorme calavera con un gorro de Papá Noel, al estilo de las medievales danzas de la muerte.

La obstrucción del acceso rodado a la nave con una pila de escombros y bloques de cemento, para impedir que las fuerzas del orden lleguen con sus vehículos hasta la fiesta, completa la preparación del escenario del jolgorio. Sólo falta que el público demandante de esta expansión contacte con los organizadores: la tecnología ofrece las herramientas para propiciarlo. A la hora estipulada para el comienzo de la fiesta, la concurrencia se cuenta por centenares. Cuarenta horas después, siguen siendo cientos los que continúan brincando sobre el suelo de cemento, lo que permite deducir que además de bebidas alguien se ocupó de suministrarles a los celebrantes otra clase de sustancias.

El ruido y el escándalo que produce semejante desprecio de las normas sanitarias y de toda índole motivan la denuncia de un buen número de ciudadanos. La policía, local y autonómica, hace acto de presencia y requiere a los organizadores para que paren lo que han comenzado y mantenido en contravención del toque de queda, los confinamientos perimetrales y todas las normas de reunión y aforo. Los fiesteros observan a los policías como quien ve pasar una cucaracha y continúan a lo suyo.

Finalmente, y tras casi dos días de desparrame, a alguien se le cae la cara de vergüenza y decide atajarlo. Una excavadora aparta la barricada, una flota de furgones policiales irrumpe en la nave y decenas de antidisturbios proceden a su desalojo, tras una negociación que ofrece el resultado que puede esperarse que ofrezca el diálogo con gente que además de despreciar todas las normas y la salud del prójimo va puesta hasta las cejas.

Los desalojados reclaman con malos modos su derecho a continuar con el baile. Se encaran con los policías, los tutean; una mujer semidesnuda y con gesto ido reta a uno de ellos a que se saque lo que según ella están usando para cortarles el rollo. La autoridad actúa con mesura, corrección y paciencia. Es una parodia de rebeldía, un esperpento de insurrección. La imagen de una humanidad fallida que lo apuesta todo por la juerga.

Encerrado sin un solo juguete

Ha hecho falta muy poco para darnos cuenta de que en realidad no existía. Que era sólo un dibujo animado, un puñado de píxeles en nuestras pantallas. Ha bastado con que le corten todos los canales que utilizaba para colgar sus chulerías, sus desplantes, sus chistes groseros. De pronto, hemos visto que su presencia y su influencia eran tan sólo virtuales. Que el ruido que producían sus exabruptos era tan fácil de silenciar que pasma que a nadie se le ocurriera antes hacernos ese favor.

Ya no tiene Twitter, el arma donde su gatillo se mostraba más flojo, pero tampoco ninguna de las otras: ni Facebook, ni Instagram, ni Pinterest, ni YouTube, ni Twitch, ni TikTok, ni Spotify siquiera. Es tan hermoso su silencio que casi se le eriza a uno la piel y se le saltan las lágrimas. Ya no se oye, ni se ve, ni se siente al matón del patio: ese tipo que siempre tenía una frase para denigrar al oponente o al que hasta pocos minutos antes había sido su aliado, su amigo o su colaborador y al final no había podido seguir aguantándolo. Le quedan diez días como presidente, si no prospera alguna iniciativa para deponerlo antes con deshonor, pero su desconexión de todas las redes lo hace irrelevante en la misma medida en que su conexión terminó por convertirse en su más frecuentado campo de maniobras.

Puede mandar, sí, comunicados a los medios a la manera tradicional. Pero cuatro años despreciando y ninguneando a los periodistas incómodos, primero, y a casi todos, después, le pasan ahora factura y nadie está demasiado dispuesto a hacerse eco de lo que diga. Puede, también, y de hecho así lo hace, recurrir a pedirle la cuenta a uno de los pocos colaboradores que no le han vuelto todavía la espalda, para difundir desde ella de prestado sus mensajes. Pero el remedio es demasiado menesteroso para alguien con un concepto tan elevado de su propia persona.

Esta década de los veinte del siglo XXI, que lleva camino de ser tan loca o más que la del siglo anterior, no sólo nos ha traído ya una pandemia y una nevada finlandesa en Madrid —por cierto: no se hagan mala sangre con los madrileños ni con la atención que reclaman y acaban obteniendo para cuanto les acontece; no es que sean narcisistas, es que son muchos y están muy apiñados, y todos sus percances se convierten en un pandemónium—. El año 2021 nos va a permitir, de propina, despedirnos del irreal Donald Trump de una manera tan completa y apabullante como inesperada.

Él mismo lo ha propiciado, negándose a admitir su derrota. Dice que nada le deprime más que un perdedor, pero hay algo todavía más deprimente: un perdedor que no tiene la elegancia ni la inteligencia de aceptar que lo es y desaparecer con la mayor discreción posible del escenario. Ha precipitado su fin convocando una manifestación ante el Capitolio a la desesperada, para tratar de presionar a quienes no tienen más remedio que certificar lo que las urnas arrojan. Con la mala fortuna de que a ella acude una multitud de descerebrados, que cuando les dice que vayan por Pennsylvania Avenue hacia la sede de la soberanía popular, no sólo agarran y van, sino que no se detienen ante las vallas, ni ante los controles policiales, e irrumpen por la fuerza en ella.

Lo que sigue es un esperpento trágico, que les cuesta la vida a cinco personas. Una de ellas, una mujer, exmilitar, muere al seguir aporreando una puerta de cristal mientras un policía la encañona. Su déficit cognitivo para no prever el peligro que esa coyuntura implica en Estados Unidos asombra tanto como le sobrecoge a uno verla caer inerte después de recibir el balazo. El desastre es tan inmenso que recuerda a las pifias monumentales que hacen a veces los niños poco despejados. Como se ve, los adultos también son capaces de ellas, y hasta qué punto.

Causa casi ternura imaginarse a ese niño grande y bobo, encerrado en su despacho, sin uno solo de aquellos juguetes con los que tanto se divertía. Así acaba su necio y triste cuento.

Hombre al limbo

Aceptaste ser ministro de Sanidad. Entonces parecía una buena idea: una cartera sin apenas competencias, un ministerio con poca gente, ya que el cuidado de la salud de los ciudadanos está transferido casi por completo, salvo funciones residuales, a las comunidades autónomas. Tal vez la manera más cómoda de saltar a la política estatal y entrar en el Gobierno de la nación, sin la exposición a toda clase de contratiempos y sinsabores que acompaña el ejercicio de otras carteras, en las que toca meter mano en asuntos embarazosos y tomar medidas antipáticas, sin margen de maniobra ni poder pasarle a nadie el embolado.

Sin embargo, el destino tenía otros planes para ti, y al poco de tomar posesión te envió una pandemia devastadora, causada por un virus desconocido que puso bocabajo el conjunto del sistema, forzó al Gobierno del que formas parte a tomar las riendas de la gestión de la crisis y te colocó como máxima autoridad responsable para lidiar, desde tu ministerio y con su plantilla en miniatura, con la catástrofe más mortífera y aparatosa en lo que va de siglo.

Algunos bromearon entonces con tu falta de cualificación técnica en cuestiones sanitarias. Un filósofo al frente de la lucha contra la peor amenaza a la salud pública en décadas. Fue este un análisis precipitado y superficial. Frente al nuevo virus, sin cura eficaz ni vacuna, y bajo la presión de evitar que además de decenas de miles de muertes provocara una ruina irreparable, todos los Gobiernos, incluidos los de los países más preparados, y todos los ministros, aun con la mayor cualificación, estaban condenados al fracaso. Salvo aquellos que pudieran mantener una férrea disciplina social, posibilidad sólo al alcance de alguna dictadura de Oriente. Algunos creyeron librarse del desastre en la primera ola, pero vinieron la segunda y la tercera a ponerlos en su sitio. Hasta Alemania iba a acabar hecha unos zorros.

Tú también fracasaste, como no podía ser de otra manera. Acumular un exceso de ochenta mil muertes en sólo nueve meses no es precisamente motivo para sacar pecho. Pero ahí es donde ser filósofo te ayudó y te permitió destacar, para bien. Un filósofo aprende a aceptar sus fracasos y convivir con ellos, y en medio del descalabro encuentra modos de sobrellevarlo sin arremeter contra los demás. Eso te permitió mantener el tipo, durante los meses en que comparecías a diario ante los medios para dar sólo malas noticias, mientras a tu alrededor el debate se crispaba y tus rivales iban a degüello. Nunca respondiste a sus excesos con el exceso, conservaste la calma, la cortesía, la elegancia.

Por eso, fracasando y todo, alguien pensó que podías ser un buen candidato para levantar las expectativas de tu partido en las elecciones al parlamento de tu comunidad. Además, tus jefes habían tenido la inteligencia de sacarte de la primera línea de defensa frente al tsunami de la segunda ola de la pandemia, con lo que todo el desgaste de esta había caído sobre los Gobiernos autonómicos. A menos de dos meses de la fecha prevista para las elecciones, te propusieron ir como cabeza de lista.

De nuevo, parecía una buena idea. Las encuestas te daban buenas perspectivas, regresabas por la puerta grande a tu tierra y quién sabe si para gobernarla. Y la tercera ola de la pandemia, que ya llamaba a la puerta, se la podrías pasar a otra ministra, para que terminara ella de fracasar en nombre del Gobierno de la mejor forma posible.

Así que aceptaste. Lo malo de la política es que los otros también juegan y acertaste a ser un inconveniente para todos. Ahora han pactado en su propio interés y contra el de tu partido —como era de prever— aplazar tres meses y medio las elecciones por razones sanitarias y desafiarte a impugnarlo. Saben que mal puedes hacerlo, siendo todavía ministro de Sanidad. Y así, de golpe, te acaban de sacar billete para viajar veinte semanas por el limbo. Una nueva prueba para tu temperamento filosófico.

Reto: el concepto

Una niña de diez años se ha ahorcado en Palermo con el cinturón de un albornoz por tratar de cumplir un reto difundido en la red social TikTok. A veces conviene decir así las cosas: sin anestesia, sin adjetivos, sólo el hecho desnudo que nos asesta un puñetazo insuperable por cualquier forma de retórica. Una niña. De diez años. Ahorcada. Por cumplir. Reto. TikTok.

Hay que llamar a las cosas por su nombre y también dejar constancia del nombre de las cosas que conducen a los hechos. Tal vez uno de los problemas de esta civilización digital, si es que le conviene ese sustantivo —y no el de jungla, caos o maraña—, sea cómo quienes la gestionan y rentabilizan nos están llevando al vicio de eludir la expresión derecha y cabal. Prevalecen así los eufemismos, las expresiones oblicuas y, cuando el que pía pierde los nervios, se pasa casi sin transición al exabrupto que nada describe, nada explica, nada cuenta. Por las redes, no sólo la implicada en este suceso, circula una morralla incontenible de palabras huecas, que buscan quedar bien —el *like*— y, cuando ese propósito falla, degeneran inmediatamente en una logorrea injuriosa que deja peor parado al que la emplea que al destinatario. Salvo que en este último caso se trate de alguien inmaduro que no haya aprendido a ignorar los excesos del alma humana ofuscada.

Y esta es aquí justamente la cuestión: la madurez. Con ser espantoso, no es lo más espantoso que una niña de diez años, con toda la vida por delante, pierda de golpe su futuro entero y los suyos pierdan la posibilidad de compartirlo. Lo terrorífico es que suceda sin necesidad, porque a la criatura se la expuso a lo que no tenía capacidad para entender —ni cuestionar— y nunca se debería haber encontrado expuesta. Y la pregunta que surge, y no puede dejar de surgir en una sociedad que aspire a tener algo de dignidad, es quién se responsabiliza del desaguisado.

Conocemos la respuesta sencilla, la que una y otra vez nos ofrecen, desde hace ya muchos años, los astutos gestores de esas megacorporaciones que con el cacharreo cibernético se han hecho más grandes que la más descomunal de las corporaciones tradicionales, y a las que en cambio les seguimos pidiendo las mismas cuentas que a un adolescente aturdido, quizá porque sus ejecutivos nos despistan vistiendo con vaqueros y zapatillas en lugar del oscuro traje de plutócrata. Esa respuesta, resumida mal y pronto, es que la culpa es de la niña, y como es menor de edad, de los padres, que debían educarla y mirar qué era lo que hacía con el móvil que a lo mejor no deberían haberle regalado.

El padre de la chica, de hecho, así parece asumirlo, en un primer momento, cuando se lamenta por haberle comprado el instrumento de su desgracia. Sin embargo, ya va siendo hora de ir un poco más allá, salir de esa inercia superficial a la que se nos empuja por la técnica de la distracción continua, detener un momento el reloj y, para variar, calar un poco más hondo.

Lo intolerable es que una niña de diez años, en vez de tener tiempo para jugar, formarse y ser lo más feliz posible, se vea ya empujada al oscuro concepto del reto, esto es, a sentirse puesta a prueba, de una forma absurda y peligrosa además, y sin tener las herramientas mentales para comprenderlo, mandar a paseo a sus retadores y agarrar una muñeca, un coche teledirigido, un cuento de piratas o lo que le dé la gana. Y en ese acontecimiento inaceptable algo influye el hecho de que estuviera conectada a una red en la que se difunde libremente la incitación a prácticas potencialmente mortales, sin asegurar que entre los receptores de ese mensaje no se encuentren personas de diez años.

Italia, en un arranque de dignidad como sociedad, tardío y ya inútil para salvar esa vida, ha decidido bloquear las cañerías digitales por las que circula esta basura mortífera. No es un mal precedente. La barra libre de los ciberflautistas de Hamelin ya dura demasiado. Alguien tiene que ponerle tasa a la flauta.

Los vestidos y los muertos

La pregunta es sencilla y la respuesta también. ¿Cuál es el valor de mercado del alquiler de un local de negocio en la calle comercial de una ciudad cuyos bares, restaurantes, cafeterías y tiendas están cerrados por una pandemia? Cero. Al menos en el instante en el que el cierre está vigente, un instante que, dicho sea de paso, se ha prolongado durante varios meses del último año. Quien hace este razonamiento es uno cualquiera de los que como titulares de un negocio siguen obligados a pagar cada mes el importe del alquiler, como si nada sucediera, a un arrendador que sigue cobrándolo y que no se aviene a dejar de cobrar.

El resultado es que por eso que vale cero alguien tiene que pagar dos mil, o tres mil, o cuatro mil, sin que las autoridades que han decidido por razones sanitarias el cierre, ni las leyes que tiene derecho a invocar, le protejan en modo alguno del quebranto y la ruina. Como mucho, le darán una ayuda mínima, o podrá ir a un juez y alegar fuerza mayor si impaga e intentan desahuciarlo. La cuenta, en todo caso, sigue corriendo, contra su futuro.

Y es sólo un caso de tantos. Frente a ese discurso resobado por los políticos, que pretende que el virus no distingue y todos somos iguales ante él, las desigualdades a la hora de sufrir la devastación que trae consigo son múltiples y lacerantes. En lo que concierne a la salud, no tiene la misma esperanza de salir adelante si se contagia un ciudadano pobre, habitante de una casa pequeña y mal alimentado, que el que tiene recursos, vive en una residencia espaciosa y puede costearse las delicias de una dieta rica y saludable. No digamos ya si en este último caso se trata de alguien que ejerce una alta magistratura, para el que están disponibles, de forma inmediata, los tratamientos y las atenciones más sofisticados, mientras que el ciudadano común va a la cola del centro de salud o de admisión de urgencias.

No deja de ser sintomática la rápida y total recuperación de más de un mandatario contagiado con factores de riesgo, incluso de alguno que sumó riesgos a los que ya de por sí pesaban sobre él.

En lo económico, las desigualdades son también abruptas, como lo prueba ese comerciante u hostelero frente a la deuda del alquiler que le roe hasta la quiebra los cimientos del negocio que no puede abrir, mientras el propietario del inmueble continúa devengando sus rentas. Es posible que cuando el inquilino se arruine tarde un tiempo en volver a alquilarlo, pero más tarde o más temprano, si la calle es buena, lo conseguirá. La pandemia le causará una transitoria pérdida de liquidez, y poco más.

Otro ejemplo: los trabajadores que conservan su puesto de trabajo y su renta, ya sea porque son funcionarios o porque son fijos y sus empresas pueden darles teletrabajo o incluirlos en un ERTE, frente a la masa de trabajadores precarios que vuelan por la ventana en cuanto se interrumpe la actividad, o los que se han visto obligados —en muchos casos— a funcionar en régimen de autónomos y cuando no facturan apenas reciben una limosna del Estado que los arroja bajo el umbral de la pobreza.

Las epidemias, como otro tipo de calamidades, dejan al aire los zurcidos de una sociedad, sus desequilibrios profundos y persistentes, que en la emergencia se vuelven insoportables y que nunca, y mucho menos bajo el apremio de la emergencia en cuestión, se amortiguan de forma equitativa. Nos guste o no, y le guste o no a la autoridad competente reconocerlo, cuando llega la catástrofe, salvo que esta sea absoluta, la sociedad se divide entre los indemnes y los desnudos, entre los que mueren de frío y de inanición para que otros continúen vestidos y a salvo.

Hacía tiempo que no nos enfrentábamos a un cataclismo de estas proporciones: empobrecernos un 11 por ciento en un solo año. Su efecto pavoroso y asimétrico desafía nuestro sentido de lo que es justo. Podemos felicitar a los que se salvan y enterrar sin más a los que caen. O reconocer, tal vez, que no anduvimos nada finos.

Fascistas todos

La convivencia es un fruto delicado, que requiere mimo en el cultivo, condiciones favorables y cuidado en la recolección. Su degradación es un tubérculo zarrapastroso, que prospera casi de cualquier manera, y que arranca de la tierra propicia la manaza del primer gañán que pase por allí. Nadie como los españoles, de cualquier provincia o cualquier nación —para quienes ven varias entre ellos, y que no son ni fueron nunca pocos—, para probar tanto lo otro como lo uno. Nadie como los provistos de pasaporte del reino de España —quedémonos en ese hecho burocrático— es consciente de lo fácil que es organizar un desastre cívico y lo que cuesta luego zurcir el tejido desgarrado de la vecindad.

Lo último en materia de desbarato de la coexistencia en paz entre nosotros es encontrar una manera de señalar algún factor denegatorio de la condición de ciudadano, y a partir de ahí abrir la veda contra los así señalados y abolir con soltura cualquier elemental regla de respeto de la libertad ajena, o de todas ellas. Ya sea la de expresión, la de manifestación, la de reunión o la de participación política, en la que se cifra el valor y la calidad de una democracia. No es una técnica de izquierdas ni de derechas: es simplemente una herramienta demoledora en manos de quien la puede utilizar y no duda ni un instante a la hora de utilizarla.

Sin embargo, de un tiempo a esta parte, y sin ignorar algún caso recurrente en el otro lado del espectro, viene observándose que la impugnación violenta de libertades básicas del rival se ha convertido en una tendencia de cierta sedicente izquierda, a la que conviene el adjetivo no sólo por lo rancio de algunos de sus postulados, sino también por la soltura con que une fuerzas con quienes ideológicamente hunden raíces en el conservadurismo decimonónico, por no decir medieval. Incluso a esos que invocan el marchamo más extremoizquierdista: el del antifascismo.

Tal vez sería el momento de recordar que el antifascismo es históricamente una realidad compleja. Dejando a un lado a los puramente retóricos, los dos antifascistas más caracterizados no son otros que Josef Stalin y Winston Churchill, ya que nadie como ellos —pese a los coqueteos iniciales del soviético con Adolf Hitler para repartirse Polonia y otros botines— hizo más ni de forma más rotunda para sostener la resistencia frente al fascismo, primero, y su aniquilación en el campo de batalla después. Un comunista gélido, despótico y sanguinario y un político conservador. Singular pareja.

Ahora resulta, al menos según cierta prensa catalana, que son antifascistas los energúmenos que en Vic han boicoteado hasta llegar a la agresión física y el estrago el acto electoral de un partido que concurre legalmente a los comicios y que nunca consta que haya defendido sus ideas, por repelentes que estas puedan llegar a parecer, a través de otro modo que presentar a los votantes su candidatura. El antifascismo, en bella paradoja, viene a ser el empleo de técnicas de intimidación fascista contra aquellos que, previamente etiquetados como tales, permiten justificar que se sustituya la ley democrática por la vetusta ley del Talión.

Habrá que insistir en que esa inclinación a dar por buena la denegación de derechos al adversario político no es desconocida para la derecha, que la ha utilizado más de una vez. Recuerda cualquier madrileño con memoria, sin ir más lejos, la irrupción de unos matones fascistas —de derechas— en un acto cultural en la librería catalana Blanquerna, de Madrid, donde agredieron a los asistentes. Sin embargo, hay que anotar que los matones en cuestión fueron pronto detenidos y puestos a disposición de la justicia, que los condenó por su delito. A los fascistas dizque de izquierdas de Vic, salvo a uno que se enfrentó con la policía, no parece que se los esté buscando con análoga diligencia.

Quizá esto es lo que explique que se extienda la afición en un lado y, pese a que no falten las ganas, retroceda en otro. La aquiescencia o, suavemente dicho, la lenidad de la autoridad.

Deservir y desproteger

El verbo es una de esas muestras de transparente, genuino y exacto castellano que el transcurso del tiempo y la propensión a enturbiarlo y difuminarlo todo han arrojado al frío desván del desuso: deservir. Se utilizaba sin embargo con soltura en el Siglo de Oro, para decir de la manera más precisa y directa posible lo que hacía quien estando obligado a mirar por otro miraba por sí a costa de aquello que era su deber preservar y atender.

Entonces eran muchas las servidumbres obligatorias, por lo que deservir podía en más de un caso ser una respuesta legítima ante una exigencia injusta: la de cuidar de quien no cuidaba de ti o incluso se permitía ofenderte, por ejemplo. En deservicio de malos reyes y peores señores fueron algunas revueltas populares de la época, que podemos entender y justificar desde hoy. Sin embargo, en estos tiempos líquidos que nos toca vivir, apenas hay más servicio obligatorio que el que impone la necesidad de obtener ingresos, y esta, aun siendo acuciante, permite opciones diversas y a nadie se le imponen determinadas elecciones.

Por ejemplo: a nadie se le fuerza a ser policía. Quien elige serlo, y para ello se presenta a una oposición, la supera y luego completa la formación correspondiente en una academia, lo hace porque quiere y porque asume que su papel en la vida va a ser el de servir y proteger a sus conciudadanos, bajo el imperio de las leyes y frente a los riesgos que crean quienes las vulneran. Si uno no tiene claro esto, y sus preferencias van por otro camino, tiene otras muchas posibilidades para llevar dinero a casa. Hay empleos donde a uno le pagan por ser el protector solamente de algunos, y otros, muy lucrativos, donde los rendimientos están asociados a la inobservancia desembarazada de las leyes.

En estos días dos personas que eligieron ser policías se han distinguido y señalado como agresores de un ciudadano al que acompañaba su hija adolescente. Da lo mismo si en la acción hubo algún tipo de provocación previa por parte de la víctima: los dos funcionarios, de paisano y fuera de servicio, lo apalearon y patearon de tal manera, con una fruición tal, que nada puede invocarse como justificación de sus acciones. Que acto seguido golpearan a su hija y se encarasen con los transeúntes que les afeaban su actitud, jactándose de lo que hacían y declarándose dispuestos a pegar «a todo el mundo», sólo sirve para terminar de acreditar hasta qué punto se situaron fuera de su lugar y de su deber.

Desde ese momento, al margen de las diligencias penales y disciplinarias que ya se les han incoado y de su resultado final, han perdido a ojos de la sociedad y de sus vecinos, incluso de sus compañeros y de sí mismos, si no media afán de ocultarse la realidad, la condición que tal vez alguna vez tuvieron y pudieron merecer y que a partir de ahora sencillamente usurpan. Lo malo que tiene el compromiso de servir y proteger a los demás es que si se vulnera de forma tan flagrante no sólo queda incumplido, no sólo se deja de atender, sino que se invierte y se convierte en su odioso opuesto: en un acto de deservicio y desprotección.

Los agresores no sólo han deservido y desprotegido a ese ciudadano al que apalizaron y a su hija adolescente, a la que transmitieron una sensación de desamparo y horror: con su abuso desprotegen y desirven a su comunidad, en la que al día siguiente estallan disturbios por su conducta. Desprotegen y desirven, también, a sus propios compañeros, que no sólo se ven desacreditados por su atropello, sino que tienen que tratar de contener a los ciudadanos exaltados y enfurecidos por él.

Por si faltaba algo, su comportamiento le viene de perlas a alguno de esos espabilados pescadores en río revuelto para justificar que hace un tiempo dos agentes del orden fueran apaleados junto a sus parejas por una multitud: fue lo mismo, dicen, sólo que los agredidos eran más y se defendieron. Hasta tal punto ha llegado el deservicio. Debe de costar mirarse al espejo tras prestarlo.

Adoquines

A cierta edad, tiene uno derecho a ser un imbécil. No lo digo por lo que haya observado en otros, sino por lo que recuerdo de mí mismo. Ser imbécil, por ejemplo, es agarrar un trozo grande de materia pétrea y arrojarlo sin motivo sólido describiendo una parábola en dirección a donde hay una cabeza humana. Como muchos otros podrían, también yo me acuso de haber cometido el delito.

Por lo general, llega pronto el día en el que una inteligencia mediana comprende que un daño sólo rara vez repara otro daño, y que conviene tomar precauciones para no causarlos, en lugar de ir alegremente por ahí ofendiendo a los semejantes. Puede suceder por un simple proceso de reflexión, puede precipitarse esta conciencia por tener la mala suerte de hacerle daño a otro y ver de pronto al ser deplorable en el que eso nos convierte.

Hay, sin embargo, mentes refractarias al aprendizaje. Hay quien encuentra, por razones diversas, que la imbecilidad y el menosprecio del perjuicio que uno causa a otros pueden ser una forma ventajosa de ir por la vida y de reclamar la condición de héroe, de víctima o de ambas a la vez fusionadas en la de mártir, lo que nunca deja de proporcionar beneficios y granjear el apoyo de personas con poco discernimiento o mucha frustración.

Los motivos de esta contumacia son variados: deficiencias cognitivas, desarreglos emocionales, carencias afectivas, falta de aprendizaje de cómo enfrentar la adversidad o de referencias que ayuden al sujeto a hacerse cargo de las necesidades y los problemas de otros, además de los suyos. Si no se consigue repararlos o equilibrarlos a tiempo, nos encontramos ante un antisocial de difícil rehabilitación. Alguien que jamás aportará una solución válida a la comunidad donde vive, pero sí sabrá perjudicarla.

No es fácil responder a un individuo así. Los esfuerzos que con él se hagan están probablemente abocados a la melancolía, pero lo que sucede en estos días en las calles de Barcelona o de Madrid nos ilustra acerca de lo necesario que resulta dar con la tecla adecuada para disminuir su influencia, y no aplicarle un tratamiento rutinario que agrave el mal en lugar de reducirlo. Porque la imbecilidad, la agresividad y los atajos mentales son por desgracia contagiosos. Alguien empieza a jugar con la idea de matar policías y la cosa acaba con un insensato intentándolo por la vía de buscarle a un agente la cabeza con un adoquín.

A cierta edad, tiene uno derecho a ser un imbécil, y a hacer imbecilidades para tratar de salir al paso de lo que le aflige; pero tiene también el derecho a que sus mayores, en lugar de reírle la gracia o justificar sus atropellos, para utilizarlos en provecho de lo que fuere, lo contengan, lo disuadan de la forma menos lesiva pero más eficaz posible y se apliquen a desentrañar las razones profundas de su comportamiento y a tratar de conjurarlas.

Por eso, y en interés de quienes entre nosotros creen que la libertad y los derechos que se les reconocen y disfrutan, muy por encima de los que tiene la inmensa mayoría de la humanidad, los autorizan a quemar las calles y poner en riesgo la integridad, el patrimonio y el trabajo de sus conciudadanos, merecen todo el apoyo quienes se la juegan cada noche ante sus adoquines para hacer valer las leyes democráticas y quienes se aplican de veras a reparar las grietas por las que se nos van esos muchachos. En la escuela, en los servicios sociales, en la política que busca la raíz de los problemas en lugar del mensaje viral en Twitter.

Por eso, y en interés de esos jóvenes que buscan allí donde no está lo que encontrarían si se esforzaran por ser útiles al prójimo, merecen ser desenmascarados y expuestos en su inanidad y en su esterilidad los que sin ponerse nunca en la trayectoria de los antidisturbios coquetean plácidamente con las razones que hay para enfrentarse a ellos, o para condenarlos por hacer uso de la fuerza legítima tras advertirlo y recibir una respuesta violenta.

Estos son los peores adoquines. Que ya no tienen edad.

El omitido

A fin de cuentas, sólo fue el único teniente general en activo y con mando sobre un cuerpo militar que el 23-F se posicionó desde el minuto uno y con absoluta claridad y firmeza frente al golpe de Estado. A fin de cuentas, y gracias a él, desde el primer momento hubo un cuerpo militar, uno solo, que tuvo directrices inequívocas, transmitidas a toda la cadena de mando, para no sumarse a la intentona. Coincidió, además, que ese cuerpo era el mismo cuya imagen había utilizado uno de los jefes golpistas, apropiándosela de manera tan ilícita como indigna, para que fuera el símbolo del asalto armado a la soberanía popular.

Se llamaba José Aramburu Topete, era teniente general, pertenecía al cuerpo de Ingenieros del Ejército y aquel 23-F desempeñaba el cargo de director general de la Guardia Civil. En estos días en que se cumplen cuarenta años de aquel esperpento que tan mal pudo acabar, son muchos los nombres que se han recordado, pero una y otra vez se ha omitido el suyo, como si no hubiera estado allí; incluso cuando las imágenes de archivo con las que se ilustraban los resúmenes televisivos lo mostraban a él donde se mantuvo desde el primer instante: en la carrera de San Jerónimo, intimando a los golpistas a deponer su actitud.

Y no sólo dio desde el principio órdenes terminantes para que todos los que estaban bajo su mando siguieran del lado de la legalidad constitucional y se aplicó a dar ejemplo yendo al Congreso a exigir la rendición de los rebeldes: lo hizo, además, a despecho del riesgo de perder la vida en el intento. Aquella tarde, es cierto, se dispararon algunas balas contra el techo del salón de plenos del Congreso. También hubo, sí, alguna intimidación y alguna amenaza vaga. Pero la única persona a la que el teniente coronel Tejero amenazó de forma directa con pegarle un tiro fue a su jefe, el general Aramburu, cuando este se encaró con él.

No fue casual que los sediciosos eligieran a la Guardia Civil, recurriendo a los malos oficios de un grupo de sus miembros comprometidos con la intentona, como imagen visible del golpe. Llegaron incluso a engañar a decenas de agentes, a fin de llenar el Congreso de guardias civiles, porque sabían que eso daba a su ataque un plus de solvencia para persuadir a los dubitativos. No olvidaban que, entre otros motivos, el golpe de 1936, del que eran todos nostálgicos, no se consumó porque la Guardia Civil se opuso a él en lugares estratégicos, desde Madrid hasta Barcelona, pasando por Valencia o Málaga. En el de 1981, la Guardia Civil había de ir en vanguardia, marcando el camino a los demás.

Por eso mismo, tampoco fue cualquier cosa, a

efectos de su fracaso, que se encontraran enfrente, y plenamente resuelto a desarticularlos, a quien estaba al mando de la institución. Es a José Aramburu a quien se debe no sólo que la Guardia Civil, como en el verano de 1936, defendiera la Constitución, sino que lo hiciera de forma aún más compacta que entonces, arrojando al jefe asaltante del Congreso a una pavorosa soledad desde la primera hora y al resto a una zozobra que no supieron vencer. Con la Guardia Civil leal a la legalidad, y enfrentada a Armada, a quien Aramburu le hizo ver esa misma noche en el hotel Palace que estaba fuera de juego, le fue más fácil al jefe del Estado dar su mensaje de madrugada de lo que le habría sido si en el lugar de Aramburu se hubiera encontrado un diligente golpista.

Tenía Aramburu un rasgo biográfico que hace su figura aún más sugerente, y más incomprensible su olvido en el relato: era, como Armada y Milans, los dos cabecillas del golpe, veterano de la División Azul, donde luchó en primera línea, entre otras en la batalla de Krasny Bor, y obtuvo dos cruces de Hierro. Fue mala fortuna para aquellos dos salvapatrias, el exaltado y el taimado, tener delante a alguien tanto o más curtido que ellos en el arte de mirar a la cara a la muerte, pero mucho más inteligente para dilucidar, aquella noche, por dónde no pasaba la Historia.

Elogio del primo

El primo es ese hombre que cuando necesitas ocho millones de euros para no tener que pasar el marrón de hacer colas en los aeropuertos te los pone sobre la mesa y te dice que si necesitas más sólo tienes que decírselo. El primo es, así visto, el hombre providencial por antonomasia, el que solamente se preocupa por lo que te hace falta a ti, sin cargarte sobre la conciencia ninguna de las dificultades que pueda acarrearle serte de utilidad. Como a nadie se le escapa, no es cosa sencilla juntar ocho millones de euros, e incluso si estos le vienen a uno por herencia o proceden de un golpe de suerte, tampoco es fácil moverlos de aquí para allá, pagando con ellos *jets* privados —o lo que encarte— sin alertar a quien no conviene ni generar preguntas de incómoda respuesta.

El primo es ese hombre que todos desearíamos tener a mano en las coyunturas estrechas o desairadas: ese que sabrá hacer posible lo imposible, conjurar nuestras angustias y atajar nuestros apremios. El primo es esa figura que a la mayoría de los mortales jamás se nos concede, y por eso tenemos que pasar la vida tratando de agradar a gente que no necesariamente nos gusta y haciendo tareas con las que no soñábamos desde niños, a fin de suplir la funesta y dolorosa ausencia del primo.

Sin embargo, puede que disponer de un primo no sea esa ventura fabulosa que a primera vista podría parecer. Quien tiene a un primo para sacarle las castañas de todos los fuegos acaba desarrollando una dependencia de sus mercedes que puede ser letal si en algún momento cambian las circunstancias. Ya sean las del mundo en el que uno vive confiado a las artes del primo, ya las del propio primo, porque si algo puede dar por hecho la criatura humana, como ya advirtiera el griego Heródoto, es que no dura siempre el bienestar, y antes o después aparece en el horizonte una vela oscura que es portadora de malas noticias.

Puede suceder, pongamos por caso, que el primo te fuera tan propicio sin interrupción porque confiaba en que los riesgos que corría para estar al quite de tus necesidades iban a quedar siempre conjurados por la red protectora que te envuelve, y que esta red protectora, por mala suerte, mala gestión tuya o una mezcla diabólica de ambas, se degrade y hasta se rompa. Puede suceder, también, que el primo se hubiera procurado recursos y herramientas para su labor benefactora que quedan inutilizados por un viraje en su propia coyuntura, o en el entorno general. Y en el colmo de la desgracia, pueden juntarse ambos fenómenos, en cuyo caso no sólo te ves tú despojado de su cobertura, sino que el propio primo se ve enfrentado a consecuencias adversas.

Se produce entonces lo que podríamos llamar el

síndrome de abstinencia del primo, que puede arrojar a su beneficiario a un peligroso desconcierto, en el que no es difícil cometer errores graves. Por ejemplo, tratar de salir del paso sin concertarse con el primo, para que la solución a la situación de intemperie que ha sobrevenido sea coordinada, armónica y preserve, en lo que sea posible, la función de salvaguardia que el primo cumplía. Si se ve expuesto y en la línea de fuego, el primo no va a reaccionar de manera diferente a cualquier otra criatura preocupada por su supervivencia. El primo será primo, pero no es un imbécil.

Así es como se llega a la situación en que el beneficiario de la acción asistencial del primo dice que este le pagaba los gastos por el concepto X, porque eso le hace más fácil explicarlos y en su caso regularizar su situación, mientras que el primo sostiene que lo hacía por el concepto Y, porque eso es lo que a él más le acomoda a efectos de reconducir sus propios apuros. Y como la mayoría de la gente no tiene un primo que le suavice los baches de la vida, la discrepancia no sólo no invita a la comprensión, sino que alimenta las suspicacias, en perjuicio de ambos, pero sobre todo de aquel que intentaba así resolver su papeleta.

Al final, no está tan claro que sea bueno tener un primo.

Los pensionados vitalicios

El pensionado vitalicio, whisky en mano, ve en la televisión a la nueva futura integrante de su club. Se fija en la sonrisa exultante con la que toma posesión de su flamante cargo, que trae aparejados, por poco tiempo que lo desempeñe, cuatro años de propina de seis dígitos a cargo del erario y pensión vitalicia a partir de los sesenta y cinco, al margen de lo que haya cotizado, de alrededor de tres veces la pensión máxima. Nadie mejor que el pensionado vitalicio comprende la felicidad de la agraciada y el denuedo que ha puesto en las negociaciones para pillar su premio gordo. Hay colinas que si las tomas te sacan de pobre para los restos, y no son muchos los elegidos para la gloria de llegar a hollarlas.

En los próximos días se procederá a designar a otro futuro pensionado vitalicio. Sale también en las imágenes de la tele, con una sonrisilla pícara. Para conseguir su cromo ha tenido que tragar con la anterior, aunque no le guste su perfil, y menos aún lo que pueda hacer desde la investidura que ha contribuido a facilitarle. Tampoco parece que la elegida sea la más adecuada para representar al conjunto de la ciudadanía desde la posición institucional que corresponde a su cargo, y lo deja patente con un discurso sectario que se pone ostensiblemente de espaldas a poco menos de la mitad de los que van a costearle la pensión. Para qué esforzarse en respetarlos, si se la pagarán igual.

Mientras examina los gestos y escucha las palabras de sus futuros congéneres, el pensionado vitalicio apura su vaso. Es un whisky bueno, el que siente que se merece y sobre todo el que se puede pagar gracias a que el contribuyente le ha despejado de por vida cualquier aprensión económica respecto del futuro. Esa tranquilidad es propicia para la reflexión y hay algún momento, podemos imaginar, en que a nuestro hombre le asaltan algunas dudas. Ve los telediarios, sabe cómo está la gente por ahí.

Por estos días hace un año del encierro y del comienzo de la hecatombe para muchos. Gente que ha perdido su empleo, gente que sigue en un ERTE que cada día le va oliendo más a ERE, autónomos con las persianas bajadas y los ahorros fundidos. Y entre los que conservan la nómina, ciudadanos que tienen que tirar con poco más de mil euros al mes y el banco de alimentos, si no han tenido la precaución de no procrear y de resignarse a vivir en una habitación de un piso compartido, en cuyo caso tal vez puedan aspirar a quedarse simplemente a cero el día 30 y ahorrarse por los pelos el recurso a las instituciones de caridad.

Esa gente, más los que aún flotan, con nómina media de dos mil euros y la calculadora en la mano, son los que con sus impuestos —las retenciones del IRPF, el IVA de la luz y de los demás bienes básicos, las cotizaciones de asalariados y autónomos, etcétera— les garantizan a los pensionados vitalicios enchufarse diez mil euros al mes en su casa durante cuatro años después de dejar el cargo y disponer de seis mil al mes durante una feliz, lujuriosa e ilimitada vejez. Todo recae, al final, sobre las espaldas de esos paganos que en los años próximos van a tener que hacer frente además al servicio de una deuda pública ingente, que les legarán a sus hijos y nietos, para que afronten su principal e intereses a la vez que costean la opulencia senil de los que se reparten esos sillones que valen más que una serie del Gordo de Navidad.

El pensionado vitalicio siente de pronto un escalofrío. Por mucho menos, a lo largo de la Historia, alguno acabó colgado cabeza abajo. Que su club siga creciendo, e incorpore a sus filas a personas tan poco discretas en circunstancias tan ominosas, le hace temer durante un instante por la continuidad a largo plazo de su privilegio. Sin embargo, los vapores del buen escocés que se ha administrado le invitan al optimismo. Llevan décadas metiendo en las cabezas suficientes la fe en que sus sacrificios por el pueblo justifican ponerlos a salvo para siempre. Mientras el rebaño de crédulos siga ahí, le llegará la transferencia.

La guerra que estamos perdiendo

Hay una guerra ahí fuera: las bajas se acumulan, las líneas tiemblan, el enemigo avanza sin cesar. Y los generales, mientras tanto, se emborrachan de sí mismos como si no fuera con ellos. Así es como lo perciben cada vez más los abandonados soldados, mientras aprietan los dientes bajo el fuego, porque saben que si los alcanza la metralla o una bala no habrá helicóptero con cruz roja que acuda a socorrerlos. El enemigo de esta guerra no es la pandemia vírica: frente a ella, mal que bien, y una vez pasado el bochornoso colapso del año anterior, el sistema responde. No salva a todos, pero no produce esa sensación de desamparo.

El enemigo estaba ya aquí antes que el microorganismo que vino de Oriente; tan sólo ha aprovechado la conmoción que este nos ha provocado para desplegarse e infiltrarse entre nosotros con una potencia nunca antes vista. Si antes nos acechaba y nos tendía emboscadas en los rincones oscuros de la existencia, ahora nos sobrevuela a todas horas, en todas partes, a todos. La enfermedad que nos confina le ha dado la ocasión; la munición se la venimos proporcionando nosotros desde hace tiempo, como esos ejércitos descompuestos cuyos intendentes corrompidos venden de contrabando fusiles y cartuchos al campo rival.

El enemigo tiene un nombre, que nos sobrecoge pronunciar. Lo llamamos mente, y es a la vez lo que nos sostiene, cuando lo mantenemos en equilibrio, y lo que más brutalmente nos abate cuando se nos escapa de las manos: cuando los avatares de la vida lo ponen a trabajar contra sí y contra nosotros. Sólo hay una manera de tenerlo sujeto: proporcionarle herramientas para convivir con las adversidades sin empozarse en ellas. Y no hay mejor forma de desatarlo que arrojarlo a la sed descontrolada de todo, a la voracidad en el consumo de estímulos, y dejarlo, una vez que eso lo trastorna, desprovisto de cualquier atención.

Nuestra salud mental está mal, hipermedicada y fuera de control, porque la pandemia y sus destrozos han caído sobre una población a la que se le han creado más necesidades que recursos para afrontarlas, en la que se ha debilitado por razones irrisorias el sentimiento de solidaridad con los semejantes para anteponerle siempre la queja particular. Y cuando eso conduce a la frustración, la amargura y el desencanto que inexorablemente padecen quienes no tienen lo que anhelan, la única respuesta es la incuria, la lista de espera y el sálvese quien se lo pague.

Diez suicidios al día, depresiones y ansiedad desbocadas, farmacias convertidas en dispensarios de psicofármacos. Todo en silencio, sin que se diga ni se hable ni se comente, como si de una plaga vergonzante se tratara; pero no vergonzante para la comunidad que la sufre y propicia, sino para cada individuo al que alcanzan sus efectos. Y si a uno de los que están en la sala de mapas se le ocurre interrumpir la francachela del resto, para señalar la línea del frente y decir «tenemos un problema», salta el más obtuso y le espeta que el problema lo tiene él: que si es uno de esos soldaditos aterrados por la intensidad del fuego enemigo, vaya a llorarle como una nenaza al sanitario de su unidad.

Y así sigue la guerra, esta guerra que estamos perdiendo y que no tenemos visos de dejar de perder. Nuestros generales, una vez olvidado el alarde del díscolo, siguen a lo que a ellos les importa, y que es toda una tradición de los peores militares: convertir un descalabro en hazaña recompensada con una cruz al mérito, a ser posible pensionada. Para eso se han montado una campaña electoral, en la que durante siete semanas eternas se nos hablará sobre todo de ellos, de lo que valen o dejan de valer, en comparación con los otros aspirantes a la banda, el bastón de mando y la chatarra para lucir en el pecho en bodas y bautizos. Cuando unos ganen y otros pierdan, tendremos, además de los que el virus se lleve, quinientos soldados menos. Acompañe y empañe su recuerdo la vana euforia del que resulte vencedor.

Descogobernándonos

Si algo funciona de verdad, lo hace en el plano teórico, en términos generales y en cada caso concreto. Cuando algo, por el contrario, no funciona, suele apreciarse de forma casuística, y de esa observación se acaban desprendiendo, en fin, la torpeza de la regla y la inconsistencia de la teoría en la que se apoya.

Hagamos, pues, casuística. Un ciudadano vive, pongamos por caso, en Alcanar, provincia de Tarragona, y tiene interés en ir estos días de Semana Santa a Vinaroz, provincia de Castellón. Pongan que ahí vive su madre, y quiere verla un momento al aire libre, o desde la puerta de su casa. Es igual. No puede. Podría, en cambio, desplazarse y ver a su madre si los diez kilómetros que hay entre ambas localidades, en lugar de tener en medio un límite entre comunidades autónomas, tuvieran la frontera entre España y Francia. A un ciudadano con domicilio en San Juan de Luz sí se le permite acercarse hasta Fuenterrabía, si le apetece. Sin PCR y sin tener que dar ninguna explicación a su viaje.

Habrá quien encuentre alguna lógica a atribuir a esa línea divisoria entre autonomías mayor peso que a una frontera entre países, pero no es muy probable que consiga convencer de ella al señor de Alcanar al que se le impide ir a visitar a su madre.

Otro caso. Un ciudadano que vive en Madrid desea pasar unos días en la casa de sus antepasados en un pueblo de Ávila, sin tener ningún trato con nadie, para preservar su salud y la del prójimo. Es igual. El estado de alarma se lo impide. Puede, en cambio, acudir a las abarrotadas calles del centro urbano, para ir de compras, a un bar o un restaurante, y coincidir allí, hasta altas horas de la noche, con los miles de franceses que han tomado un avión para gozar de los placeres de la villa con sus amigos que pasan su año de Erasmus en Madrid, o en otra ciudad de España, y que se desplazan al efecto a la capital.

Si en el primer caso se trataba de la prohibición que sobre la misma actividad inocua pesaba o no dependiendo de la raya que hubiera de cruzarse, aquí el agravio comparativo llega al colmo: quien no puede hacer algo que resulta inofensivo, ve que se le permite realizar actividades de evidente riesgo, y que hay ciudadanos de otros países que pueden correr y crear más riesgo aún, por el solo hecho de no tener aquí fijada su residencia.

Puede añadirse algún caso más: el español que no viva en Madrid no podrá ir a ver el Prado, pero sí podrá atravesar toda la Península para tomar en Barajas un vuelo a Punta Cana o a Cancún, destinos turísticos donde la situación epidemiológica no es precisamente boyante, y traerse sin problemas alguna nueva variante del virus si la PCR que le hace el turoperador antes del vuelo de regreso no la detecta, como muy bien puede suceder. Sobre todo, si se considera que a nadie le interesa detectar el virus en un turista español para cargar con él y no poder devolverlo.

Las paradojas, leves, gruesas y hasta chuscas, ponen en entredicho el crédito de las normas, y más si se trata de normas restrictivas de derechos. Eso empuja al incumplimiento, no sólo por parte de los desaprensivos —con eso ya se cuenta—, sino de los ciudadanos responsables, cuyo acatamiento voluntario de las reglas es la mejor garantía de su eficacia. La gente está cansada y no reacciona bien ante las incoherencias. Sólo los forofos no tienen ningún problema a la hora de repartir las culpas: para unos, la culpa de todo es del Gobierno autonómico que no cierra pronto los bares; para otros, del Gobierno central que pone perímetro a las autonomías y deja entrar en el país a fiesteros foráneos.

Lo malo es que no se trata de encontrar un culpable para convivir mejor con el despropósito. Lo que todo esto prueba es que el sistema no funciona, la cogobernanza no dispone de las bases necesarias para ser efectiva ni razonable y logra irritar a la gente en lugar de infundirle confianza. Pero lo peor es que cada medida errónea, con sólo un 5 por ciento de vacunados, causa muertes.

Balas perdidas

Se nos ha dicho más de una vez que comparar lo del virus con una guerra es un ejercicio inoportuno y hasta de mal gusto. La guerra es una realidad comprensiblemente impopular, y para muchos también lo son quienes tienen por profesión el deber de hacerla en caso necesario, antipatía que extienden a cualquier vocablo de origen militar que pueda servir de metáfora. En cierto sentido, está claro que abusar del símil equivale a desenfocar el esfuerzo que una pandemia exige: no se trata de abatir a nadie para imponerse, sino al revés, de preservar a cuantos se pueda, frente a una amenaza que de momento no cabe eliminar.

Sin embargo, las situaciones a las que el azote del virus nos arroja tienen en muchas ocasiones una similitud nada forzada con las que se viven en medio de una contienda. Que pregunten si no a quienes en lo peor de la primera ola se vieron una y otra vez en esa horrenda disyuntiva que bien conocen los médicos militares: la de sumar más pacientes que recursos y tener que decidir a quién se le da una oportunidad de vivir y a quién no. O a los que tuvieron que afrontar la acumulación de cadáveres que no había capacidad de gestionar con los medios ordinarios.

Ahora que ya hemos superado el año de convivencia con el indeseable huésped que pretende acogerse a nuestro organismo surgen nuevas oportunidades para la metáfora bélica. Al horror del principio le ha sucedido la fatiga, el hartazgo y en algún que otro caso la indisciplina e incluso la anarquía. No es raro que suceda a los combatientes que pasan mucho tiempo en un frente que no se mueve, sometidos a las asechanzas del enemigo, el desgaste de la coexistencia angosta y forzada con quienes no siempre te caen bien. El cansancio hace mella en todos, y alguno hay que se sale de la fila, desobedece las órdenes o se permite una licencia que compromete su seguridad o la del resto.

Uno de los peligros más insidiosos y temibles de las guerras son las balas perdidas, que menudean, por otra parte, cuando los que tienen el dedo en el gatillo pierden la concentración o la cabeza o ambas cosas. Las balas perdidas les dan a quienes no las esperan, en el momento más inconveniente, de la forma más absurda. Y para que ni eso nos faltara, ya tenemos una.

Imagínese un hombre que lleva mucho tiempo sin poder trabajar, empleado normalmente en la hostelería en una de esas zonas turísticas que las restricciones han dejado sin negocio. Sin negocio regular y legal, porque los otros, los informales, ilegales o delictivos, ya se sabe que no descansan ni se someten a las normas nunca. Alguien le menciona la posibilidad de pinchar discos en las fiestas clandestinas que se celebran en mansiones privadas para que los extranjeros con ganas y posibles no se vean despojados de la diversión por la nimiedad pandémica. Con que lo haga dos o tres noches al mes, podrá compensar el sueldo que no está ganando desde hace muchos meses ya. La tentación es grande: le cuesta más cumplir a quien no tiene colchón.

Así que acepta el trabajo, se va a la dirección que le indican y ya no regresa jamás a su casa. Además de la tarea y los discos, en la fiesta hay gente que tiene por costumbre saltarse alguna ley más que las sanitarias. De hecho, algunos llevan arma y a uno, a saber por qué, le entra la necesidad de sacarla y disparar, con tan mal tino que le acierta a una plancha de pladur y un par de rebotes funestos dirigen una bala letal al pinchadiscos.

Hecho el desaguisado, todos se quitan de en medio y dejan solo al hombre muerto, con esa ingenuidad que a veces tienen los malvados. A la policía le cuesta poco dar con la mujer que organizó la fiesta y contrató al difunto, y a partir de ella al resto de los desaprensivos. Las penas que les caigan por su temeridad e inhumanidad no repararán el destrozo provocado por esta bala perdida. Es la más aparatosa, pero no la única. Hay otros que disparan su imprudencia a diario y le dan no saben a quién.

El espectáculo penal

Hay una razón para que el proceso penal sea público. No es concebible en un Estado de derecho digno de ese nombre que una persona pueda verse privada de libertad en una ceremonia secreta. No lo es, especialmente, en un país en el que durante siglos existieron prisiones que participaban de ese carácter y se practicó un procedimiento inquisitivo en el que el imputado no sabía ni quién le acusaba ni por qué. Nadie como los que vivimos en el lugar donde más duró la Inquisición entiende mejor que el proceso penal se ventile con publicidad y con transparencia.

Lo que te preguntas, cuando te toca acudir a uno en calidad de denunciante y víctima de un delito grave y humillante para tu dignidad como persona, es si la publicidad penal necesita, como sucede con facilidad entre nosotros, convertirse en espectáculo. Si no hay más remedio que infligirle a quien se declara avasallada por el menosprecio ajeno la tortura suplementaria de hallarse expuesta al escrutinio odioso de una multitud con su bolsa de palomitas —o sus macarrones, o su filete de pollo, o lo que sea— sentada ante la pantalla hogareña donde mira las noticias.

Es verdad que no sacan tu cara, y que de la mirada de los acusados te protegen en la sala con unos biombos. Pero en todos los telediarios —incluso en el de mediodía, ese que ven los niños que acaban de volver de la escuela— se escuchan las inflexiones características de tu voz, la firmeza o la zozobra, la claridad o la confusión con las que respondes a las preguntas del fiscal y los abogados. La voz identifica a una persona tanto o más que el rostro, hasta el punto de que ya han desarrollado sistemas para utilizarla como firma biométrica. Quienes te conocen y te oigan sabrán que eres tú, si es que aún no lo sabían; quienes no te conozcan se van a hacer una idea de quién eres, cuánto vale tu palabra, cómo de creíble eres en lo que estás denunciando.

Y aquí es donde viene la perversión absoluta del sistema. En ese examen, ese escrutinio al que te sometes por parte de la audiencia televisiva, de los consumidores de información y de chismes, que no son el público ante el que el proceso penal debe estar abierto. Lo que la ley exige es que tu denuncia no se haga en un espacio sustraído a la fiscalización, con menoscabo del derecho de defensa de los acusados. La credibilidad de lo que expones ante la sala debe ser valorada por esta y poder verse controvertida por la fiscalía y las defensas en un acto público. Imponerte por añadidura la obligación de entretener y contentar a la masa distraída que pasta delante de la tele es un maltrato del que resulta inaceptable que no acertemos a exonerarte.

Se pregunta quien te escucha hablar ante el tribunal, frágil, trémula y asustada, cómo no ha tomado este alguna medida a fin de preservar un poco mejor tu dignidad y tu intimidad; si no quería impedir que se oyera tu testimonio, por qué no impuso por lo menos que se hiciera con alguna distorsión de tu voz. Y ya que los jueces no pensaron en ello, por qué no hubo ni un solo periodista que se planteara la posibilidad de hacerlo por su cuenta, aunque no se lo impusieran. Así se hubiera evitado que te reconociera alguien, entre todas las personas que bien puedes preferir que no te oigan desgranar para los jueces ese momento espantoso en el que unos desconocidos se apoderan sin más de tu persona y la someten a vejaciones que nadie querría vivir.

La pregunta se hace todavía más incómoda cuando no hace mucho hubo un caso análogo al tuyo, otra manada devoradora de una joven, y las autoridades y los medios tomaron todas las medidas posibles para no exponerla, frente a los desaprensivos que la señalaban en las redes sociales. La paradoja añadida es que en ese caso a los supuestos agresores se los viera con pelos y señales desde el principio, mientras que sobre los tuyos hay una discreción mucho mayor. Por alguna razón, no pesa tanto tu intimidad violada como su especial presunción de inocencia.

La más bella historia

Arrecian los insultos, las amenazas, la negación del pan y la sal y la dignidad y aun la humanidad al adversario. Alguien, tal vez uno de esos cerebros despiadados que ajustan los resortes de los algoritmos de las redes por las que se vomita el odio, a guisa de combustible que mueve a pleno rendimiento su oscura maquinaria de creación de valor bursátil, ha decidido que sean los extremos más virulentos los que se apoderen del discurso y zanjen con intercambios de venablos y fiestas de la pedrada toda posible controversia, toda campaña y todo atisbo de debate. Ya nada importa y ni un minuto merece lo que procura el bienestar y conjura las aprensiones de la ciudadanía: eso que solíamos llamar el interés público, el bien común, los valores cívicos.

Aprovecharemos que la literatura es el arte de ir contra la corriente, y que nunca tiene más sentido hacerla que cuando el nivel general de la prosa se degrada hasta el gruñido y la poesía ni está ni se la espera. Aprovecharemos la libertad que al literato le otorga la intemperie, la independencia radical que le granjean el desdén y la indiferencia que sus afanes encuentran entre los administradores del rencor y las codicias varias. Y mientras la fealdad se expande y amenaza con devorarlo todo, intentaremos una vez más la insurrección suprema, que no es otra que buscar y encontrar la belleza que otros se esmeran en exterminar.

Y la belleza está ahí, llamando discretamente, como suele, a quien conserva la voluntad de acudir a ella. Y está además por doquier, desafiando nuestra ceguera y nuestro empeño por dejar que sean los fabricantes de inmundicia los que se lleven toda la atención. Basta con abrir los ojos, basta con reparar en el detalle que como anotó Stendhal transporta hacia la eternidad la verdad de las cosas y prevalece sobre las más aparatosas falacias.

La belleza es, hoy, un hombre o una mujer con el rostro surcado de arrugas, con los brazos fláccidos y muy lejos de ese canon tiránico que amarra a las gentes a máquinas de gimnasio, cuando los descubre para que un sanitario —casi siempre una sanitaria— clave la aguja de una jeringuilla en sus músculos vencidos por el tiempo y le inyecte la vacuna que lo protege, al fin, del miedo y de la muerte que se ha llevado a tantos como ellos de nuestro lado en el año último. La belleza es un humano dándole a otro humano el consuelo, el alivio, el cuidado que lo salva del desconcierto, el desasosiego y la angustia. La belleza es la larga y meticulosa cadena de humanos —desde el científico que dedicó los años de su juventud a formarse para encontrar esa vacuna hasta el último porteador de la caja con las dosis— que fue necesaria para que esa carne anciana pudiera al fin ser inoculada con el remedio que la preserva contra la infección.

En estos días, mientras hay quien se dedica a provocar de la peor manera posible la fractura de nuestra sociedad, ya sea con adoquines, con balas en sobres o con cínicas aquiescencias a quienes emplean los unos o las otras, mientras son sus gestos airados y hoscos y su verbo despectivo e incendiario los que inundan las pantallas y copan los titulares, impidiendo que se confronten de forma racional y civilizada las discrepancias, hay miles de personas trabajando en silencio para que se repita una y otra vez esa estampa hermosa, esa historia que es la más bella que hemos acertado a contar desde que el hombre es hombre. Hay quien quiere combatir al totalitario con artillería gruesa que mimetiza sus modos y nos acerca y asemeja a él. Pero nada deja más en evidencia al tosco dinamitero que esa delicada red de cuidados que alivia el dolor ajeno y alimenta la esperanza.

Difícil será que ganen quienes esparcen el odio mientras podamos dar ejemplo de lo contrario. Cada anciano, cada anciana que regresa a casa sin el peso del miedo los derrota, los expulsa, los destierra de esta humanidad capaz de tan rotunda belleza.

El silencio del cayuco

Hay que imaginar el momento, aunque duela. Ese en el que los tres seres humanos supervivientes, de quién sabe cuántos que embarcaron días atrás en las costas de África, comprenden que han errado el rumbo, que la derrota del cayuco lo es en un doble sentido: la dirección que lleva y su condena a vagar por la nada azul hacia la muerte. A ella ya han llegado las veintitantas personas cuyos cuerpos sin vida los acompañan, inertes en el fondo de la embarcación. Quizá algunos más que se fueron por la borda cuando las fuerzas alcanzaban aún. Con el resto de conciencia que les deje la sed, el hambre, el frío de la noche y el sol que de día les abrasa la mente, los tres callan y aguardan.

El silencio del cayuco, de esa gente que siente y acepta ya que no tiene esperanza, se queda allí, flotando sobre el océano. No se escucha, aunque debiera atronar todos los oídos, donde se reúnen y deliberan quienes tienen alguna responsabilidad sobre la organización de un mundo que empuja y precipita a tantos desheredados a poner sus vidas al azar de una navegación casi suicida. No faltará quien sostenga que son unos insensatos; en especial, las mujeres que se embarcan con niños pequeños. Es fácil aplicar los estándares del edén a quienes buscan zafarse como pueden del báratro. Cómo de desesperado tiene que estar uno para darle a la propia vida, y a la de quienes más quiere, un aprecio tan irrisorio, un apego tan somero, un fin tan cruel.

No faltará quien diga, tampoco, que nada puede hacerse, que la culpa es de los malos gobernantes de sus países, de ellos mismos por tenerlos, por elegirlos o por no haber sabido dar con la forma de derrocarlos. De su cultura atrasada, su idiosincrasia pasiva, su carácter negligente. Acumúlese sobre la mesa del desprecio todo el arsenal argumental que sirva para cargarlos con el peso de su infortunio: no cambiará el hecho de que son miembros de una especie que domina un planeta con recursos por ahora suficientes para ofrecer una vida digna a todos los que la componen y que los distribuye con desigualdad abrupta.

Igual que nadie puede echarse a las espaldas la culpa de todos los males de la humanidad, nadie que forme parte de ella puede dejar de sentirse interpelado por el sufrimiento de uno cualquiera de sus semejantes, cuando es fruto de una injusticia o un atropello que habría podido evitarse. Vale tanto para los pasajeros del cayuco como para las dos niñas de Tenerife que en esos mismos días su padre decide no devolverle a su madre para hacerlas desaparecer, o para los miles de indios que arden en piras hasta agotar la leña porque a sus gobernantes les dio por subestimar la amenaza del coronavirus en un país sin posibilidad de establecer distancia personal o asegurar la higiene mínima necesaria y que apenas dispone de sanidad pública.

Por eso hay que hacer el esfuerzo de prestar oído al silencio abrumador de ese cayuco donde sólo queda esperar a que las fuerzas se extingan y rendirse a la evidencia del final, sin otro testigo que la inmensidad azul —o negra, si llega de noche—. Y entonces entra de pronto el sonido lejano de un rotor, el de un helicóptero que vuela al límite de su autonomía con depósitos suplementarios —el cayuco se ha pasado en más de quinientos kilómetros de la última isla antes de América, El Hierro— y que minutos después es un estruendo sobre la vertical de esta balsa de la Medusa del siglo XXI. El heraldo que les trae a sus supervivientes el milagro, la respuesta in extremis de la humanidad de la que se sentían ya olvidados, perdidos y descartados sin remedio.

Unos hombres se descuelgan del helicóptero: tienen apenas media hora para averiguar cuántos de los cuerpos que ven desde arriba siguen vivos y subirlos con grúa al aparato. Por una vez, el silencio del cayuco tuvo quien lo escuchara. Y la humanidad, quien la ayudara a sostener, al filo del abismo, su dignidad.

Quién ha sido

Esta medianoche en la que se levanta el estado de alarma y los ciudadanos más jóvenes se arrojan a las calles con el hambre de libertad del león enjaulado invita a la pregunta que algunos no van a poder esquivar, por mucho que quieran. No sólo sucede en Madrid: también se observa el mismo fenómeno en Barcelona o en muchos otros pueblos y ciudades de todos los tamaños. Los policías han de multiplicarse para atajar un rosario inabarcable de botellones, lo que invita a creer que el ser humano valora más su necesidad de desahogarse que su salud o la de los suyos.

Sin embargo, es en Madrid donde acaba de haber unas elecciones, perdidas de manera apabullante por los partidos que forman el Gobierno que decretó la alarma y el encierro y que han tenido como vencedora indiscutible a quien se presentaba bajo el eslogan de la libertad. La pregunta ineludible es si las razones de esa derrota y ese triunfo están en la antipatía que inspira quien ha asumido la penosa responsabilidad de imponer restricciones y en el aprovechamiento oportunista de quien se ha enfrentado a ellas, sacrificando así la salud pública a su agenda política.

La respuesta afirmativa es la primera tentación de quienes han perdido. Es más cómodo creer que su debacle se debe a la pulsión insensata de una parte de la población, esa que ahora se arroja a la calle como si no continuara circulando el virus y no se siguiera cobrando vidas, y al hartazgo de otros, los que han visto mermar sus libertades o su facturación y no han sabido comprender que había una buena razón para ello. Permite a los que se ven derribados por el bofetón ciudadano salvar la cara y algunos muebles, ya que les toca beber la hiel de la derrota.

Sin embargo, los números son demasiado aplastantes para que esa explicación termine de esclarecer lo ocurrido. No parece que se pueda sostener la pérdida de votos de unos y la ganancia de otros achacándoselo todo a los temerarios y a los damnificados. Si la izquierda madrileña tiene algún interés en comprender los motivos de su revolcón, y alguna voluntad de recuperar el favor de quienes en esta ocasión le han vuelto claramente la espalda, tendrá que afrontar con más coraje y afán de verdad el delicado ejercicio de dilucidar quién ha sido el factor de la catástrofe.

Y podrá pensar, por ejemplo, en ese madrileño que podría haberla votado, y que lo hizo antes, al que no le ha gustado ver, mientras su negocio o su empleo se deterioraban, y con ellos sus ingresos, cómo los dirigentes de esa izquierda en el Gobierno no sólo mantenían todas sus rentas, sino que se aseguraban para sí y para los suyos, reconvertidos en pléyade de cargos y asesores, emolumentos muy superiores a la media y a los que tenían antes de pisar las moquetas del poder. Se dirá que subrayar esto es demagógico, pero el sentimiento es muy humano y está ahí.

Podrá pensar, también, en ese madrileño —o madrileña— de izquierdas que no lo es tanto como para aceptar que se haga a su comunidad —no sólo a su Gobierno— objeto de medidas y de un señalamiento epidémico que en análogas circunstancias se ahorran escrupulosamente a otras, por el solo hecho de tener fuerzas políticas cuyos votos necesita el Gobierno, y que se ven así reconocidas como titulares de una autonomía superior.

Podrá pensar, en fin, en todos esos ciudadanos de Madrid a quienes sus ideas progresistas no llevan a olvidarse de que en la capital es donde más gente asesinó una organización terrorista con cuyos herederos y justificadores se confraterniza más allá del límite, comprensible y razonable, de no perpetuar el rencor y acatar la legitimidad que les da el voto popular. O en los que no por ser de izquierdas comparten agendas dogmáticas que se han convertido en ortodoxia que autoriza a flagelar al disidente.

Esos han sido, entre otros. Los que se abstuvieron, los que votaron a la izquierda no gobernante. Alguno, a la derecha. Y son demasiados como para despacharlos a todos como idiotas.

La mano de Esther

Según dictamina un titular periodístico, que al parecer es resultado de una malévola manipulación, eres un anciano de cincuenta a cincuenta y nueve años. Peor aún: de cincuenta y cinco a cincuenta y nueve, a tenor de tu año natal, 1966, aunque hasta junio puedas decirte, con vana coquetería, de cincuenta y cuatro. La broma te invita, así a bote pronto, a recordar aquel divertido pasaje del *Cándido* de Voltaire en el que al protagonista se le aplica un correctivo entonces en boga en los ejércitos: hacerle un pasillo y obligarle a recibir un baquetazo de cada uno de sus compañeros. Para el manipulador del titular piensas que bastaría algo más ligero, como un capón de cada uno de los aludidos. Considerando que sois siete millones, parece probable que mucho antes de llegar a la mitad de la fila os suplicara, como Cándido, ser fusilado.

Bromas aparte, y dejando también de lado esas maldades que a todos se nos ocurren pero afortunadamente reprimimos, lo que importa es que por incluirte en esa fracción de la población anciana, según los estándares de los fabricantes de memes, te citan para que te vacunes con la primera dosis de Pfizer y a la cita reaccionas con una emoción que te pilla desprevenido. Ya la has experimentado con anterioridad, cuando han vacunado a tus también ancianos padres; pero verte súbita e inesperadamente favorecido tú por la dádiva de la ciencia, que te otorgan el género humano y la sociedad a la que perteneces, te sorprende a la vez que te inunda de una irresistible y poderosa corriente de gratitud.

Acudes pues a la convocatoria, en el hospital universitario de Getafe, que es el que te corresponde. Te encuentras allí con una organización que funciona, hay que decirlo —y atestiguarlo— como un reloj suizo. Según te cuentan luego, son capaces de vacunar a dos personas por minuto, y para conseguirlo hasta los jefes de servicio están bajando a pinchar a los ciudadanos. La cola es escasa y se mueve deprisa: apenas te da tiempo para pensar que estás esperando a que te vacunen. Te identifican, te señalan el lugar donde se procede a la inoculación, el itinerario que has de recorrer, luego esperas un par de minutos, si llega, en la pequeña fila previa a las cabinas de vacunación y antes de que quieras darte cuenta estás con el brazo descubierto ante la enfermera que te informa de que te van a poner la primera dosis de Pfizer y que prepara diligente la jeringuilla y el pinchazo.

Es un pinchazo como tantos otros que ya has recibido, y sin embargo tiene una liturgia, un sentido especial y extraordinario. La enfermera te desinfecta, clava la aguja, inyecta, retira la aguja, te sujeta unos instantes una gasa en la piel perforada y luego pone otra limpia para cubrirla. Ahora que ha concluido su labor, le preguntas si puedes corresponder a su atención con algo, o para ser más exactos con todo lo que tienes, uno de los libros que escribes. Entonces la enfermera te dice que de algo le sonaba tu cara, pero que con la mascarilla no terminaba de estar segura. Añade que es lectora tuya, que si no te importaría ponerle una dedicatoria, que se llama Esther. Pocas veces has dedicado un libro con una sensación semejante de que es un acto justo y necesario, y eso que lo son todas las firmas que dedicas a quienes te leen.

Porque la mano de Esther, que acaba de vacunarte, es la mano del género humano y de la sociedad a los que tienes la ventura de pertenecer; ambos son capaces de lo peor, te consta, pero también de algo tan hermoso como proteger a los suyos, con la luz deslumbrante del conocimiento y la ciencia que hacen posible el milagro que acaban de poner a tu disposición, con el celo y la atención de esa Sanidad Pública de la que te beneficias. Y sabes que ni lo uno ni lo otro, por ti mismo, te lo mereces: que es la suerte que has tenido, que otros no tienen ni tendrán.

Luego otra atenta profesional de la misma Sanidad Pública toma nota en el sistema del brazo en que te han pinchado, y te extiende el certificado de la primera dosis. A continuación, un celador te indica que te sientes diez minutos a esperar, para asegurar que no hay reacción adversa. Es un chaval muy joven y animoso, que suaviza e incluso ameniza la espera. Alguien le pregunta si una vez que pasen los diez minutos se puede uno ir sin decir nada. Le responde, con gesto risueño, que también puede decir adiós antes de irse. Incluso gracias, apostilla alguien desde el patio de butacas del salón de actos donde se desarrolla la vacunación. La sonrisa se dibuja inexorable debajo de todas las mascarillas, lo sabes aunque no puedas verla. Eficacia suiza, simpatía española: una combinación que también es una rara bendición y que te corresponde por ser parte de esta gente.

Y cuando sales del hospital, a un mediodía radiante de sol, eres consciente de que acabas de vivir un momento crucial de tu vida. Así que tienes que apuntarlo. Para que no se te olvide.

Tiempo de abrazar

«Suprima en todo caso las reflexiones sentimentales.» Así se le dirige Seidel, un oportunista sin escrúpulos, a Jason, el joven protagonista de la primera e inacabada novela de Juan Carlos Onetti, *Tiempo de abrazar*. Sucede más o menos al principio de la narración, cuando Seidel le propone a Jason participar en una estafa por la que se llevará una comisión de dos mil dólares. Más allá de este hecho delictivo, el joven desatenderá la petición del estafador: a lo largo de la novela se abandona de tal modo a sus sentimientos que acaba convirtiéndolos en bandera para ir en dirección contraria a la multitud. «La vida es otra cosa y nadie lo comprende», le dice Virginia, la muchacha apasionada de la que se enamora, y Jason lo recibe como una iluminación. La imagen que cierra el texto resulta emblemática: «Ahora oponía el pecho a las filas interminables que seguían avanzando lentamente. Lo empujarían, lo golpearían, queriendo hacerlo seguir como hasta ahora, al paso lento de siempre. No importaba». Ya es otro.

Habrá quien vea en este texto del joven Onetti un cándido alarde romántico. Sin embargo, para los lectores del viejo Onetti resulta un poco más difícil. Nada hay de candoroso en él, y sin embargo sigue brillando, engastado en su prosa, el fulgor de esa necesidad de abrazar, de no suprimir la reflexión sentimental, sin la que la vida humana se convierte en un rescoldo inerte.

Una mañana de mayo, con el mar más o menos en calma, los servidores de un sultán airado creen que la mejor manera de presionar diplomáticamente al país vecino es arrojar sobre una de sus playas africanas a una multitud desesperada, un tropel de desheredados de todas las edades, desde hombres y mujeres adultos hasta bebés lactantes, incluidos varios miles de niños y adolescentes. Sin casi saber nadar algunos, se juegan la vida.

Al otro lado de la verja y el espigón que hacen de frontera y separan las playas de los dos países podrían haberse encontrado con un torpe pelotón de uniformados que los repelieran con sus porras y otros artefactos de ofender. Seguramente era lo que buscaban el sultán y sus consejeros, la fea imagen de un país opulento rechazando a palazos a los hambrientos, además del agobio de cargar a una ciudad de ochenta mil almas con diez mil refugiados. Si al otro lado de la verja hubiera estado alguno de los muchos Seidel con que cualquier país cuenta, quizá hubiera sido esa la imagen, suprimida toda reflexión sentimental.

Sin embargo, lo que esos náufragos se encontraron fue con un contingente de profesionales y voluntarios animados por otra conciencia bien distinta. Muchos de ellos uniformados, pero a la vez ciudadanos de una sociedad que con sus defectos, como los tienen todas, es una sociedad civilizada y con conciencia de la dignidad de las personas. Bajo los uniformes, no pocos padres y madres que al ver nadar contra la muerte a los niños tuvieron en mente a los suyos propios, y que los socorrieron al tiempo que intentaban contenerlos y disuadirlos, como las leyes les exigían. Entre los voluntarios, sentimentales que asumen el deber de amparar y abrazar al que sufre, en vez de desampararlo y dejar que se estrelle contra los arrecifes de su personal desgracia.

La maniobra no tuvo el resultado esperado. Las imágenes de la escaramuza son una voluntaria de la Cruz Roja acogiendo en sus brazos a un desdichado y un submarinista de la Guardia Civil salvando de la hipotermia a un bebé. Poco o nada importa que algún —o alguna— Seidel, desde la gelidez de su corazón, prefiera ver en la primera imagen un acto libidinoso, o en la otra un derroche de energías provocado por el vecino malévolo. Es el gesto de ambos lo que desarma e inutiliza la malevolencia.

El problema de fondo es vidrioso y resurgirá, quizá de mala manera, pero esta batalla se ganó como se ganan algunas: con el abrazo que deja en evidencia a quien carece de sentimientos.

Matar el comienzo

Es quizá el momento culminante de la película *Ven y mira*, del ruso Elem Klímov, recientemente recuperada y restaurada. Sucede cuando los partisanos bielorrusos capturan a un grupo de SS, algunos alemanes y otros oriundos de pueblos eslavos. La mayoría trata de desvincularse de los crímenes cometidos contra los habitantes de varias aldeas de las inmediaciones. Hay, en cambio, un joven oficial alemán que se encara con sus captores y no sólo reconoce su responsabilidad en los asesinatos, sino que dio la orden de acabar también con los niños. Y lo justifica diciendo que los niños son el comienzo de todo; que si los dejaba vivir garantizarían la continuidad de aquella raza inferior que se trataba de exterminar. Su explicación lo condena, junto a sus compañeros, no sólo a ser ejecutado por los partisanos, sino a quedar fuera de la cerca que delimita la condición humana.

La violencia deliberada contra los niños, o su exposición a los peligros que incumben a los adultos, marcan el límite inferior de la abyección. La Alemania nazi volvió a demostrar su extrema inmoralidad muy poco después, cuando arrojó a los niños de las juventudes hitlerianas contra los T-34 rusos en las calles de Berlín, una indignidad abiertamente reconocida por su Führer al condecorar a algunos de los supervivientes. Aquel acto se filmó y son esas las últimas imágenes que se tienen de Hitler vivo. No por casualidad Klímov decidió montarlas al final de su película. Forman parte del mismo espanto, de la misma aberración.

Hace ahora treinta años unos militantes de la organización Euskadi Ta Askatasuna, como ellos mismos gustaban y gustan de llamarse, empujaron un vehículo cargado de explosivos hacia un grupo de niños que jugaba en el patio de la casa-cuartel de la Guardia Civil de Vic. No fue un accidente: sabían que allí vivían niños, pero es que además, como pudo relatar luego alguno de los que sobrevivieron, tuvieron contacto visual con aquellos a los que asesinaron, antes de desencadenar la acción homicida. No fue tampoco una excepción: durante las varias décadas en las que esa organización desarrolló su actividad, acabó, mediando dolo directo o eventual, con la vida de trece menores familiares de guardias civiles. Y no sólo los mató: también justificó el hecho de haberlos matado, culpando de paso a los agentes de «utilizar a sus hijos como escudos humanos». Está en los comunicados reivindicativos de la propia organización, en los que no asoma la menor sombra de pesar. Tal vez porque quienes los redactaban, como el SS de la película de Klímov, tenían la sensación de estar limitando al eliminarlos la proliferación de una raza inferior.

Aquello pasó, los responsables de esas acciones hubieron de enfrentarse a la justicia, algunos siguen cumpliendo condena por ello y algún otro tiene aún juicios pendientes. No se puede reabrir infinitamente herida tan dolorosa, igual que en su día se optó por cerrar, en aras de la concordia europea, la herida de la barbarie infinita que Alemania les infligió a sus vecinos. No está de más recordar, sin embargo, que los alemanes asumieron y asumen la vergüenza nacional por aquello, y que ese sentimiento es presupuesto de su readmisión en el mundo civilizado.

A día de hoy, quienes justificaron y apoyaron la muerte de los niños de Vic siguen sin haber reconocido sus errores, más que en modo subjuntivo: «si es que la violencia hubiera sido en alguna medida injusta». Conviene recordar que cada vez que se homenajea a alguien que alimentó y suscribió la acción de esa organización —que no necesita adjetivos, con los sustantivos que la nombran basta—, cada vez que alguno de los que no fueron ajenos a ella pontifica sobre la paz o los derechos humanos, lo hace sobre aquel acto incalificable y descalificatorio. Ya que aquí no se filmará el horror como lo hizo Klímov —sería interesante explicar por qué— habrá que fijar de otro modo la memoria.

La hora de los ilusos

Clama al cielo: no sólo es injusto, sino contrario a la lógica de las cosas y al saludable funcionamiento de la economía, que los negocios más rentables, los que generan cifras más ingentes de beneficios a lo largo y ancho del planeta, sean los que menos carga impositiva soportan, gracias al truco impune y consentido de ubicar artificialmente sus rentas en territorios de liviana o nula tributación. Como consecuencia de esa deslealtad para con las sociedades de las que extraen sus ganancias y de cuyas leyes e infraestructuras se aprovechan, incrementan su cotización en bolsa y dan lugar a patrimonios milmillonarios, que se exhiben sin rebozo ni más contrapeso que alguna acción filantrópica por la que sus titulares esperan que los celebren y los admiren.

Quienes en alguna ocasión osan expresar en público sus reparos, y clamar para la enmienda de tan absurdo y lacerante estado de cosas, se han venido encontrando con discursos que los tildan de ilusos. Hay muchas razones, se viene a objetar, por las que jamás se van a tomar medidas contra esa disfunción de la exención impositiva de los más opulentos: no se pueden poner trabas fiscales a la creación y la libre circulación de la riqueza, so pena de dificultar el progreso, tanto en términos económicos como tecnológicos —ya que muchos de estos boyantes negocios están relacionados con la tecnología—. Además, los beneficiarios del tinglado acaparan ya tal poder económico y de presión —a través de los lobbies que auspician y controlan, los académicos a los que financian y los candidatos cuyas campañas pagan— que nunca se fraguará una acción política vigorosa para poner coto a esta ventaja de la que se alimenta el valor de sus empresas.

Y quizá habrían seguido disfrutando indefinidamente de su gigantesco chollo, de no haberse cruzado en el camino dos crisis pavorosas y una pandemia global, que han dejado temblando las cuentas públicas de todos los grandes países y sobre todo le han mostrado a la que todavía oficia precariamente como la primera potencia económica mundial que ya no puede aplazar por más tiempo la renovación de sus penosas infraestructuras. Después de décadas de abandono de las inversiones públicas, a mayor gloria de los magos de Wall Street y sus gurús e ideólogos a sueldo, ya no aguantan más, hay que reponerlas y de algún sitio tiene que salir el dinero. Y como los pobres ya llevan demasiado tiempo sosteniendo al Estado por encima de sus posibilidades, llegó la hora de pasar la gorra a los hasta ahora intocables.

De ahí que el G-7 impulse un acuerdo para que se graven los beneficios empresariales con un tipo mínimo sea cual sea el sitio del globo donde los astutos artistas de la elusión fiscal den en situarlos, para que deje de funcionar el subterfugio de pagar impuestos irrisorios en un país y forrarse en otro, en beneficio del que ofrece el descuento fiscal y en perjuicio abusivo del que genera la riqueza que a su vez otorga valor, clientes y mercado a lo que sea que venda la empresa que obtiene los beneficios.

Aunque sea por este camino tortuoso, llega así la hora de los ilusos, y sobre todo, la hora de dar una mínima reparación a los hasta ahora burlados, estafados y hasta expoliados. Porque es también hora de decirlo con claridad: la obscena dimensión que han alcanzado algunas fortunas individuales descansa de manera significativa sobre esa posibilidad de escurrir el bulto fiscal, que no es más que dejar de aportar a la comunidad la contrapartida que le debe cualquiera que de ella obtiene lucro y amparo, en perjuicio de quien teniendo menor capacidad económica se ve obligado a sostener el déficit de recaudación que eso genera.

Lo que los Estados no les podían cobrar a los reyes del mambo lo acababan pagando los humildes con sus salarios y el deterioro de los servicios públicos. A lo mejor no salía tan a cuenta la prosperidad que se han estado jactando de traernos.

Los caminos del diablo

Ya nadie cree en el diablo y quizá esa sea su mayor ventaja. No parece muy probable que en alguna dimensión subterránea more un ángel destituido con cuernos y rabo, lo que explica la incredulidad frente a su representación tradicional. Sin embargo la experiencia nos atestigua que en pliegues profundos de la condición humana anida una fuerza siniestra que es capaz de promover el daño extremo, la destrucción máxima, la abyección suprema que distingue al olvidado príncipe de las tinieblas.

El diablo está en el hombre —y en la mujer— cuando su voluntad, libremente formada y pudiendo encaminarlo en otra dirección, lo conduce a propiciar el giro más horrendo para dar desahogo a una cualquiera de sus múltiples insatisfacciones. La vida no nos hizo para recompensarnos y gratificarnos sin tasa: de ella forman parte la frustración, la derrota, el fracaso, el error. Y aprender a asumirlos y pagarlos, cuando es justo y cuando no lo es, representa un arte mayor que muchos nunca adquieren y cuya falta le abre al diablo todos los caminos.

No es su único recurso. El diablo se alimenta

también de las ideas —que en algún caso se convierten en inercias, y estas a su vez en hábito consumado— por las que unos seres humanos se sienten en posición superior sobre otros, y en su virtud con derecho a ejercer sobre ellos lo que jamás aceptarían que otro ejerciera sobre ellos mismos. Desconsideración, autoritarismo, injurias, violencia. Si una mente humana acierta a devaluar de algún modo la condición de un semejante, se abre la espita para que el así degradado quede expuesto a cualquier atropello.

No son estos los únicos caminos del diablo, pero sí los dos principales. Recorriendo ambos, un hombre ha sido capaz de matar a sus dos hijas pequeñas, meterlas en bolsas de deporte lastradas con un ancla y arrojarlas a una sima de un kilómetro de profundidad. Todavía está por ver si, después de hacerlo, no ha hallado otra salida que suprimir su miserable existencia o se ha sentido autorizado a prorrogarla con una huida. Llegó hasta ese extremo del horror porque no podía soportar que la vida le infligiera un revés y que su contrariedad tuviera forma de mujer. Mató a quienes más habría debido cuidar porque no supo perder y no aprendió, tampoco, a tener por igual a la persona a la que quiso destruir la vida, despreciando la de las hijas en común.

Lo atroz del hecho debería empujar a la constatación serena de esa doble desgracia, en lugar de la ociosa polémica. El diablo sonríe mientras se discute si son galgos o podencos: si se trata de un desalmado o de una expresión del machismo que aún arraiga con vigor en nuestra sociedad. Él sabe que son las dos cosas, que las dos le valen, que las dos le abren caminos entre los humanos a diario, y se los seguirán abriendo, mientras los humanos no sean capaces de poner centinelas donde deben.

Quizá para demostrarlo, y para reírse de nuestra ceguera, se distrae en los mismos días en que se halla el cuerpo de una de las niñas en servirse de otro machista para descuartizar a una chica de diecisiete años a la que antes había hecho madre, y de una mujer resentida contra su pareja para acabar con su propia hija, porque los humanos endemoniados que no saben perder sin hacer daño pueden ser —son— de ambos sexos.

Está bien que hagamos manifestaciones de repulsa. Está mal, y bien para el diablo, que nos empeñemos en negar cada uno la evidencia que más le moleste o que nos apiademos de la víctima que más nos conviene mientras hacemos invisible, o de menos, a la que nos estorba el discurso. Al final, el diablo está en el hombre —y en la mujer— y va a ser imposible extirparlo, pero hará menos daño si en las encrucijadas por donde pasa hay alguien esperando para detenerlo. El centinela que no pusimos, que no estuvo para salvar a ninguna de esas cuatro niñas.

El último domingo

Han sido muchos domingos amargos. Más de tres años con ese regusto acre que tiene la vida cuando pintan bastos y hay que resignarse a convivir con lo que no se desea. Más allá de las razones, la justicia o la injusticia de la sentencia y la necesidad o no de castigar las acciones que en su día perpetraron, a este grupo de hombres y mujeres les ha tocado apurar un cáliz que a nadie le apetece ni siquiera probar: la pérdida de la libertad, que es más dolorosa cuando uno se siente en la creencia, errónea o no, de que hizo lo que era debido y de que el hecho por el que se le castiga debería ser, al revés, objeto de reconocimiento.

Y ahora, de pronto, llega el último. El próximo domingo, a estas horas postreras y melancólicas de la tarde, serán hombres y mujeres libres. Desaparecerán de su horizonte las rutinas de la vida carcelaria, odiosas todas, por muy benigna que sea la ley penitenciaria que a uno se le aplique y por más delicadezas que se hayan tenido con ellos, sin duda superiores a las que recibe un recluso desprovisto de la visibilidad y el apoyo con que ellos contaron desde el momento en que ingresaron en la cárcel.

Les tocará reaprender el arte de ir por la calle sin el peso ominoso de la justicia penal ejecutada en las propias carnes. Se tendrán que convencer, no de esa inocencia que proclamaron desde el primer día, sino de que con arreglo a derecho se les ha exonerado de la responsabilidad que se les impuso. Aunque sea por la vía del indulto y este sea parcial y condicional y no se les extirpe del historial la condena que recibieron y parcialmente cumplieron. Los que en su día pusieron tierra de por medio y no se quedaron a afrontar las consecuencias no pueden decir otro tanto. Aunque por ahora se amparen en inmunidades y huecos de jurisdicción, no son libres para volver sin más a su casa.

Ellos, los que se quedaron y entraron en la cárcel, y ahora salen, sí. Para que puedan hacerlo ha sido necesario que quien preside el Gobierno se juegue su crédito político íntegro, a una carta, la de la reconciliación y el reencuentro, que a los presos no se les ha pedido que corroboren ni ratifiquen. De hecho, en vísperas de su salida lo que dan a entender es más bien todo lo contrario: que no están dispuestos a corresponder al gesto del Estado que a través de un mecanismo excepcional los libera, sino que porfían en proclamar su ilegitimidad y en procurar su derrota, aprovechando la debilidad de la que el otorgamiento de la medida de gracia es, así lo manifiestan, notoria expresión.

Cuando menos, no se puede decir que la situación no es original. Los términos de la clemencia, tan infrecuentes, dan pie a los enemigos del Gobierno otorgante a acusarlo de toda suerte de inconfesables y viles componendas. Quienes por razones de variada índole —afinidad, conveniencia, resignación— se aplican a defender el perdón, y a falta de poder recurrir a la voluntad de los perdonados de transitar por sendas menos conflictivas, se esfuerzan por convencer a los dubitativos de que la indulgencia genera indulgencia y de que peor es tener mártires que puedan convertirse en bandera de pasiones feroces e irreductibles.

Los argumentos de unos y otros quedan en ese limbo que corresponde a las especulaciones y las conjeturas. El tiempo se ocupará de dar y quitar las razones, y antes de que transcurra no podrá saberse si yerra quien indulta o quien a la deslealtad no le ofrecía más respuesta que la letra inflexible de la ley.

Entre tanto, se alza esa certeza de que es el último domingo no sólo para ellos, los que según la justicia delinquieron y para el Gobierno procede que no sigan penando. También para sus hijos, sus parejas, sus padres, que nada hicieron —salvo que se repute delito querer al que lo comete— y vivirán el domingo que viene sin la sombra de la ausencia y la pesadumbre. Celébrenlo ellos en buena hora. Ya se verá si otros han de lamentarlo.

María en Tigray

No desconocías el peligro. Empezaste a trabajar en lo tuyo, la coordinación de emergencias sanitarias, en un lugar tan turbulento e impredecible como la República Centroafricana. Después pasaste por Yemen, México y Nigeria. Tu disposición a exponerte te llevó finalmente a Etiopía, donde en este verano de 2021 tu camino y el de tus dos acompañantes se cruzó con el de unos individuos armados que ignoraron los distintivos con los que dejabais bien claro que vuestro vehículo pertenecía a una organización humanitaria y no se privaron de utilizar sus armas contra vosotros. Dicen que en la zona opera el llamado Frente de Liberación Popular del Tigray. El Gobierno etíope, que lo combate y al que combate, le adjudica la autoría de vuestras muertes.

Tu muerte, María, como la de los dos trabajadores etíopes que te acompañaban, Tedros y Yohannes, nos recuerda a todos los que preferimos no correr riesgos que hay quienes por su ideal de servicio a los demás, en tu caso, y por un sueldo mínimo, en el de tus compañeros, se arriesgan a meterse en la misma boca del lobo para tratar de aliviar el padecimiento que causan sus mandíbulas en quienes están más indefensos ante ellas. Ni tú ni ellos habíais cumplido ni cumpliréis ya los cuarenta años. En plena juventud, con toda la vida por delante, os hicieron pagar vuestro desprendimiento al más alto precio concebible.

Gracias a vuestro sacrificio, nos acordamos de Etiopía, un país que no sólo existe, sino que alberga 110 millones de almas, más del doble que España, la población más alta de África tras la de Nigeria, y que subsiste siempre al borde de la hambruna y en la proximidad escalofriante de la guerra. Gracias a vosotros, a la forma lúgubre y atroz en la que el topónimo se anuda para siempre a vuestra biografía, tenemos noticia de Tigray, una de las regiones de Etiopía, envuelta en un conflicto por la rivalidad entre la etnia allí dominante y la que se ha hecho con el poder desde el Gobierno central del país en Adis Abeba. Desde este se acusa a los rebeldes de toda clase de inhumanidades, pero no faltan indicios de que la acción gubernamental, con bombardeos sobre la población civil, tampoco está exenta de excesos. Nada se sabe muy a ciencia cierta, porque debido al apagón informativo decretado por el Gobierno y el desinterés internacional por esta enésima guerra apenas hay periodistas sobre el terreno.

Lo que sí se sabe es que el choque entre las dos fuerzas en liza, como suele ocurrir en general, y más en países que viven siempre al filo del abismo de la pobreza, ha provocado una crisis humanitaria, a la que tú, María, con el empeño de tu juventud y unos recursos seguramente insuficientes, tratabas de ofrecer respuesta. Por eso estabas en el lugar del peligro, y para no ser percibida como afín a ninguno de los dos bandos beligerantes, viajabas con tus compañeros en un coche sin escolta alguna.

Queda, como siempre que sucede algo semejante, la más inhóspita de las preguntas sobre la condición humana: cómo es posible que alguien decida quitarle la vida, justamente, a una persona que es de las pocas que no sólo se dan por aludidas por el sufrimiento de su pueblo, sino que trata de hacer por paliarlo. Quizá quienes apretaron el gatillo creían estar saldando alguna cuenta con el mundo en general, y en especial con ese mundo desarrollado y acomodado que decidiste dejar para ayudar a otros. Quizá lo hicieron con el cálculo de que así llamarían la atención sobre una guerra que no quitaba el sueño a nadie.

Si este era su objetivo, lo han alcanzado de una manera tan eficaz como siniestra. Al fin miramos a Etiopía, al fin sabemos que existe Tigray y que allí las gentes viven atenazadas por el pánico que provoca en quienes están sin armas el trasiego de quienes las portan y emplean. Tu sacrificio, por la conciencia de los inconscientes, merece una condecoración que no hemos inventado todavía.

Los prisioneros

A nadie le gusta sentirse prisionero. Esta es una verdad amarga que una buena fracción de la humanidad aprendió allá por la primavera de 2020, cuando muchos países se vieron en la tesitura de decretar un confinamiento domiciliario. Parece poca cosa la libertad de salir a la calle y echar a andar en la dirección que a uno le pidan los pies, hasta que te privan de ella y te das cuenta de que el ser humano, de una manera idiota y constante, necesita saber que puede hacerlo, aunque luego no lo haga.

Después han sido muchos los que lo han reaprendido, gracias a tener que pasar cuarentena por dar positivo, por ser contacto de uno o sospechosos de padecer la enfermedad. Miles, cientos de miles, millones de personas que se han visto circunscritas a cuatro paredes, ya sea en sus domicilios, en el hotel que habían elegido o el que les impusieron las autoridades. Lo han llevado como han podido; mejor, con carácter general, de lo que llevaban la reclusión los antiguos, que no tenían *smartphone* ni tele con chorrocientos canales para vaciar la sesera veinticuatro horas sobre veinticuatro. Unos pocos, aficionados a leer, han tenido incluso una oportunidad de hacerlo como rara vez podían.

Y sin embargo, he aquí que la noticia ha saltado, con todo lujo de detalles y profusión de comentarios, cuando han sido unas decenas de jóvenes en viaje de fin de curso los que se han visto obligados por la autoridad competente a permanecer unos pocos días en sus hoteles después de que entre ellos el virus se aprovechara, como suele, del roce y la promiscuidad para dar un gran salto adelante en su propagación. Y eso que la cuarentena venía motivada por lo de siempre: impedir la extensión de los contagios, inicialmente en la comunidad en la que se producen y en segundo término a todas las de origen de los chavales.

Las protestas de los afectados, prontamente difundidas por ellos mismos a través de su medio de expresión predominante, el videoselfi, se extendieron a los más pintorescos aspectos. Uno recurrente, y llamativo en un colectivo formado aún en buena medida por menores de edad, era que en su encierro cuarentenal no se les suministrara alcohol. Alguno llegó aún más allá, hasta la airada reclamación de que durante los días de cuarentena se le prorrogara la barra libre que incluía el paquete que le habían pagado sus padres. Quejas más habituales tuvieron que ver con la calidad y variedad de la comida que se les hacía llegar a las habitaciones. Y en general, con el hecho de verse privados de la libertad ambulatoria cuando ellos no habían dado positivo.

Son quejas que no formula, ni se atreve a hacerlo, ninguno de los que sufren las draconianas cuarentenas que impone el Gobierno chino, que además pasa al confinado la factura de las pruebas y demás servicios a precios exorbitantes, pero el caso de los chavales sucede en una democracia avanzada y con garantía de los derechos individuales y los padres de los confinados las hacen valer, recurriendo incluso al *habeas corpus*. La petición encuentra la respuesta favorable de una juez, que considera que es excesivo e ilícito el confinamiento de quien no dio positivo, con prueba o sin ella, y ordena su inmediata liberación.

Una vez que habla la justicia, los derechos deben hacerse efectivos, pero el caso plantea algunas dudas. De entrada, sobre la actuación de las autoridades baleares, que no vacilaron en confinar a los chavales españoles pero no hicieron lo mismo con los turistas extranjeros que compartían alojamiento y que bien pudieron traer la infección. También sobre la decisión judicial, en tanto que un par de decenas de liberados dan positivo en la primera prueba que se les hace a su llegada a la Península.

No hace tanto a los jóvenes se les privaba de libertad por la cara y no por días, sino por meses. Se llamaba mili. Eran otros tiempos: había objetores, pero nadie pedía el *habeas corpus*.

De cien a cero

La vida va así: un día estás planeando tu país para el 2050 y al día siguiente, como quien dice, toca rescatar el currículum y pensar qué vas a hacer con tu vida. De cien a cero en apenas unos segundos, en términos existenciales. De ser la mente que urde lo que para otros serán designios ineludibles, a ser sólo el pastor de tu propio y desnudo destino, zarandeado y expuesto a las inclemencias y las decisiones ajenas como el de cualquier ciudadano. Aunque quizá es necesario introducir un matiz: a partir de ahora, eres un ciudadano que una vez fue algo más. Lo que te reportará alguna ventajilla, sí; pero también una carga onerosa que el futuro te dará la oportunidad de ponderar.

Cuentan en los mentideros madrileños —que muchas veces hacen honor a su nombre, por lo que siempre es bueno poner en cuarentena cuanto en ellos se afirma— que llevabas semanas creyéndote que pilotabas el inminente cambio de gabinete. En esa fe contactaste con profesionales para ofrecerles puestos en su segunda línea, que iba a renovarse de manera sustancial, les dejabas caer, a fin de hacer frente a los retos de la recuperación tras la pandemia. El caramelo era estar en el ajo del reparto de los 140.000 millones de euros, el nuevo maná europeo al que le sobran los novios. Por lo que dicen que decías, ya te veías con el mazo adjudicando en la subasta, y por eso te hacían zalemas los que aspiraban a mojar en la salsa, todos los grandes del país.

Que es, dicho sea de paso, lo que ocurrirá, como ocurre siempre: nada llegará a los pequeños sin pasar antes por los grandes, que cargarán sobre el grueso del paquete su porcentaje y harán suyo el beneficio que por grandes les corresponde. Así era hace quinientos años, cuando aún había señoríos y vasallos; así es hoy, que todos somos iguales ante la ley y blablablá.

Y de repente, quien tanto pudo ser y hacer se convierte en uno más que lee en los periódicos lo que hay. Alguien a quien esos grandes que ayer te ensanchaban la sonrisa hasta el punto del desgarro de comisuras ni verán si se lo cruzan por ahí. En el mejor de los casos, te saludarán haciéndote sentir una pizca de piedad y su certidumbre complacida de que ellos realmente *son*, mientras que tú, por más que llegaras a creerte en medio de la nube de halagos que envuelve al poder, simplemente *estabas*.

Recuerda Emmanuel Carrère en su último libro, *Yoga*, una vieja sentencia hebrea: «¿Quieres hacer reír a Dios? Háblale de tus proyectos». A ti, ahora que acabas de pasar de la condición de piloto de Fórmula 1 a la de simple peatón, no te hace falta ser creyente para calibrar lo atinado de ese aserto judío. A falta de Dios, tienes a mano otro sumo hacedor, igualmente omnipotente e inescrutable: ese que de confiar en ti, para todo, ha pasado sin más a hacerte ver que en su camino futuro no tienes lugar. Tal vez, como suelen hacer los grandes hombres con aquellos a los que defenestran, te ha ofrecido un colchón en el que aterrizar sin romperte la crisma, pero eres lo bastante inteligente como para saber que esos colchones los carga el diablo, y que los corderos mansurrones que se dejan estabular en ellos acaban provocando la mofa y la conmiseración de todos cuantos los contemplan.

Así que lo que toca es la intemperie, la bajada a tierra y dar la mejor impresión posible. Eliges hacerlo a través de una nota manuscrita, en letras mayúsculas y con renglones que apuntan hacia arriba, siempre hacia arriba. Atribuyes en ella tu cesantía a la necesidad de «saber parar», que es lo mismo que convertir en virtud lo que a uno no le queda más remedio que hacer una vez que en el depósito ya no queda ni una gota de gasolina.

Tu combustible eran tus aciertos, tus triunfos improbables y contra todo pronóstico. Desde hace meses, mostrabas más propensión al descalabro. Y a los ungidos por la fortuna no les gusta fracasar. Ahora, a reinventarse. Siempre se puede.

Su dictador, gracias

Anastasio fue un emperador romano de Oriente que reinó en el tránsito del siglo v al vi. Mientras Roma vivía bajo la férula de los bárbaros, se esforzó para que Bizancio se alzara como la nueva capital del mundo civilizado. Y lo logró. Para ello, decidió entre otras cosas prescindir del fanatismo. En el año 517 recibió a una delegación de sacerdotes de Roma, que le dijeron que su obligación como emperador era imponer férreamente la fe católica a sus súbditos. Anastasio les respondió que nunca iba a permitir que por imponer el punto de vista de una facción sobre el resto las calles de sus ciudades se vieran inundadas de sangre y que no era ocupación suya declarar fuera de la ley a la mitad de su imperio, sino más bien encontrar una fórmula bajo la que las diversas creencias de sus súbditos pudieran coexistir.

Lo cuenta Peter Brown en un libro iluminador, *El mundo de la Antigüedad tardía*. Quizá tampoco sobre anotar que Bizancio se sostuvo durante casi un milenio más, en el que Roma sufrió decadencia, conquistas, cismas y saqueos. Hay en un número no pequeño de mentes la convicción de que el respeto hacia el punto de vista ajeno es una cuestión que admite excepciones a la luz de determinadas circunstancias. Como los sacerdotes que vinieron de Roma para espolear inútilmente a Anastasio, creen que hay imposiciones y despotismos benéficos, para enmendar a aquellos que se permiten la veleidad de abrigar ideas inadecuadas, y que no hay más que ilegalizar y perseguir para que dejen de ser nocivas.

En estos días de julio coinciden sobre nosotros las sombras de dos dictaduras. Una que nació del golpe militar asestado un 18 de julio de hace ochenta y cinco años a una república que había salido de las urnas y trataba de superar el sabotaje que le hacían, a izquierda y derecha, sus enemigos persuadidos de que la ley y la democracia eran menudencias que cabía remover en aras de un fin más alto. Otra que acabó instaurándose tras el triunfo de una revolución contra un dictador anterior, allá por los primeros días de 1959. Su sesgo ideológico dispar, y algún matiz igualmente divergente, como el hecho de que una acabara recibiendo la bendición y el apoyo de Estados Unidos y la otra se haya visto sometida desde el principio a su embargo y acoso, no desvirtúan el hecho de que en ambos casos se puso en práctica aquello que Anastasio declinara hacer: imponer sobre toda la población un punto de vista e ilegalizar los demás.

Por esa identidad sustancial a la hora de tramitar un expediente que a ningún habitante de una sociedad abierta puede apetecerle que se le aplique, sea cual sea la coartada ideológica, estratégica o táctica que se aduzca para ello, sorprende el esfuerzo al que se lanzan muchos entre nosotros. En síntesis, se trata de proclamar lo odioso de una dictadura, mientras se elude calificar de tal a la otra y, llegado el caso, se acumulan las razones por las que, aun siéndolo, estuvo o está justificada y legitimada. Se arrojan así los interesados a un cómico juego de pilla-pilla, en el que se señala la incoherencia ajena mientras se rehúye reconocer la propia.

Algo anda averiado y pendiente de reparación urgente en una sociedad donde no son pocos los que encuentran excusa a una manera de organizar los asuntos públicos, el Gobierno y la expresión de la voluntad general que no sólo es incompatible con sus principios fundamentales, sino que repugna a estos de modo profundo y radical. Algo descoloca, desazona y desespera en una democracia donde cargos electos sólo saben tomar una distancia inequívoca de los modos dictatoriales cuando los ejercen sus enemigos ideológicos, mientras condonan, minimizan o incluso ponderan la ejecutoria del tirano al que se sienten afines.

Aplíquese cada uno de ellos a reivindicar a su dictador. Sin tener uno de referencia, preferimos otros la cordura antigua de Anastasio a sus siempre indigentes, turbias y ruines razones.

Nada juntos

Algo ha salido mal, o muy mal. Una chica de diecisiete años gana una medalla de plata en unos juegos olímpicos y por un instante queremos tener la sensación de que volvemos a sentir algo al unísono. Sin embargo, es un espejismo. El deporte, en su versión televisada y mercantilizada —sí, también lo son unos juegos olímpicos, no hay más que atender a las oscuras reyertas que hay para adjudicarlos—, no pasa de ser una simulación de concordia. Tampoco era muy diferente en las Olimpiadas de la antigua Grecia. Sí, hacían una tregua, pero la paz y la armonía distaban de reinar entre los griegos de entonces. Así acabaron, despedazándose los unos contra los otros en aquella guerra del Peloponeso que los precipitó, a la postre, a su decadencia.

Cuando uno escucha los huecos discursos acerca de la paz y la solidaridad universal en la ceremonia de inauguración de los juegos, lo que toca recordar es que debajo de toda esa palabrería lo que hay, como siempre, es un mundo en tensión y desgarro permanentes, donde gente sin escrúpulos maniobra día y noche para sacar adelante sus intereses, siempre a costa de otros, y de preferencia a costa de los más débiles e indefensos. Hay tiros y muertos en muchas partes del globo —la tregua olímpica no va ni irá nunca con ellos—, y pulsos sordos o flagrantes entre los que disputan el poder regional o mundial. Por eso son inviables las estrategias que exigen empeños conjuntos, como la que hace falta para no acabar de destruir el planeta. Por eso China nunca va a permitir que nadie fisgue en el laboratorio de Wuhan.

Y volviendo a lo de la chica y la medalla de plata, cuando se da la noticia aparece la joven heroína con el chándal del equipo al que pertenece, el de España, y se indica su comunidad de procedencia, Madrid. Bastan unos segundos para comprender que la celebración no será tan unánime como puede parecer. Se descolgarán de ella, de forma más o menos ostentosa, todos los que entre nosotros ya consideran que España no es una voz que nos reúna, sino un yugo odioso que los atenaza, y la bandera que la chica lleva en el chándal, un emblema fascista. Todos esos que cuando triunfa uno de los suyos, aunque suba esa bandera al mástil y suene el himno, omiten su condición de españoles para destacar, únicamente, su vínculo con el terruño que les permite impugnar esa etiqueta. La Comunidad de Madrid, donde ha nacido la medallista, les resulta ajena, cuando no hostil.

Así nos va, en el mundo y en la piel de toro. No saber hacer ya nada juntos nos ha condenado, a escala planetaria igual que en el ámbito doméstico, a capear la pandemia como se hacía cuando no disponíamos de los avances tecnológicos y científicos que ahora nos asisten. Se ha logrado desarrollar y administrar la vacuna a un ritmo admirable, eso es lo único que ayuda a no sumergirnos en la melancolía. Por lo demás, el mundo y el país encajan el zarpazo del coronavirus como encajaron el de otras enfermedades infecciosas anteriores. De ola en ola, y ya suman cinco, siempre por detrás de los acontecimientos, y sacrificando como de costumbre la equidad en la respuesta a la desgracia.

Esta desunión criminal, que lo es porque cuesta vidas, y causa miserias y sufrimientos que tenemos herramientas para evitar, tiene autores, a quienes alguna vez habría que pedirles responsabilidades. Todos esos jugadores de ventaja que pueden especular a costa de los demás y no dejan de hacerlo, por el afán de obtener una fortuna que sólo pueden gastar en caprichos. Los que en lugar de avanzar hacia una comunidad de humanos se ciegan con la idea idiota de vencer o doblegar a sus semejantes. Los que se aplican a construir diferencias imaginarias, hasta que su bombardeo sobre mentes desprevenidas las hace reales. Los que se creen intérpretes auténticos y únicos de la verdad.

Regresa, Charlton Heston, a este planeta de los simios y, con esa voz y esos puños apretados, ayúdanos a maldecirlos.

Un mundo para Niklas

Niklas quiere un mundo a su medida. Más o menos como cualquiera, si le preguntan. A quién no le gustaría vivir en una realidad donde las normas y los recursos se acomodaran a sus necesidades y a sus deseos. La mayor parte de los adultos, sin embargo, asume que el mundo en el que ha de desenvolverse se sujeta a una multitud de restricciones que son consecuencia de los arduos equilibrios que deben hacerse para compaginar la pluralidad de intereses contrapuestos que existe en cualquier sociedad. La única forma de garantizar que alguien haga todo lo que se le ocurra es imponer al resto el deber de sufrirlo, y una larga experiencia nos dice que no es esa la mejor solución.

Niklas, en cambio, pertenece a ese colectivo de visionarios que atisban una posibilidad de negocio, idean la herramienta tecnológica que puede implementarla, les encargan a otros darle forma y desarrollarla y, una vez que el artefacto está a punto y empieza a bombear beneficios, exigen que cualquier traba que se oponga a su lucro se volatilice sin más. Ya sean los derechos de otros, las leyes de alguno de los países a los que extienden su actividad o los principios a los que se atienen las sociedades en las que puedan tener usuarios conectados y facturables.

Si alguien osa decir que la actividad que el visionario desea desarrollar presenta algún inconveniente, desde alguno de esos puntos de vista, queda en seguida estigmatizado como ludita o cavernícola, refractario al progreso y destructor de la riqueza y las posibilidades que la tecnología y sus artífices nos ofrecen. Si la cosa llega aún más allá, y los tribunales dictan sentencias, las sociedades concernidas organizan movimientos de contestación a su actividad o, en fin, los parlamentos legislan de manera que el negocio pierda algo de margen o tenga que asumir algún límite en la afectación de derechos ajenos, Niklas y los suyos dejan de jugar.

Así ha sucedido esta semana. A la vista de las reglas que un país soberano, a través de sus representantes legítimos, le ha impuesto a la actividad de las empresas de reparto a domicilio por medio de aplicaciones informáticas, y en especial las que tienen que ver con la protección y con los derechos de los seres humanos que se juegan a diario el físico en la calle para llevar los pedidos, Niklas dice que una compañía del ramo de la que es accionista se va del país en cuestión. Lo ha anunciado todo ofendido en Twitter, con un mensaje en el que da a entender que no le han dejado más remedio que castigar al país sin darle sus servicios por culpa de la estrechez de miras de los pazguatos que lo gobiernan.

Niklas y la empresa fugitiva están en su derecho de gestionar su negocio como mejor les parezca, faltaría más, y por tanto de retirarse de todos los países que hagan por sus trabajadores algo que a Niklas y al resto de los accionistas no les convenga. Quizá no sea el último del que se marchen o tengan que hacerlo. Lo que no está tan claro, o quizá no debería estar tan claro, es que ese derecho incluya la potestad de despreciar las leyes que otros se dan, la interpretación que de estas dan sus más altos tribunales —y de la que a su vez deriva en este caso la reforma legal que le molesta— y la sensatez de quienes responden en las urnas ante su propia ciudadanía.

La pataleta de Niklas y, más aún, su arrogancia tienen que ver con la megalomanía que a los gestores de los cibernegocios globales les infunde expandirse a través de las redes por todo el mundo y acumular a velocidad pasmosa datos de millones de personas y millones de dólares de capitalización bursátil. Es tal la sensación de poderío que les acomete que se creen al margen de las normas que disciplinan la actividad del humilde tendero de la esquina, además de gozar de múltiples triquiñuelas para ahorrarse los impuestos que al tendero le dificultan llegar a fin de mes.

Hay que empezar a hacerles ver que no son más ni tienen más derechos que cualquier otro empresario. Unos se van, pero otros lo acatan. La letra con determinación entra.

Fin de viaje

El astro del balón pone fin a su contrato con un equipo, que no a su camino, ni siquiera a su carrera como delantero de lujo con una plantilla a su servicio, que seguramente continuará en otras latitudes. Las explicaciones que se dan al fin de su relación contractual con el club en el que jugó durante toda su carrera profesional, y con el que acumuló emolumentos por más de ochocientos millones de euros —es decir, una cifra simplemente inconcebible para cualquier mortal—, son variadas, difusas y precarias.

Al final, la razón es la que una y otra vez lleva a que un bien no esté a disposición de una persona, una empresa o un club, que no deja de ser una forma de lo segundo: el astro se alquila a un precio que la entidad en cuestión no puede pagar. Como no hay voluntad de rebajarlo por parte de la estrella, y hay otros que sí podrán pagarlo —por eso el jugador no se apea de sus pretensiones—, la relación, con todo lo que comportaba, para el club, sus seguidores y una comunidad que cifraba en contar con semejante activo buena parte de su orgullo, concluye como están abocados a concluir todos los asuntos humanos. La historia del gladiador millonario conocerá más capítulos, pero no aquí.

Decía Thomas Edward Lawrence que nada le gustaba tanto como los principios. No sorprende: a todos los seres humanos nos gusta esa sensación de estar estrenando algo que promete y cuya historia aún no está escrita. Es emocionante, te hace sentir vivo. Y sin embargo, tan importante como aprender a disfrutar de esa sensación y valorarla es prepararse para vivir y afrontar la opuesta, ese término al que antes o después llegan nuestras cosas. Cómo acaba algo, ya lo decían los clásicos, da una cierta medida de lo que fue. Y cuando algo termina de forma desairada y abrupta, como es el caso, suele ser síntoma de que ni se llevó de la mejor forma, ni se asumió debidamente su fugacidad.

La vida de la estrella sigue, sí, pero el embeleso que tantos tenían con él caduca bruscamente y los deja huérfanos y hasta en estado de shock, quizá porque le encomendaron a quien no podía ofrecerlo el sustento de demasiadas de sus ilusiones. No sólo se esperaban de él los triunfos deportivos, sino también la afirmación del valor de una comunidad y de su club de bandera, incluso en el caso de que el club y la comunidad se embarcaran, como hicieron, en una campaña de menosprecio hacia buena parte de su vecindario y hasta de su propia base social. Creían que su marca era global y podían permitirse ese lujo, entre otras cosas porque para eso tenían en nómina al astro planetario.

Ahora ven que no tenían nada. Que los elegidos no se casan más que con el mejor postor, y mientras pueda mantenerle la apuesta. Y quizá alguno comprenda que no fue muy buena idea generar el rechazo de muchos que antes eran partidarios, y que ahora destinan sus recursos, los mismos que faltan para poder seguir sufragando el alquiler del sueño, a otros colores donde no perciben esa hosquedad ni esa arrogancia. Su juguete era tan caro como insostenible: entre otras cosas, se había ofendido por tener que pagar impuestos al mismo tipo marginal que vecinos suyos mil veces menos opulentos que él. Resulta imposible aspirar a lo máximo mientras uno se va deslizando hacia su mínimo.

En la misma semana, cae en Madrid uno de los capos de la mafia calabresa, la N'drangheta, huido de la justicia italiana. Se había creído capaz de mimetizarse como un inofensivo anciano en un piso compartido de la capital. Seguramente antes, cuando ascendió en la organización y dispuso de poder y dinero, creyó que tomaba un camino hacia la gloria. Con todas las distancias, y desde el muy dispar reproche ético que su biografía merece, en este final penoso y sin lustre aflora algo similar: quien se arroja en brazos de un espejismo acaba cayendo antes o después a plomo y sin colchón sobre la dura superficie de la realidad. Y a veces, el golpe es tan atroz que cuesta volver a ponerse en pie.

Cuestión de tiempo

Veinte años, no les hemos durado más. Ni siquiera enteros: faltará un mes para que se cumplan dos décadas del detonante, aquel 11-S de 2001 que puso a Afganistán en el punto de mira de Estados Unidos y de todos los países occidentales abocados a seguir a la superpotencia americana. En mitad de un agosto de fuego, mientras el Mare Nostrum se carboniza, los talibanes —o los talibán, como se prefiera, que el nombre es plural en origen— emprenden la reconquista de Kabul, lo único que les faltaba por recuperar del país que un día ya dominaron, y que los herederos de Grecia y de Roma aspiraron cándidamente a troquelar.

En realidad, no es el mismo país. Su población ha crecido en casi un cincuenta por ciento y hay más de veinte millones de teléfonos móviles, cuando en 2001 apenas había alguno. Cuatro de cada diez afganos no habían nacido en ese año: para muchos Occidente es la imagen de los convoyes militares que pasaban a toda prisa, con soldados armados hasta los dientes, sin parar en ningún semáforo ni ceder el paso a nadie, invadiendo el carril contrario siempre que lo consideraban necesario. Rara manera de ganarse una tierra y la voluntad de quienes la habitan.

Hace muchos siglos pasó por aquí otro occidental, Alejandro Magno. Supo pactar con el sátrapa local, se casó con su hija, y gracias a él se helenizó fugaz pero significativamente el país. A partir de ahí, nadie ha entendido ni llegado al alma de una gente arriscada, belicosa y tan orgullosa como para no saber conjugar en ningún tiempo ni modo el verbo rendirse. Ni los británicos ni los soviéticos, que lo intentaron y amontonaron descalabros, en el caso de los segundos seguidos del desmoronamiento de todo su tinglado, cuyas sensacionales carencias los afganos sacaron a la luz.

No ha corrido mejor suerte la opulenta y poderosa Roma del otro lado del Atlántico. Y no porque sus legiones no hayan dado el callo ni puesto sangre y muertos en el empeño, sino porque sus sucesivos cónsules y césares, desde el que lanzó la invasión, no han acertado a discernir con quién se las veían ni han tenido nunca una visión acabada y decidida de lo que querían lograr. Para dominar Afganistán y sacarlo de la inercia que los talibanes tan bien manejan habrían sido necesarios esfuerzos militares, económicos, políticos y diplomáticos muy superiores a los que se hicieron o se podían hacer. O gastar, de ese billón y pico largo de dólares que se fue sobre todo en armamento y en engrosar la facturación de los contratistas del Pentágono, mucho más en otras cosas.

Si no se pudo, o nunca se quiso, más habría valido salir lo antes posible, después de haber entrado. Se habría ayudado menos a la clamorosa victoria que en estos días celebran con justificada euforia los estudiantes del Corán. Son ahora suyas hasta las partes del país donde nunca lograron imponer su ley: esos jóvenes que forman el grueso de Afganistán y de su futuro ven en ellos, pese a sus ideas y costumbres bárbaras, algo más afgano y atractivo que el Gobierno títere y el ejército al servicio de los invasores, en los que la corrupción y las prácticas odiosas no han sido precisamente fenómenos anecdóticos o aislados.

La mayoría de los afganos vive en el campo, apegada a sus costumbres ancestrales. Los talibanes siempre estuvieron ahí, jamás se fueron. Los afganos que en las ciudades se esforzaron por tener acceso al progreso y a otra forma de vivir, a la sombra de la tutela occidental, hacen cola ahora, a la desesperada, para conseguir un visado y huir. La mayoría no lo conseguirán. Los hay que escriben a sus contactos en Estados Unidos, Alemania o España que los talibanes ya están en su ciudad y no les queda sino esconderse y borrar los wasaps. A las mujeres que habían encontrado un trabajo los talibanes las mandan a casa, y las más jóvenes se verán forzadas a casarse con sus guerreros.

Para su desgracia, los talibanes siempre supieron que sólo era cuestión de tiempo. Su aliado. Nuestro peor enemigo.

Prefijo +34

El o la protagonista de esta historia está ahora mismo en Badghis, en Herat, en Kabul, o en algún lugar a medio camino. Su país ha vuelto a caer en las manos que hace veinte años lo manejaban: las de una partida de fundamentalistas —que sean islámicos es lo de menos, también nuestro personaje profesa la fe musulmana— con la firme resolución de sumirlo en la noche más tenebrosa. No la que ya instauraron tiempo atrás, con la limitación de medios entonces a su alcance, sino otra aún peor. Para eso cuentan con los recursos que les han proporcionado los extranjeros cándidos que aspiraron a darle a Afganistán una forma que sólo existía en su imaginación y que ni la tierra ni la gente aludidas con ese nombre llegaron a adquirir jamás.

Los resortes que ahora manejan los fanáticos barbados son realmente pavorosos. Un arsenal de armas tan modernas como nunca soñaron, abandonado en su huida por el ejército de pega y sin espíritu —es decir, sin el primero de los requisitos— que pertrecharon e instruyeron los occidentales. Archivos físicos y digitales con toda la información de la población, incluida la de quienes cooperaron con los forasteros, arrebatados al Gobierno que se disolvió a la misma velocidad que el ejército y la policía. Y esa herramienta insuperable de inteligencia y amedrentamiento, las redes sociales, que en el colmo de la contradicción les pone en las manos el mismo Occidente que afirma condenarlos.

El o la protagonista de esta historia los conoce bien. Si tiene la edad suficiente, porque ya vio cómo se las gastaban antes de 2001, y hay ideas y comportamientos que no suelen evolucionar. Si es aún joven, porque nunca en estos veinte años se fueron los que hoy reclaman el poder y el país con soltura de propietarios. Seguían ahí, intrigando, asediando, atentando, y ya disponiendo en los vastos huecos que dejaba la acción gubernamental.

Por eso, y porque en algún momento colaboró con los que vinieron de fuera y sabe que esa circunstancia es conocida, vive cada hora con angustia y no tiene más esperanza de escapar al peor de los destinos que encontrar una manera de dejar atrás su país. Si está en Kabul, se le ofrece una rendija angosta y terrible: ese aeropuerto rodeado de *checkpoints* talibanes por los que no le queda otra que cruzar y acreditarse como traidor. Y confiar en que los que los guardan lo sigan pasando por alto, en aplicación del frágil acuerdo que mantienen con sus acérrimos enemigos, los extranjeros que han enviado miles de soldados y despachan a diario cazabombarderos para retener por la disuasión de las armas la pista convertida en última y única vía de escape.

En cualquier momento a los vencedores de la

guerra de los veinte años les dejará de convenir el arreglo, o se cansarán, o bien puede suceder que uno de ellos se harte y decida por sí una represalia que, aunque se conozca, nadie castigará. Y con todo, el que está en Kabul es el que tiene suerte, el que todavía puede concebir una posibilidad de eludir la ira del emirato, aunque a todos los efectos se encuentre a merced de sus cancerberos.

El espanto lo vive quien está en Herat, Qala-i-Now o algún otro remoto punto de la geografía afgana, a cientos de kilómetros del aeropuerto transformado en último bastión. En la agenda de su teléfono guarda un número con el prefijo +34, el de España: el de un militar, cooperante, contratista, periodista o diplomático con el que trabajó en algún momento a lo largo de los veinte años anteriores y llegó a hacer amistad. Desde el 15 de agosto, desde antes incluso, y mientras le queda saldo, cobertura y luz para recargar el móvil, no para de enviar mensajes de socorro, que al otro lado, detrás de esos números, reciben personas que nada pueden hacer para salvarlos. A la desesperación de quien les escribe tan sólo pueden responder con la impotencia.

Lo peor de todo es que llevaban mucho tiempo avisándolo.

Nicole y los demás

Cuando se produce un desastre, y ese desastre tiene que ver con las acciones humanas y a su vez interpela a actuar, las voces que lo saludan se suelen dividir en dos coros principales. Uno de ellos lo forman los cínicos: esos que se lo saben todo, que lo veían venir y que no tienen ninguna fe y ninguna esperanza en lo que se dé en hacer frente a la calamidad. El otro lo forman los guardianes de la buena conciencia, que frente a la catástrofe ya sobrevenida echan mano de su vasto arsenal de intenciones irreprochables, convertidas en manifiestos, recogidas de firmas y otras formas de expresión de sus inmaculados principios.

Unos y otros, cada uno por su lado, se procuran con su cantinela una dosis de gratificación y satisfacción. Nada le gusta al cínico más que sentirse por encima de la masa aborregada y sentimentaloide, que se deja horrorizar y conmover por lo que para él no es más que la enésima manifestación de la inveterada e irremediable estupidez humana. Y no hay nada que conforte más al biempensante que sentirse provisto de la generosidad y la limpieza de corazón de las que carecen los malvados a quienes cabe atribuir todas las desgracias del mundo. No hay más que mirar a uno y otro: cómo sonríen, con la satisfacción de la tarea ya hecha, cuando exhiben sus respectivos productos: el cínico su exhaustiva demolición, el otro su impecable manifiesto.

Entre unos y otros, y su dispar pero análoga complacencia, cuesta encontrar un lugar desde el que asistir con decoro a los sufrimientos de otros seres humanos, que son consecuencia del fracaso de todos los demás. Quien ve desde lejos el infierno que en estas postrimerías de agosto es el aeropuerto de Kabul, con sus zanjas llenas de agua sucia teñida de sangre, y se propone escribir algo sin contar con la ventaja de sabérselas todas o de caminar por el mundo con una túnica blanca e impoluta, duda una y otra vez ante las palabras. Se pregunta si sirven para nombrar lo que sucede, en primer término, y si con ellas puede construirse un dique que contenga algo la riada de dolor o que no contribuya, cuando menos, a alimentarla ni a agravarla.

El ser humano lleva ya milenios demostrando su limitada capacidad de aprender de los errores pasados, propios y ajenos, pero hay algo que empuja a los narradores y cronistas a seguir creyendo que dejar testimonio de los hechos podrá servir algún día a alguien para ahorrarse causar un destrozo a otros. Y por eso cuesta quedarse callado; por eso, entre esos dos coros a la postre inútiles, el del cinismo y el de la vana bondad, busca uno ser capaz de decir algo, con el fundado temor de no mejorar el silencio.

Y de pronto, aparece ella. Se llamaba Nicole, tenía veintitrés años, límpidos ojos azules, y era sargento de marines. Colgaba en su Instagram fotos en las que se la ve con bebés y civiles afganos, a los que ayudaba a evacuar del aeropuerto de Kabul. «Me encanta mi trabajo», se lee debajo de una de ellas. Desde el 26 de agosto no podrá colgar ya nada en sus redes sociales. Por estar ahí, en primera línea de socorro a los desesperados, se la llevó junto a un centenar de ellos la bomba de un terrorista suicida.

Con ella se fue una docena de sus compañeros, y habrían podido irse todos los que se acercaron hasta ahí, hasta el borde del abismo, para tender su mano a quienes demandaban ayuda. En estos días de vergüenza y horror, nadie puede aspirar a otra cosa que sobrellevarlos como mejor pueda; a nadie se le otorga el derecho a estar satisfecho, y menos aún el de encontrar algún placer en sus acciones o en sus pronunciamientos. Sólo ella y quienes como ella se arriesgaron pueden emerger de este verano aciago revestidos de una luz que los eleva sobre los demás.

Porque eso es lo que los cínicos y los biempensantes, cada uno desde su apostadero, ignoran y jamás alcanzarán: el valor, real e imperecedero, del ejemplo de quienes entendieron que la vida no consiste en estar a gusto, sino en cumplir un deber.

Hacer la luz

Hacer la luz cuesta. Como todo, y así dicho puede parecer una obviedad. Sin embargo, con lo que la luz —o la electricidad a la que con ella aludimos— ha llegado a ser en nuestro mundo, lo que cuesta y vale se ha convertido en lo menos obvio de todo cuanto pagamos a diario. No sólo por cómo la hacemos, sino también por cómo, cuánto y cuándo la consumimos, y el peso que tiene en lo que nos cuesta hacer tantísimas otras cosas.

Hacer la luz cuesta a quien la hace, pero también a otros, que no siempre ven sus costes reconocidos. Sin ir más lejos, la luz que se produce mediante fisión nuclear les costará a los que todavía no han nacido una cantidad imposible de determinar: dependerá de las dificultades que durante miles de años comporte mantener a buen recaudo los residuos. Por más que quieran, no van a poder pasarle la factura de los costes no previstos a quien los generó ni a quienes nos servimos de esa energía para jugar a la videoconsola, ver series, oír la radio o recargar el móvil.

La luz que se ha producido y todavía se ha de

producir quemando carbón, petróleo o gas, no sólo les costó o costará a quienes se abastecen de esos combustibles para suministrarlos a las calderas de sus centrales. A ellos podemos retribuirlos y los retribuimos por lo que tienen que gastar en levantar y mantener la central y poder encenderla; incluso, desde hace algún tiempo, por lo que les toca pagar por el CO_2 que expulsan a la atmósfera y que convierte nuestro hermoso planeta en una bomba de calor de efectos cada vez menos predecibles y más devastadores. Pero piénsese en lo que han emitido antes sin incluirlo en su estructura de costes: en el impacto que ya ha tenido en nuestras vidas y en las vidas de los que vendrán detrás. Ni a nosotros ni a ellos se nos va a resarcir con cargo a la factura eléctrica del menoscabo ambiental que esa luz ya hecha y consumida nos produce y ha de producir.

La luz que se genera haciendo pasar agua por las turbinas de una central hidroeléctrica tiene unos costes bien reconocidos y mejor recompensados: los que generó en su día hacer la presa y poner al pie la maquinaria de generación, los necesarios para mantener la operación de una y otra. Quienes incurrieron en ellos no se pueden quejar, precisamente: algunos de esos costes, sobre todo las inversiones originarias, se les reconocieron en una época donde la transparencia y la fiscalización de las autorizaciones y decisiones públicas tenían el nivel que corresponde a un régimen que ni siquiera rendía cuentas en las urnas. Más de uno cargó lo que quiso y como quiso, con la connivencia del fiscalizador.

Sin embargo, existen otros costes, que históricamente no ha soportado el explotador de una concesión hidroeléctrica y que sólo en fecha reciente se han empezado a considerar: los efectos en el medioambiente —a veces positivos, en forma de regulación del caudal, pero a veces no tanto—, el coste de oportunidad a largo plazo de un recurso escaso como lo es entre nosotros el agua o el deterioro paisajístico, turístico y económico que provocan los desembalses en zonas adaptadas a la existencia del pantano.

Quienes sufren esos costes asociados a hacer así la luz —el conjunto del país, las generaciones futuras o las comarcas en torno a los embalses— no reciben reparación alguna, mientras se da la paradoja de que las reglas del mercado eléctrico asignan a quien suelta y turbina luego el agua una retribución que este verano ha llegado a multiplicar por mucho los costes que ha soportado para operar, invitándolo a aprovechar ese margen con fruición.

Así las cosas, resulta difícil a quienes pagan la factura, y con ella los costes de unos pocos y no los de otros muchos, aceptar que hay una situación regulatoria que hace inevitable mantener el quebranto de la mayoría y disparar el beneficio de la minoría. Las leyes y las normas están para cumplirlas; pero si el cumplimiento de una ley lleva demasiado lejos la inequidad y el despropósito, lo que se compromete es la consistencia entera del sistema.

Pseudomártires

Un mártir es un activo valioso para una ideología o creencia que busca afirmarse en un entorno adverso. También lo es cuando el viento le sopla a favor, porque a quien va ganando y juega con ventaja todo le sirve y le aprovecha. La pega que tiene el mártir es que exige un coste, que suele ser elevado, sobre todo para el sujeto que se ofrece al martirio. Una buena imagen para apreciarlo es el extraordinario relieve de Giacomo Serpotta en el oratorio de San Lorenzo de Palermo. El exquisito detalle con que representa al diácono de origen hispano atormentado en Roma, a merced de la parrilla que sirvió para ultimarlo, transmite a la perfección el dolor que le exige al mártir gozar de su prestigio.

Mártires así valen, justamente, por lo que cuestan, y de ellos se nutrió entre otros la expansión del cristianismo, en una época ingenua en que las cosas tendían a ser lo que parecían. En la nuestra, donde ya prácticamente todo es el producto de una simulación o de un simulador, concepto y artefacto que los antiguos desconocían y que sin embargo forma parte de nuestra rutina, los mártires pueden valer y ser exhibidos y venerados aunque no hayan costado nada. Es decir, aunque en realidad no sean mártires, sino pseudomártires fruto de la mixtificación.

Resulta quizá paradójico que al cumplirse los veinte años del 11-S, ese acontecimiento en el que unos creyentes aceptaron inmolarse de verdad para inmolar también de verdad a varios miles de personas, que a su vez fueron invocadas luego como mártires para desencadenar otras dos guerras igualmente verdaderas en las que murieron muchos miles de personas más, la actualidad española esté marcada por mártires de mentirijillas. Cierto es que de desigual éxito y rendimiento, porque el pseudomártir, a efectos de producir su impacto, depende mucho de los medios puestos al servicio del embuste en que se basa su exaltación.

Así, por ejemplo, el proyecto frustrado de mártir que se promociona a la desesperada para encubrir una infidelidad, achacando las heridas sufridas por causa de esta a la agresión homófoba de una partida de ocho encapuchados, fracasa fundamentalmente por su precipitación y su bajo presupuesto. No le faltan a quien lo intenta compradores ansiosos, que se apresuran a proclamar su martirio e incluso a buscarle responsables sin aguardar a que la investigación policial confirme los hechos o encuentre alguna traza verosímil de su autoría. Sin embargo, y pese a contar con esa recepción tan favorable, la endeblez del argumento novelesco —se subestima a menudo lo arduo que es el arte de novelar— acaba exponiendo en pocos días al mentiroso. Desenmascarado por una investigación solvente, calla y se sume en el olvido.

En cambio, la macrocampaña de pseudomartirologio que alcanza a la friolera de cuatro mil personas, basada en unos hechos que sólo depararon dos heridos de cierta consideración —uno de ellos a manos de los pseudomártires—, triunfa ante su audiencia y se celebra con tintes apoteósicos en un acto solemne donde se condecora a los cuatro mil supliciados, no pocos de los cuales comparecen rozagantes y ufanos en la ceremonia. No es óbice para el éxito de público y crítica afín —ya no hay otra a la que se escuche— que el Tribunal Europeo de Derechos Humanos haya empezado a rechazar de volea las peticiones del certificado de mártir elevadas por los interesados. Para acallar esa incómoda noticia existe un poderoso aparato de propaganda financiado con el bolsillo sin fondo del desprevenido contribuyente.

Al final, a eso parece reducirse todo: a la producción —o la falta de ella— que respalda la película. La Historia enseña, no obstante, que los credos apuntalados por falacias, por más que puedan sostenerse transitoriamente, acaban teniendo dificultad para desafiar la erosión implacable del tiempo. Tal vez engañen a los crédulos, ahora y dentro de algunos años, pero el edificio apoyado en cimientos imaginarios rara vez escapa a la ruina.

Los derechos del carnicero

Lleva treinta y un años en prisión y aún le queda para ver la calle, pero salvo que sufra algún revés grave de salud, al que cualquiera está siempre expuesto, saldrá y tendrá por delante años de vida en libertad. Esa que el carnicero decidió negarles a una cuarentena de personas, privando a varias de ellas en plena infancia de casi toda la que habrían podido tener, y de paso de cuanto habrían podido ser, hacer y conocer, para sí y para el prójimo, durante las décadas que se permitió arrebatarles.

El carnicero cometió delitos por los que en otros países, y no por cierto de los más atrasados, se contempla la pena de cárcel perpetua; y no los cometió una vez, sino decenas de veces. Y aún tenía la firme intención de multiplicarlas, según reconoció cuando su mala fortuna lo arrojó a un control donde un veterano guardia civil receló del extraño repintado del coche que conducía, le dio el alto y luego lo persiguió con sus compañeros hasta cazarlo. «Si hubiera tenido más explosivos habría volado España entera», le dijo a uno de los que lo interrogaron. Se entiende que con todos los españoles que le hubiera sido posible llevarse por delante.

El nombre en clave de su comando, también conocido como itinerante, era Argala, en homenaje a un terrorista que murió víctima de la violencia delictiva de una banda parapolicial. Antes de que lo mataran, sin embargo, había dejado sentada la doctrina a la que se atuvieron tanto él como el resto de sus compañeros: para conseguir la emancipación de Euskal Herria era necesario que colapsara y descarrilara la democracia que dificultosamente se trataban de dar a sí mismos los españoles, después de padecer casi cuarenta años de Gobierno autoritario. Y no estuvieron tan lejos de conseguir su objetivo, aquel 23 de febrero de 1981.

Ha pasado mucho tiempo, pero ahora que se le saca a la palestra, ahora que se organizan movilizaciones para reivindicar los derechos humanos de este hombre, este carnicero gélido y entusiasta llamado Henri Parot, conviene recordar todas estas cosas. Porque en primer lugar, no se trata de alguien condenado a cadena perpetua ni por una justicia exenta de controles. La condena que pesa sobre él se ha ajustado escrupulosamente a la doctrina que en su beneficio estableció el Tribunal Europeo de Derechos Humanos, una instancia a la que nunca pudieron ni podrán ya apelar sus víctimas y que marca el estándar más alto conocido en cuanto al respeto a los derechos fundamentales.

En segundo lugar, porque no se trata de un preso que sin más haya matado a alguien. Se trata de un sanguinario y sádico asesino en serie, que atentó indiscriminadamente contra adultos y niños, agentes y civiles, cualquier ser humano que se hallara al alcance de la onda expansiva de sus descomunales artefactos explosivos y cuya vida consideraba perfectamente desechable en aras de su causa. Se trata de un individuo que no sólo dispuso del derecho más básico y el que sirve de presupuesto a todos los demás, el derecho a la vida, sino que ignoró la dignidad humana de las personas contra las que atentaba. Se trata de alguien que buscaba provocar el fracaso y el desgarro de una sociedad entera empujando a quienes vivían en ella al horror y el desastre.

Sólo sobre esa premisa podemos hablar de los derechos del carnicero, que por descontado los tiene, se le deben reconocer y si en algún momento alguien tuviera la tentación de avasallarlos de forma ilegítima merecería verlos amparados; sobre todo, para que la comunidad humana a la que agredió con tanta saña no se rebaje reproduciendo la indignidad de su conducta. Por eso no resulta inconcebible que se hagan manifestaciones, tampoco que se convoquen movilizaciones para defender su derecho a no ser objeto de abuso o atropello penitenciario por ser quien es.

Lo verdaderamente intragable es que se empeñen en esa cruzada quienes, tantos años después, siguen sin decir ni mu acerca de todos los derechos de otros que el carnicero pisoteó.

Macrobotellón

Un fantasma recorre España. Pese a todas las divisiones y fracturas que se manifiestan en su seno a diario —territoriales, ideológicas, generacionales y socioeconómicas—, la cohesiona de norte a sur y de este a oeste, desde quienes más se proclaman españoles hasta quienes menos dicen y sienten serlo. Con su pujanza viene a desmentir las diferencias que ocupan el día a día y los discursos de quienes nos gobiernan, exterioriza otros desajustes a los que nadie parece atender demasiado y certifica, como pocos otros fenómenos, nuestra condena a salir adelante o hundirnos juntos, arrastrados por el impulso común que nos constituye y nos destituye, que nos eleva y nos desmorona.

Este fantasma tiene ya nombre: macrobotellón. Se practica en la Cataluña independentista, en la Euskadi *abertzale* y en el Madrid que condensa según su presidenta por aclamación las esencias de España. En la primera desemboca en agresiones a los Mossos d'Esquadra, en la segunda a los de la Ertzaintza y en la Villa y Corte a la Policía Nacional. Eso es lo único que varía, las insignias y el color de la gorra de los servidores del orden que en cada caso se ven desbordados e impotentes. El despiporre y las leyes infringidas, el desahogo de los practicantes y el castigo al vecindario que lo padece son exactamente los mismos.

Después de cada batalla campal nocturna, a mayor gloria de la impregnación etílica masiva, amanece el nuevo día sobre el paisaje de desperdicios que deja la refriega y trae el parte de las lesiones, detenciones y otras consecuencias. A mediodía, con el telediario, se nos ofrecen las imágenes de ese movimiento social imparable, que propone el desparrame noctívago y callejero, la revolución de los gintonics de garrafa, como enmienda furibunda a la totalidad de los remedios y las propuestas que los padres y las madres de la patria les ofrecen a sus disconformes hijos.

«Nos habéis encerrado, nos condenáis a la vida precaria, el piso compartido, el cambio climático, la injusticia lacerante de asistir a la prosperidad ilimitada de los más prósperos y la ruina inexorable de los menos favorecidos, sumidos en un abismo de promesas incumplidas, desesperanza y descrédito de todo lo que no sirve a la ganancia continua de los jugadores de ventaja. Por eso nos alzamos, y alzamos nuestro cubata, en repulsa de lo que sois, lo que hacéis y lo que nos ofrecéis. He aquí nuestro grito, nuestra respuesta airada, que asestamos a nuestros hígados, a la paz vecinal, al descanso nocturno, a la limpieza de las calles donde nos arrojáis, a la integridad del mobiliario urbano.»

Salen por miles, lo que coloca a los policías en inferioridad y en el dilema de intervenir para causar males mayores o limitarse a mirar para que el monstruo que se ha despertado desahogue su ira y se vaya, antes o después, a dormir la mona. Quienes los mandan, los únicos que parecen interpelados por el desafío —en ningún ayuntamiento y ningún Gobierno le envidian el cargo al concejal de Seguridad o al responsable de Interior—, se debaten entre atender a las reclamaciones del vecindario harto de ver campar a sus anchas a los vándalos o esperar a que la fiera suelte el gas, las discotecas reabran hasta las seis y todo se arregle por sí solo. La terapia favorita de los médicos prudentes y los políticos con afán de resistir en el puesto, que a veces, sin embargo, acaba con la muerte del paciente o la putrefacción del problema y la pérdida inevitable de la poltrona concernida.

Los periodistas acercan cada fin de semana el micrófono a los revolucionarios. No todos son jóvenes, o lo que se entendía por jóvenes antes de que la adolescencia se prolongara hasta la quinta década. Los más coinciden en decir que necesitan salir, aprovechar su juventud, tener la sensación de que han vivido, antes de precipitarse a la vida sórdida y miserable que parece aguardarles cuando se hagan adultos. Tanto desarrollo, tanto Estado del bienestar, tantos cacharritos, para llegar a esto.

El volcán debajo

Y de pronto un día tu vida, con todo lo que comprende, desde la casa hasta el trabajo que te proporciona el sustento, desde la tierra que pisas hasta el horizonte que te has hecho a contemplar, desaparece bajo una lengua de lava que se aproxima lentamente y engulle implacable cuanto se encuentra a su paso. Recuerdas entonces, de la peor manera posible, algo que siempre estuvo ahí, que nunca ignoraste, porque nadie habría podido ignorarlo, pero que con los días, la rutina y el trajín de vivir, casi llegaste a olvidar: tenías un volcán debajo y bajo su piel de roca, oscura, delgada y quebradiza, bullían océanos de magma destructor.

Lleva días saliendo y no se vislumbra aún el final. En poco más de una semana ha duplicado las previsiones que hicieron los vulcanólogos y empieza ya a agrandar la isla. El reservorio de material incandescente no se agota: la lava brota con una furia que sugiere un potencial ilimitado. El volcán callará, y cesará el apocalipsis y la desgracia, cuando lo tenga a bien esa fuerza primaria y telúrica que lo alimenta, con independencia de lo que duela o pese a las criaturas que se afanan en la superficie para contener o simplemente esquivar los estragos de la erupción.

La cólera del volcán se dirige contra la pequeña isla nacida de sus entrañas. Sus habitantes se enfrentan a una catástrofe que los desborda y que supera también al archipiélago del que forman parte. Pueden presumir de tener un plan de emergencia capaz de evitar víctimas, pero no pueden impedir el destrozo y la ruina y tampoco andan sobrados de recursos para afrontar la reconstrucción y la reparación de las vidas arrasadas. Si oyen rugir y ven vomitar al volcán un día tras otro, sin caer en la más absoluta desesperación, es porque saben que no están solos: que hay un país entero, millones de personas que, aun viviendo a miles de kilómetros, estarán ahí para sostenerlos y socorrerlos.

No como reciben socorro los desheredados, esos que sólo cuentan en la desgracia con las migajas contadas de la caridad internacional; sino como se ayuda y apoya a los tuyos, a quienes son parte de tu ser y tu destino. A los isleños, en su volcánico apostadero del Atlántico, les llegará la solidaridad decidida del Mediterráneo, de la Meseta, del Cantábrico, de los valles del Ebro y del Guadalquivir. Todo lo recibirán como suyo, porque suyo es y así pueden reclamarlo; del mismo modo que siente el resto como propia, en cada hora y cada minuto, la calamidad que se abate sobre las tierras expuestas a la colada de lava.

No está de más reparar en lo que esto es y vale, en tiempos en que abundan quienes exacerban particularismos para crear la sensación de que ir a una con otros es perder posibilidades, sufrir alguna mengua en el propio caudal o dejar de aprovechar las dudosas delicias del ensimismamiento. Bien mirado, todos estamos siempre al borde del abismo: todos tenemos debajo un volcán del que preferimos olvidarnos, pero que cualquier día despertará y nos enfrentará a nuestra insignificancia. Y ese día, hasta los más altivos agradecerán no estar solos y poder echar mano de algo más que su suficiencia o la misericordia que les llegue de manos de extraños que se permitirán compadecerlos.

Asombra que algunos perseveren en sus afanes de disgregar y desbaratar la red de socorros mutuos, después de todos los avisos que la naturaleza nos viene dando en los últimos meses. Que ni la pandemia, ni los temporales de nieve desmesurados, ni las inundaciones devastadoras les muevan, por un instante, a meditar acerca de la necesidad real de su proyecto de desgarro de ese tapiz de solidaridad común tejido por los siglos y que una y otra vez, mejor o peor, responde cuando toca y cuando debe hacerlo con el vigor y la convicción de las cosas verdaderas.

Conviene pararse a observar la lava que brota hoy de las entrañas de la tierra en violentos surtidores. Tan sólo una fina corteza nos preserva de su ira. En cada paso, a cada momento.

No exijo disculpas

Como descendiente hipotético —en el mejor de los casos— de los habitantes originarios de la península Ibérica, no exijo disculpas a los libaneses por las correrías que condujeron a sus antepasados fenicios a establecer colonias en las costas del sur y el sudeste de nuestro país. Supongo que para fundarlas y para engrandecerlas se aprovecharían de nuestros recursos naturales y es más que probable que engañaran a los autóctonos en los trapicheos que desde ellas realizaban. Y sin embargo, no siento la necesidad de exigir por ello ninguna clase de desagravio.

No exijo disculpas a los griegos que desde la remota Focea se arrogaron el derecho de plantar sus reales en Ampurias y de levantar sobre su privilegiado emplazamiento una colonia de su codiciosa polis. Me consta que los griegos, junto a la filosofía, la democracia y todas esas ideas hermosas, eran muy capaces de hacer valer sus intereses con la lanza y la espada, y por ello no descarto que la empuñaran para persuadir a los indígenas de que se avinieran a tenerlos por vecinos. No se lo reprocharé.

Tampoco exijo disculpas a los tunecinos por los estragos que en su belicoso expansionismo causaron en la piel de toro sus ancestros cartagineses. Con sus elefantes de guerra, sus mercenarios bereberes y sus ambiciosos generales —Amílcar, Aníbal y compañía—, sus métodos no podían estar más lejos de los de una ONG humanitaria, y no cabe creer que la fundación de Cartago Nova, luego Cartagena, se basara en una delicada campaña de seducción del elemento local. Pero qué más da.

Renuncio también a que me pidan perdón los italianos por la pulsión imperialista de Roma, que llevó a sus tribunos a dar la batalla contra los cartagineses hasta desalojarlos y a aplastar después la resistencia de los orgullosos defensores de Iberia que hasta entonces habían conseguido plantar cara a los invasores. Convirtieron Hispania toda en una colonia, tan supeditada a los intereses romanos que los mejores y los más capaces de sus hijos acabaron emigrando a orillas del Tíber para buscar allí la fortuna y la gloria. De cómo se apropiaron de todo lo nuestro, haciendo sentir a los díscolos su fuerza y su determinación, guarda sobrado testimonio la Historia. Y aun así, renuncio.

Me abstendré igualmente de pedir cuentas a los habitantes de los territorios del norte y el centro de Europa de los que en su día partieron vándalos y visigodos, para atravesar los Pirineos y llegar hasta Tarifa repartiendo muchos mandobles y muy pocos abrazos. Los unos siguieron camino hasta Cartago, los otros se quedaron aquí chupando del bote y partiendo el bacalao casi tres siglos. Y a pesar de todo, declino afearle a nadie nada.

No voy a inquietar con reclamación alguna a los árabes ni a los magrebíes por la razia en la que sus predecesores del siglo VIII se hicieron con lo que ellos llamaron Al Ándalus, aunque me consta que, conforme a las enseñanzas del Profeta, redujeron a todos los españoles que no abrazaron su religión a la condición de ciudadanos de segunda clase y así, y con abundante recurso a la violencia, la intimidación y el terror, sostuvieron su tinglado en Granada hasta ocho siglos después. Hecho está y punto.

Ítem más: me resisto a apreciar la necesidad de pedirles cuentas a los franceses por invadirnos y destrozarnos buena parte del país a principios del siglo XIX, o a los rusos, italianos y alemanes por el daño infligido a los españoles de 1936 a 1939. Entre otras razones, porque la invasión francesa fue revulsivo para que el país saliera de la modorra en la que vivía, y porque si los rusos, alemanes e italianos pudieron hacer lo que hicieron con nosotros fue gracias a los españoles que los llamaron.

Pero hay una razón más poderosa, para esto como para lo anterior. Ninguno de los daños que quedan relacionados los causó nadie que continúe vivo para responder de ellos ni recayó sobre mi persona. Qué sentido tiene, pues, que exija disculpas.

Mis respetos, Mr. Lynne

«Yo tenía un maestro...» Con estas hermosas y evocadoras palabras comienza, sobre un primer plano extremo de un gordo y avejentado Gérard Depardieu, la película *Todas las mañanas del mundo*, del francés Alain Corneau. Son las que me vienen a la mente para abrir estas líneas. También yo tenía un maestro, en ese preciso momento vital que recuerda el protagonista, y que no es otro que la adolescencia, cuando se imprimen en la mente y en el corazón las enseñanzas que permiten al hombre —y a la mujer— distinguir —o no— la verdad de la mentira, el tesoro de la morralla, lo que ha de hacerse de lo que conviene eludir.

Mi maestro, asombrosamente, era de mi misma edad, pero me aventajaba en intuición. He necesitado dar la vuelta al sol cuarenta veces para comprobar hasta qué punto y agradecer a mi memoria que guardara el rastro de sus ocurrencias, a veces extrañas y desconcertantes, y que hoy adquieren un sentido que entonces no siempre acerté a captar. Podría poner multitud de ejemplos, pero hay uno reciente que me sirve para ilustrarlo.

Ha sido ayer mismo, conduciendo solo y de noche por una desierta autovía de circunvalación madrileña, la más exterior de todas. Para relajar la mente, tras una semana laboral intensa que al fin a esas alturas del sábado podía dar por concluida, me dio por poner música y resultó que en el reproductor de CD del coche estaba *Time*, de la Electric Light Orchestra, que en esos ya lejanos días era el disco preferido de mi amigo y maestro.

A mí entonces me parecía una elección dudosa: los de la ELO eran, pensaba yo, músicos ligeros, poca cosa comparados con Pink Floyd, y menos brillantes que Supertramp si de hacer pop se trataba. No tenían una canción como *Wish You Were Here* o *Hide In Your Shell*, por ejemplo. Y aquel disco me parecía flojo entre los suyos, inferior, sin ir más lejos, a *Out Of The Blue*.

Y sin embargo, he aquí que a la vuelta de muchos años me acabé comprando el CD, por la nostalgia, supuse, y que de vez en cuando, por eso lo llevaba en el coche, me hacía gracia oírlo. Hasta anoche. Porque anoche, por primera vez, me fijé de veras en la letra de dos de las canciones que incluye: *Yours Truly, 2095* y *21st Century Man*. Y todavía continúo sobrecogido.

Conviene retener el dato: *Time*, el álbum que incluye estas dos canciones, fue publicado en 1981, hace ahora cuarenta años justos. Y en *Yours Truly, 2095* se habla de una amante que está programada para ser muy amable, pero es fría como el hielo; que no para de decirte que le gustas, pero que se escabulle cuando tratas de tocarla; que es lo último en tecnología, casi mitología, pero tiene un corazón de piedra; que su cociente intelectual es de mil y uno, viste un mono y... es a la vez un teléfono. Muchos años antes de que Steve Jobs concibiera la idea, Jeff Lynne, el cantante, líder y letrista de la ELO, estaba viendo el iPhone y sus copias, la mirilla por la que millones de seres se asoman hoy a una realidad virtual en agónica busca de aprobación ajena.

No fue menor el escalofrío al decodificar, cuatro décadas después, esa otra canción futurista, *21st Century Man*, dedicada a alguien que un día es un héroe y al siguiente un payaso, que debería estar feliz y contento mientras vuela sobre las ruedas del mañana, pero vaga por los campos de su amargura y se siente solo, en una vida que no es como pensó que sería. Por si fuera poco lo anterior, Lynne entrevé aquí la cultura de la cancelación que de un día para otro arroja al fango y el escarnio a los que ocupaban altares, el vacío infinito de los seres humanos que han comprado el espejismo de placer instantáneo de nuestra era.

Son muchos los que han intentado anticiparse al futuro, abolir la ilusión del tiempo que nos separa de él; pocos lograron afinar sus perfiles como lo hace aquí Lynne. Vayan mis respetos para él y mi gratitud para quien supo verlo antes que yo, mi amigo y mi maestro Carlos Soto. De quien sigo aprendiendo.

Epílogo

A guisa de cierre[1]

Hace unos días tuve la oportunidad de hablar de *Castellano* con los lectores de Villaseca de la Sagra, gracias a los buenos oficios de su biblioteca municipal y de las excelentes y entusiastas profesionales que la atienden. También estaban presentes en el encuentro lectores de varios pueblos más de la comarca, con sus bibliotecarias y bibliotecarios, a quienes va desde aquí también mi reconocimiento y mi gratitud. Tras el acto, fuimos al edificio que alberga el ayuntamiento, antiguo palacio de los marqueses de Montemayor. Allí me señalaron una curiosa circunstancia. Las columnas que sostienen el tejado que rodea el patio interior y la portada del edificio proceden de la derribada casa de Juan de Padilla en Toledo. Como represalia por su rebelión, la edificación se echó abajo y se aró el solar con sal,

1. Texto publicado en el blog de la web www.lorenzosilva.com el 28 de octubre de 2021, para dar cuenta de las razones del cierre de la serie vidas.zip, a la que pertenecen los textos recogidos en este libro, y que sostuve durante doce años y medio en la web de elmundo.es.

pero los elementos valiosos y recuperables, como esa portada y esas columnas, se los llevó a Villaseca el marqués de Montemayor, noble toledano que había abrazado la causa del emperador, para dar realce a su palacio.

Pensé que en aquellas columnas se pudo haber apoyado en algún desfallecimiento María Pacheco, la viuda de Padilla, que no gozaba de buena salud. Que era seguro que bajo ese portal habían pasado muchas veces ella y su marido. Y que resultaba curioso que portal y columnas se hubieran salvado del castigo y de la aniquilación concienzuda que les tocó a sus propietarios por osar desafiar la voluntad imperial, para acabar su viaje allí, ayudando a dar sombra y lustre al palacio de uno de sus enemigos. A veces es paradójico cómo terminan las cosas y los caminos. En todo caso, terminan siempre, y con frecuencia no como esperábamos o como habríamos preferido que acabaran.

Hace algunas semanas tuve también la conciencia de otro fin de viaje, en este caso personal. Sucedió en las ruinas de la capilla de San Pedro de Arlanza, en Burgos. Este escenario aparece en el epílogo de *Castellano* como cierre emblemático de un periplo literario que va a parar a ese enclave de la Castilla originaria: el mismo rincón del mundo donde, según la leyenda, el lejano conde Fernán González concibió el proyecto febril de afirmar su condado contra sus múltiples enemigos. En ese epílogo se narra, entre otros, un viaje realizado a San Pedro de Arlanza a comienzos de este mismo año, cuando la capilla estaba aún en obras de restauración —o más bien de consolidación—, lo que —como en sus páginas se consigna— me impidió entrar en ella.

Pues bien, esta vez, con las obras ya concluidas, pude por fin poner el pie en el interior del templo que fue el primer sepulcro del conde, antes de su traslado a Covarrubias, y donde debió de orar muchas veces el anónimo monje que compuso el poema épico que le recuerda. Fue otro momento de emoción, y de nuevo experimenté esa sensación de fin de viaje. En este caso de la intensa aventura creativa y de la prolongada gira promocional de este libro, que tantas alegrías me ha dado. Aún me quedan algunos actos, pero mi cabeza empieza a estar en las escrituras que vienen, y que versan sobre asuntos muy dispares. *Castellano* está cada vez más en las manos de otros, poco más puedo ya hacer yo por él.

No es malo que así sea. Los viajes que terminan nos entristecen siempre un poco, pero es bueno y reconfortante haber podido hacerlos. También lo es sentir que los has completado. Hace dos domingos, en fin, terminé otro largo viaje. Publiqué la que será la última de las piezas de la serie vidas.zip, que he venido manteniendo ininterrumpidamente a lo largo de 653 semanas, esto es, algo más de doce años, en la web de elmundo.es.

No habrá más, por una suma de buenas razones. El proyecto, exclusivamente digital, surgió en otro contexto, con una prensa digital abierta, que le daba una audiencia, una repercusión y un carácter que me temo que la decisión de los medios de cerrar con suscripción sus versiones web —por lo demás legítima y comprensible, ya que no ven otro modo de darle valor a su producto y hacer sostenibles sus empresas— ha venido a alterar. No de un modo decisivo ni irreparable, pero sí sustancial y perceptible. La publicación diferida de los textos en mi web —abierta— sólo lo compensa en parte, pero no es esta la razón principal para dejar de componerlos.

Sigo creyendo en la pertinencia de un formato narrativo que combine literatura y periodismo, o dicho de otro modo, de llevar la literatura a la prensa, ofreciendo dentro de ella relatos en los que, con el punto de partida de la actualidad, prevalezca la voluntad de expresión literaria sobre la opinión o la comunicación de noticias. Sin embargo, desde hace unos meses tenía la sensación de que este proyecto en particular, esta forma de hacerlo, había cerrado el arco de sus posibilidades y lo mejor era darlo por concluido, como testimonio de unos años concretos, y buscar nuevas formas y nuevos canales para dar salida a esa parte de mi vocación literaria.

Los textos de vidas.zip, gracias a la confianza de mis editores de Destino, se han recogido en once libros anuales en formato electrónico y en dos volúmenes en papel, *Todo por amor y otros relatos criminales* —una selección de las piezas con temática criminal— y *Donde uno cae*, que reúne todos los de los primeros diez años. Con los publicados en este último año y pico montaré un duodécimo libro electrónico,[2] que junto al anterior, *Hacernos adultos*, trataré de llevar también al papel como suerte de apén-

2. El libro aludido acabó siendo *La mano de Esther* (2022), recogido como segunda parte en estas páginas.

dice, en el que quedará plasmada entre otras cosas, por coincidencia de fechas, la mirada de la serie sobre la pandemia, sus destrozos y sus aprendizajes.[3]

Y con eso el viaje estará definitivamente concluido. Lo digo con razonable satisfacción y enorme gratitud: a quienes leyeron los textos en el periódico semana a semana, a quienes lo hicieron en esos libros electrónicos o en este blog y a quienes llegaron al extremo generoso de adquirir y leer los libros en papel.

También, y de manera destacada, a los compañeros y amigos de elmundo.es, que me han dado el espacio y me han acompañado durante todos estos años, y muy en especial a Fernando Baeta, que acogió en su día lo que podría haberle parecido una idea calenturienta y desechable, y a Yaiza Perera, que era la luz propicia encendida en esa redacción durante muchos fines de semana y quien acogía con mimo y cariño mis textos. Quiero dejar claro que no me ha echado nadie, que la decisión la he tomado yo, y sin el menor resquemor ni queja hacia ellos.

Los caminos del porvenir son inciertos. Quizá vuelvan a reunirnos. Gracias a todos.

3. Esta edición es, en fin, el cumplimiento de ese compromiso.

Contenido

LA MANO DE ESTHER

2020-2021